重庆市社会科学规划重点项目"中国战时首都戏剧档案整理与研究"（项目编号：2018ZDKZ07）

中央高校基金创新团队项目"中外诗歌发展问题研究"（项目编号：SWU2009110）

跨学科诗学论丛

中国新诗研究所 编

中国现代文学史经典重读

张传敏 著

中国社会科学出版社

图书在版编目(CIP)数据

中国现代文学史经典重读 / 张传敏著. —北京：中国社会科学出版社，2021.11
（跨学科诗学论丛）
ISBN 978-7-5203-7163-6

Ⅰ.①中… Ⅱ.①张… Ⅲ.①中国文学—现代文学—文学研究 Ⅳ.①I206.6

中国版本图书馆 CIP 数据核字（2020）第 169942 号

出 版 人	赵剑英
责任编辑	郭晓鸿
特约编辑	杜若佳
责任校对	师敏革
责任印制	戴 宽

出　　版	中国社会科学出版社
社　　址	北京鼓楼西大街甲 158 号
邮　　编	100720
网　　址	http://www.csspw.cn
发 行 部	010-84083685
门 市 部	010-84029450
经　　销	新华书店及其他书店

印　　刷	北京明恒达印务有限公司
装　　订	廊坊市广阳区广增装订厂
版　　次	2021 年 11 月第 2 版
印　　次	2021 年 11 月第 2 次印刷

开　　本	710×1000　1/16
印　　张	16.25
插　　页	2
字　　数	200 千字
定　　价	96.00 元

凡购买中国社会科学出版社图书，如有质量问题请与本社营销中心联系调换
电话：010-84083683
版权所有　侵权必究

目 录

《私人性与现代中国文学作品重读》前言 …………………… 1

百年新诗"第一首杰作"《小河》解 …………………………… 1

遮掩与暴露：《天狗》中的私人性经验 ………………………… 24

《死水》究竟为何而作？ ………………………………………… 31

徐志摩《再别康桥》中的几种名物 ……………………………… 43

  补记　剑桥大学确有榆树 ……………………………… 51

爱的经验与梦的入口

  ——何其芳《预言》解 ………………………………… 54

爱的混乱与救赎

  ——艾青《火把》重读 ………………………………… 70

当真实的死亡来临

  ——冯至《我们听着狂风里的暴雨》解 ……………… 82

身外心内皆有　诗意何必一律

  ——绿原的《给天真的乐观主义者们》与《不是忏悔》

  （《忏悔》）对读 ……………………………………… 91

  附录　绿原的《忏悔》与《不是忏悔》 ……………… 105

· 1 ·

纯化与暗示
——鲁迅《论雷峰塔的倒掉》重读 ……………… 112

平淡背后的葛藤
——周作人《喝茶》解 ……………………………… 119

附录　关于日本茶道与英式下午茶的笔记 ………… 130

假意还是真情？
——朱自清《"月朦胧，鸟朦胧，帘卷海棠红"》解 … 139

儒耶佛耶基督耶　一入中华并一谈
——丰子恺《缘》解 ………………………………… 147

附录　关于"慈良清直"的笔记 ……………………… 152

"好气势"与"世故人情"
——梁遇春《"还我头来"及其他》解 ……………… 157

附录　艾夫伯里男爵的"书目一百种" ……………… 166

从个体心理学的角度看
——丁玲《莎菲女士的日记》新解 ………………… 173

晦暗的自由与自由的晦暗
——赵树理《小二黑结婚》解 ……………………… 182

"原始"何谓？
——曹禺《北京人》重读 …………………………… 197

附录　关于中国猿人（北京人）的笔记 …………… 208

舒芜《论中庸》中批判的观点考略 …………………… 214

后记 ………………………………………………………… 240

《私人性与现代中国文学作品重读》前言

一

2014年11月我在美国普渡大学语言与文化学院（School of Languages and Cultures, Purdue University）访学期间应邀作了一次学术演讲（presentation）——《私人性与现代中国文学作品重读：从艾青的〈火把〉谈起》。我在演讲中从私人性角度对艾青的名篇《火把》作了重新阐释。长期以来，学界大多从宏大的时代视角，从集体主义意识形态来分析《火把》，甚至于其中的爱情主题——爱情无疑是一个具有强烈私人性的话题，这一点却在很多研究中被忽视了。《火把》中的爱情如何从一种隐秘的个人事务上升为集体主义话语？其中是否包含着艾青自己的私人性经验？如果包含的话，艾青将私人性经验升华为时代话语的动机何在？

以上是我最初尝试解读《火把》时所思考的问题，答案在本书对《火把》的研究中可以看到——它就是我当初在普渡大学演讲内容的一部分。当然，我在普渡大学所讲并不仅仅限于《火把》，对私人性的概念也稍微进行了探讨。

关于私人性，对公共性理论素有研究的陶东风在《当代中国文艺学研究（1949—2009）》中指出：

> 一般认为，公共性（publicity）和私人性（privacy）相对，前者的基本含义是可见性、与公众利益的相关性，后者的基本含义则是不可见性（隐蔽性）、与公众利益的不相关性。但是依据哈贝马斯的理解，公共性和私人性除了相对以外还有相成的关系。公共领域的公众所具有的私人自律、私人主体性，最初是通过对文学作品的私人化的阅读（阅读场所通常是家庭这个私人环境），特别是表现私人经验的日记体、书信体小说得到培养的，因此，我们不能简单认定那些描写私人经验的小说必然缺乏公共性。[1]

因为陶东风在著作中提到了哈贝马斯，我又特意参考了哈贝马斯关于私人性的看法。在他的 *The Structural Transformation of the Public Sphere: an Inquiry into a Category of Bourgeois Society*（《公共领域的结构转型：对于一个资产阶级社会范畴的考察》）中这样说道：

> The sphere of the public arose in the broader strata of the bourgeoisie as an expansion and at the same time completion of the intimate sphere of the conjugal family. Living room and *salon* were under the same roof; and just as the privacy of the one was oriented toward the public nature of the other, and as the subjec-

---

[1] 陶东风、和磊：《当代中国文艺学研究（1949—2009）》，中国社会科学出版社2011年版，第10页。

tivity of the privatized individual was related from the very start to publicity, so both were conjoined in literature that had become "fiction". On the one hand, the empathetic reader repeated within himself the private relationships displayed before him in literature; from his experience of real familiarity (*Intimität*), he gave life to the fictional one, and in the latter he prepared himself for the former. On the other hand, from the outset the familiarity (*Intimität*) whose vehicle was the written word, the subjectivity that had become fit to print, had in fact become the literature appealing to a wide public of readers. The privatized individuals coming together to form a public also reflected critically and in public on what they had read, thus contributing to the process of enlightenment which they together promoted.① （公共领域是在较为广泛的资产阶层的扩张中产生的，同时也是在夫妻家庭私密空间中完成的。起居室和沙龙处于同一屋檐下——正如隐私性以公众性质为参照，或者如私人化的个人主体性从开始就和公共性相关——所以两者在已经成为"小说"的文学中结合起来。一方面，有同情心的读者在自身之中重复他面前的文学中展现的私人关系，从私密的真实经验给小说中虚构的人物以生命，并在公共领域中为自己的私人空间做好准备。另一方面，从私密以写下的文字作为载体开始，已经适合印刷的主体性实际上就成了吸引广泛读者公众的文学。聚到一起形成公众的私人化的个人也公开对他们读到的东西进行批评，并以此为他们一起推行的启蒙进程作出贡献。）

---

① Jürgen Habermas, *The Structural Transformation of the Public Sphere: an Inquiry into a Category of Bourgeois Society*, Cambridge: The MIT Press, 1989, pp. 50 – 51.

显然，无论是陶东风还是哈贝马斯所说的私人性，都是和公共性相反相成的概念。学界以前对《火把》所进行的讨论以及所得出的有关结论，虽然也都是从作品的公共性出发的，但是在这种公共性中，私人性经验成了一种和它相对，仅仅起到辅助性说明作用的成分，而不是由作家的私人主体性的展开获得的，寻找某种抽象的、预设的时代精神成为作品阐释中最重要的工作。这无疑是一种虚假的公共性，因为对于真正的公共性来讲，离开作家的私人主体性是不可想象的。

当然，我并不准备把作家的私人性像陶东风或者哈贝马斯一样仅界定为隐私（privacy），尽管隐私经常是私人性的最重要内容。在我看来，私人性同时也指作家独特的或曰个性化的经验、思想以及情感态度等。也就是说，在文本中任何属于作家个人并和抽象的、操控性的宏大叙事相背离的因素，都是私人性的表现。事实上，很多作品中的思想或者观点、倾向性等一些非明显可感因素，从伦理学视角来看并不属于作者的隐私，但我仍然称它们是私人性的，因为对作家来说，这些是他们不愿意公开或自己也没有意识到的。

在普渡大学的演讲中，我除了界定文学作品中的私人性，还区分了它的两种形式：被叙述的私人性和主体私人性。所谓被叙述的私人性，表现为作品中被呈现于读者眼前的私人性经验或事务。这些经验或事务的主体既可能是第三人称的，也可能是第一人称的。《火把》中唐尼的爱情就是一种被叙述的私人性。而所谓的主体私人性，指涉的是作家的私人性经验可能对作品产生的影响以及作家在作品中表现出来的对私人问题的真实判断或倾向性。在《火把》中，艾青对唐尼爱情的评判，就透露出他的主体私人性。相对被叙述的私人性而言，主体私人性具有更强的隐蔽性。它有时和被叙述的私人性相一致，有时却截然相反——《火把》中被叙述的私人性处于集体主义话语控制之下，而主体的私人性却显示出另外的指向。主体私人性几乎没有任何规律性可言，它是和作家个人的独特生活世界密切相关的。

二

我在普渡大学所作的演讲其实是对此前一个长期萦绕于脑海的想法的初步梳理与总结。在十几年的现代文学教学、研究过程中，我发现了一个很常见但不太为人所注意的现象——伦理学意义上的私人性话语，比如性、爱情、家庭、婚姻等是现代文学最重要的构成性成分之一，然而在很多作品中，作者的私人性叙事需要一个宏大的时代精神作为支撑，似乎它只有隶属于一个更高的概念或范畴时才具有意义。以罗家伦的问题小说《是爱情还是痛苦？》[①]为例：主人公程叔平在演说家庭改革问题时只有一个十七八岁的女子鼓掌，程对其心生爱意。有一次程叔平到同学家去，在外间听见一位女性的谈话，大赞其见解，后来见面时才发现她正是那位曾为自己鼓掌的女子——吴素瑛。两人相识后，互生爱慕之心，但是程家为叔平另外订了婚。最后叔平力争未果，于是吴素瑛赴美留学，立志从事美术及社会教育……。在这部小说中，因为程叔平和吴素瑛是志同道合的，所以他们的爱情才是值得称道的。也就是说，男女之间本无须任何理由的性爱必须接受"志同道合"这样一个更高原则的支配。再比如郁达夫著名的小说《沉沦》，从题目上就可以看出作者对主人公青春期性饥渴

---

① 这篇小说原载于《新潮》1919年3月第1卷第3号。

的贬抑态度。即便这篇具有浓重自传色彩的小说博得了包括周作人在内的很多新文化人的赞赏或同情，也掩盖不了它对主人公道德瑕疵的贬抑倾向。至于小说结尾主人公把自己的遭遇和祖国的积贫积弱联系在一起的情节，则体现了作者试图为被压抑的主人公争取更多宏大话语支持的努力。在后来对于《沉沦》的评价中，青春性苦闷和爱国主义也一直被视为这部作品的两个紧密联系的主题。类似的例子无须再多举，以上已经足以说明在现代文学中被叙述的私人性如何力图求得某种更高、更具道德纯粹性的原则的支持或者统摄。

除了被叙述的私人性之外，更加隐秘的主体私人性的领域也在等待学者们去发掘。这是一个处于半明半暗的地带。它以一种不确定的姿态对文本隐隐发生作用——几乎所有被断言的主体私人性都是错误的，对它真正精确的描述应该随时不忘记加上"可能"两个字。对此我仍以《火把》为例。艾青在桂林时期曾经有过不少感情波澜，对他稍有了解的人都知道当时他和张竹如、高灏、韦荧之间的纠葛，《火把》这首诗自然也很容易让人联想到作者的爱情生活。诗中李茵对唐尼放弃爱情走向集体的劝告，很可能与某个或多个当时和艾青来往密切的女性相关。这首诗隐秘地表达了艾青力图摆脱爱的纠缠的愿望。

深入探究作家和作品的私人性具有非常丰富的学术意义，但这绝不仅仅是要对作品进行重新阐释以便获得一种新说法，而是要真正理解并重建文学公共空间。至少就现代文学而言，表面上看来由私人主体所构造的公共空间是与事实不太符合的，现代文学中的私人主体往往被一些更高的原则、信条所操控。在某种程度上甚至可以说，这样的公共性不是包含而是压抑了私人性——私人主体要想进入公共空间，必须接受这些原则与信条的筛选、审查。

到目前为止，我还无法确定这些控制着现代文学私人主体性的原则与信条从何而来。它们可能是从一种古老的文化传统以及思维习惯传承下来的，也可能是由外来文化输入的一些新范式所造成的。理解这些原则和信条其实和理解私人性同样重要：如果它们没有得到彻底的清理，那么现代文学所提倡并引以为豪的个人（私人）主体性就不可能真正得以建立——它不仅没有实现自己所推崇的解放，而且很可能会成为后来者难以解脱的束缚。

三

私人性是对中国现代文学进行重新解释的一个切入点。它不是一种教条，也没有固定的程式可循。如果说它有自己的方法论意义的话，那么首先就是以文本为中心。艾略特在《传统与个人才能》中曾说"将兴趣由诗人身上转移到诗上是一件令人称赞的企图"，[①] 但是本书并没有像新批评派那样去探寻文本的肌质、张力等。从某种程度上甚至可以说私人性研究是对新批评派做法的反动——主体私人性追究的恰恰是很多新批评家所反对或不屑于去讨论的作者，包括其个人生平、思想、情感等。在我看来，只有去充分了解这些，才有可能发现作家在作品中所投下的个人（私人）阴影。这当然可能会招致反对：对于一个已经产生并定型的文本，作者真的还有那么重要吗？

对此我的回答是：也许不重要，但也许并非不重要。作者是作品的制造者，但我们不会像对待一般商品一样去商店买来使用

[①]〔英〕T. S. 艾略特：《传统与个人才能》，赵毅衡编选：《"新批评"文集》，中国社会科学出版社1988年版，第32页。

而不去考虑究竟是哪个工人制造了它。我们尚无法彻底理解人们为什么会对某部作品的作者产生兴趣，但这个现象确实广泛存在。假设我们拿到一本撕去作者名字的小说，如果它确实够吸引人，我们读后一个最自然的反应可能是：写得真好！谁写的？这说明，读者对于作者的兴趣可能来自一种深层次的、恒定的生理或心理结构，或者直接说就是人们天生的好奇心。对于读者来说，作者就像一个个鬼魂，隐身在文字的后面，阅读时人们也许并没有察觉或注意到他们的存在，但他们却可能随时从文字的帷幕后面探出头来，对读者眨眼。

这种情况对于文学批评家、研究者来说更为常见。因为他们进行的是比较专业的阅读活动，要比一般读者更具追根究底的精神，所以那些在文本中眨眼的鬼魂在他们那里就要被提上议事日程，并加以专门研究。也许作者们创作的原始意图并不那么重要，但他们本身仍然是重要的。

对于批评家、研究者来说，作者之所以重要，还不仅仅因为他们是一个重要的研究领域，而且因为他们很可能牵涉到对文本本身的理解。当面对一个比较艰深的文本时，为了求得对它的"正确"理解，甚至只是为了求得一个最简单的理解，批评家或研究者往往要求助于作者独特的个人生活经验。如果不这样做，理解就只能停留在印象主义的层次上，知其然而不知其所以然或者根本就没有理解。当然，我并不是说印象主义不是一种好的批评或者研究方法，我想强调的是，在印象主义之外，还应该有，也确实存在更多的合理的研究方法。关于比较艰深的文本的例子，我想举出郭沫若的《天狗》——本书的开篇就是对它的解读。我认为，长期以来批评家以及学者们对《天狗》的解释几乎都是印象主义式的，他们实际上并没有真正弄清楚郭沫若写下《天狗》中那些近似疯癫的词句背后的动机究竟是什么，那些词句又究竟指涉什么，尽管答案可能非常简单——它就隐藏在郭沫若那篇和《天狗》具有强烈互文性关系的散文《月蚀》之中。

必须强调的是，对我来说，重视作者是从属于文本研究的，作品的文本才是私人性研究最原始的出发点。它作为一种研究方法所包含的另外一个重要含义就是要竭力清除任何文本之外的理论或者流行的空洞的宏大命题对它的统摄作用。毫无疑问，对于一个研究者来说，理论不仅是一种基本素养，有时候也是阐释文本的必要工具。然而，当理论成为一种操弄文本的教条，成为使人眼花缭乱的学术滤镜，就未免有点本末倒置了：理论是从具体的文本中来的，将其应用到其他文本时首先应该考虑的是其适切性。削足适履地将文本套入某种既成的理论框架中，所得到的只能是似是而非的结论。也许是由于现代文学"理论先行"这种"遗传"气质的影响或者是因为"创新"的需要，这种现象在当下的现代文学研究中仍然普遍存在。至于那些用盲目的未加分析的宏大命题来对作品指手画脚者似乎人数更多，却往往不会引起人们的质疑——在很多人那里这已经成为一种无意识的被动行为，表面上看起来在思索的研究者，其实是被某些话语控制着，而他们对此却毫无知觉。要明白这一点，只需看看艾青《火把》研究史中的集体主义话语即可。

另外需要解释的是，我所说的文本不限于作品本身，也包括和它相关并被用来解释它的各种文字材料。这些具有互文性的文本共同构成了一个合乎逻辑的整体，私人性研究就是通过对这些文本的细读，讨论其中被叙述的私人性以及可能蕴含的具有作家主体私人性的逻辑，而不是用一种预设的理论或者宏大命题来检验作品和它们的符合程度。

但这里的"逻辑"一词也许需要再稍加解释。将逻辑和文学相联系，似乎显得有些奇怪：这样一个充满了丰富的情感、夸张的想象的领域能够用冷冰冰的逻辑来进行解剖吗？对此我的回答是：一、文学研究并不是文学创作；二、情感、想象也有自身的逻辑，尽管它可能跟数理逻辑不同。

就像对文学的定义一样，估计到现在为止还没有人能给文学研究的概念和意义作一个"本质"的说明。文学研究的方法当然也有非常强的包容性，我们甚至可以见到经常有作家的创作自述等被刊登在学术期刊上。但是文学创作和研究之间的界限仍然是很分明的，至少有一点可以说明它们之间的区别：一个作者进行创作，无论依靠理智还是情感或经验，他只需要将最后的结果呈现出来就可以了；而研究者则力图对这些作品进行更深入的理解与阐释，无论是对作品的感性外貌还是理性内核进行讨论，最后都会产生与作品本来的面目不太一致的结果。它绝不应该是对作品的复述，而是根据作品概括出更高的原则或将其分解成更细小的部分，并力图获得更深入的见解以超出一般读者的反应水平。这个过程一定会有理智参与其中，哪怕是对于情绪性的内容，研究者也会寻找其来龙去脉，也就是其逻辑所在。当然，这并不是说那种常见的以欣赏为目的的文学批评与研究就没有价值。将个人的或者具有普遍意义的审美反应进行概括以便引导一般读者更深入体会、欣赏作品的工作是值得称道的。但是，当这种批评或研究最后沦为对几种抽象的审美范畴的填充，成为可以不加考虑、信手拈来的程式，那么它们也就没有多少价值了。譬如，我们在读一些关于诗人诗作的研究论文的时候，经常会见到类似的短语：语言优美、节奏明快、感情细腻……。因为这些范畴可以用到很多风格近似甚至迥异的诗人诗作上，所以应用这些范畴实际上是掩盖了这些诗人诗作所具有的独特魅力，同时也使研究结果成为一种陈词滥调。这样的批评或研究的作用或许就是向一般读者展示专业人士的"学术性"，尽管他们所有的只是一些汤头歌诀式的套路而已。

四

本书中的绝大部分文章是按照上述思路展开的，虽然它们之间的差别看起来也许很大。比如对朱自清《"月朦胧，鸟朦胧，帘卷海棠红"》的解析主要从朱自清的个人经历以及其他相关材料入手，文章的口语化色彩较重；而对郭沫若的《屈原》及其在20世纪40年代的其他历史剧的分析"学术腔"更浓——这篇文章还借鉴了法国人类学家克洛德·列维-斯特劳斯研究神话时的某些方法。然而，它们同样都是以文本为中心的私人性研究，都是建立在对作者的主体私人性的挖掘之上或是力图从文本中反观其主体私人性的，分析所得出的结论大多也和流行意见并不相同。

从表面上看来，书中也有一些文章并没有和私人性问题挂钩，比如对沈从文长篇小说《长河》的分析。沈从文的这部小说明显表现出一种从宏观历史的角度描绘湘西的意图，本书对这部小说的分析不仅没有涉及沈从文在湘西的具体的私人经验，甚至连他从北平回湘西的经历也没有提到。我对《长河》的分析主要聚焦于他的"现代""反现代"观念，阐释的是他对现代的摒弃与追逐这两种互相对立的倾向。

我想强调的是，这样的文本分析仍然未脱离私人性的范畴。不仅沈从文一贯的反现代、反时代倾向中包含着对地方主体性、私人主体性的强调，他思想中潜在的对于现代性的追逐也是筑基于他的私人性经验之上的。不过这种私人性经验不一定来自他20世纪三四十年代的湘西之行，而是主要和他此前的城市经验相关——饱受歧视与屈辱的经历可能是他逃离之后重新发现湘西的重要动力。在40年代，虽然随着生活际遇的变化，他的思想变得更加复杂，但他对国家、时代、现代化等宏大命题的强调仍然可以追溯到这种城市经验，不过这时他对于湘西的审视变得更加冷静、公正而已。总而言之，沈从文在《长河》中所表现的对宏大历史的追逐的背后仍然是私人性在起作用。

然而必须承认的是，本书对《长河》私人性的解剖显然是不充分的。我并没有细致地描述沈从文的城市经验并说明它与《边城》《长河》相关联的方式，也没有对他的国家、民族、时代、现代等概念进行更严谨的逻辑分析。如果增添这些内容，文章也许会显得更加丰满、充实，观点也会更加鲜明，更具说服力，但其篇幅会大大超出体例近于《大学语文》的本书所允许的范围，因此只能保留这种遗憾了。

因为私人性概念及其运用是本人的一种学术新尝试，本书中的其他缺陷与误漏之处肯定还很多，来自学界同人和广大读者们的指点与批评，才是此项研究得以持续并进一步完善的有力保证。

当然，我对私人性研究的前景抱有相当的信心。仅仅从本书所选择的分析对象就可以看出，私人性是现代文学研究领域一个大有可为的话题。本书所选的17篇作品（包括节选）涵盖了文学的四大门类，计有诗歌6首、散文5篇、小说4篇、剧本2个，它们都是现代文学中的经典名作。我之所以作这样的选择，主要是为了说明私人性作为一种研究方法的普遍适切性。它不是那些生僻的作品中的偶然现象，也不是从那样的作品中总结出来以吸引人眼球的理论，而是现代文学的一种普遍的结构性成分。

但是如果说从私人性角度出发肯定能够对所有现代文学作品都进行重新阐释（我说的重新阐释绝非为了创新而创新、哗众取宠的翻空出奇，而是力图得出更加深刻的、更符合文本逻辑的研究结论），也是武断的。这不仅是因为已经存在很多谈论私人性或者从私人性视角出发的现代文学研究成果（虽然这些成果也许并未提及私人性的概念），而且还因为现代文学确实存在没有或者较少私人性的作品。对此我们不妨看一看穆木天发表在1932年2月11日出版的《新诗歌》旬刊第1期上的《我们要唱新的诗歌》，其中有一节写道：

> 我们要用俗言俚语，
> 把这种矛盾写成民谣小调鼓词儿歌，
> 我们要使我们的诗歌成为大众歌调，
> 我们自己也成为大众中的一个。

诗中的"这种矛盾"是指"压迫，剥削，帝国主义的屠杀"和"反帝，抗日，那一切民众的高涨的情绪"之间的矛盾。表面上看这样的诗歌是很难容纳私人性的，至少不可能包含被叙述的私人性：它表现出对时代话语、意识形态的彻底皈依并力图排斥一切私人化的因素。

也许有人会质疑：这样的作品还是诗吗？我的意见是仍然承认它是诗，是具有"反私人性"的诗。如果它不是诗，又能是什么呢？既然它是分行的，句末还押韵，在诗能够拥有一个亘古不变放之四海而皆准的定义之前我们无法把它驱逐出诗的国度。我们所说的私人性,从广义上来说也应该包括上面这种诗所具有的"反私人性",因为真正的私人性不应该是武断的、排他的,而是具有足够包容度的,包容的对象也应该包括它自身的对立物。只有建立在互相包容的私人性之上的文学公共空间才是健康的,尽管这也意味着不可避免的断裂与碰撞。

百年新诗"第一首杰作"《小河》解

或者是受胡适将周作人的《小河》视为"新诗中的第一首杰作"①的影响，后来多有称道此诗者。朱自清以为有了它"新诗乃正式成立";②叶圣陶称赞它有"最精粹的语言"，声调和诗中情境极为"和谐";③冯文炳认为周有"奠定诗坛"的功劳，《小河》"关系白话新诗的成长甚大"。④时至今日，众多现代诗歌（文学）选本中也多收录这首诗并予以高度评价，不待一一列举。

《小河》虽久受人推崇，但对它的解释却未足以厌服人心。胡适认为《小河》那"细密的观察"与"曲折的理想"是旧体诗词所无法表达的。然而，《小河》只粗疏地描写了几种江南风物，细密是谈不到的。其理想究竟如何"曲折"？胡适也没有进一步阐发。周作人在《苦茶庵打油诗》中曾解释说《小河》是自己思想中"忧惧"分子的一个好例子，同时又强调这种忧惧并非

---

① 胡适:《谈新诗——八年来一件大事》,《星期评论》1919年10月10日纪念号第五张。
② 朱自清:《选诗杂记》,《中国新文学大系·诗集》（影印本），上海文艺出版社2003年版，第15页。
③ 叶圣陶:《小河》,《新少年》1936年第1卷第9期。
④ 冯文炳:《谈新诗》，人民文学出版社1984年版，第83—84页。

新事物,而是"中国旧诗人的传统"。① 若以周作人所说为是,那么胡适对《小河》的解释显然不能成立。朱自清认为《小河》"融景入情,融情入理",② 但没有进一步讨论这首诗究竟包含了什么样的情与理。至于他认为周作人(以及鲁迅)的诗"走上欧化一路",则纯属误解——《小河》的诗句明白晓畅,表达的又是"传统"思想,何曾有欧化的痕迹?叶圣陶对《小河》的解释稍微精细一些:他将诗中筑堰的农夫和受阻挡的小河解释为"差不多随时随地都有"的"压迫者"和"受压迫者"情境。叶氏这种浅近化的解释虽然不能算错,但明显忽略了该诗所包含的丰富而具体的历史内容——周作人在《知堂回想录》中曾撰《小河与新村》上、中、下三篇,说明《小河》和他当时所经历的一系列事件有关。茅盾似乎意识到了这首诗的时代背景,称"在《小河》里看到了对于压迫自由思想和解放运动者的警告",③ 但他对《小河》的解释也仅仅是这一句话而已。

与"五四"时代几位新文学家的粗略解释相比,还是现在的一些学者对《小河》的阐发更加细致而合理。当下对《小河》的主流解释方式是从社会历史学视角进行观照,将晚清到"五四"运动爆发前的一系列社会运动作为《小河》的创作背景。一般的结论是:诗中的水(小河)象征着人民的力量,该诗表达了周作人对于新文化运动的发展所必然引发的政治革命的忧虑。

这样的解释确实具有一定的说服力。周作人在《苦茶庵打油诗》中曾说"民犹水也",在《知堂回想录》中又举出和《小河》

---

① 周作人:《苦茶庵打油诗》,《杂志》1944年第14卷第1期。
② 朱自清:《导言》,《中国新文学大系·诗集》(影印本),上海文艺出版社2003年版,第3页。
③ 茅盾:《论初期白话诗》,《茅盾全集》第21卷,人民文学出版社1991年版,第235页。

相近的《苦茶庵打油诗》的第十五首来说明自己诗中的小河、洪水，确实和社会政治革命密切相关。① 但是这种解释主要针对的是小河或水，没有涉及诗中相当重要的"土堰""石堰"以及"农夫"。这些隐喻相当重要——小河本来是平稳地向前流着，之所以可能成患，就是因为农夫先后两次筑堰。另外，将小河视为人民的力量，还会导致一个明显的逻辑难题——从晚清到"五四"，中国社会变革频仍，戊戌变法、义和团运动、辛亥革命、袁世凯复辟、张勋复辟……，各种运动绵延不绝，如果说《小河》的创作背景就是这段波澜壮阔的历史，那么是无法将其与"稳稳的""小河"相衔接的。

小河究竟指涉何物？谁是"农夫"？何为"堰"？百年新诗的"第一首杰作"仍然有待仔细考察、辨析。

一

从周作人的《苦茶庵打油诗》《小河与新村》等文章中寻找《小河》的具体指涉与意蕴似乎是极为稳妥的解诗方式。然而，若不能仔细揣摩周作人语句的表面义及隐含义，寻章摘句以为结论，那么解诗很容易变成误读。在《苦茶庵打油诗》中，周作人将古人所说的"民犹水也，水能载舟，亦能覆舟"与传说中法国国王路易十四所云"朕等之后有洪水来"② 对比，认为这两者"是一样的可怕"——不管是"戒惧如周公"还是"放肆如隋炀"。如果将"水"理解为人民的力量，那么害怕它的泛滥很容

---

① 周作人：《知堂回想录》，三育图书有限公司1980年版，第389—390页。
② 周作人以为"朕等之后有洪水来"是路易十四所说，现在一般认为说过类似的话的应当是路易十五或者其情妇蓬巴杜夫人。

易理解，对它表示"戒惧"又有何错误？《小河》表达的不正是周作人和"戒惧"极为类似的"忧惧"之心吗？

"水"或者"小河"明显都和人民无关。虽然周作人在晚年所撰的《小河与新村》里说明自己当初的担忧确实跟大革命有关并对中国共产党在20世纪40年代末取得胜利之自然顺利表示意外，① 但他借机向新政权示好的意图很明显，未必尽是写作《小河》的原意。再者，即便《小河》里有担心大革命的洪水泛滥之意，那也只是他对"放肆者"的忧虑，对"戒惧者"的担心仍然不知从何而来。

不过必须承认，《苦茶庵打油诗》确实为解决《小河》中的这些问题提供了契机：文中的"放肆者"与"戒惧者"分别对应着《小河》中泛滥的河水与筑堰的农夫，他们就是周作人忧惧之心的来源，于是对《小河》中隐喻的本体的考察可以顺理成章地化为对"放肆者"与"戒惧者"的索隐。然而，周作人自云小河的泛滥尚未发生，他只是表达了对"将来"的忧惧，因此只能先行考察周作人所说的"戒惧者"——也就是筑堰之农夫可能指涉的人物。

但是从周作人写作《小河》之前的一系列社会事件中很难发现"戒惧如周公"者。在晚清以降的种种大事件中，即便是周作人自己确曾表现出忧惧，事件的主要发起者、参与者们却大多不以"戒惧"闻名。查考1919年1月24日周作人创作《小河》之前的经历，只有1918年1月在北京大学发起进德会的蔡元培足称"戒惧"的典范。

蔡元培作为周作人的同乡，以晚清的翰林而从事革命，早就为周所知。1918年蔡元培在北大组织进德会，不仅是矫正该校此

---

① 周作人：《知堂回想录》，三育图书有限公司1980年版，第389—390页。

前不良风气的一种措施，也是其一贯思想的体现。他的《北京大学之进德会》一文从中国历史中寻找酒色亡国的例子，指出"私德不修，祸及社会"，并认为当时政治界、实业界的腐败也和少数人的堕落有关。他声称，早在二十年前，自己鉴于中国谈社会主义者之"因以自便，名为提倡，实增阻力"，就已经强调"惟于交际之间一介不苟者，夫然后可以言共产；又惟男女之间一毫不苟者，夫然后可以言废婚姻"。[①]

很明显，蔡元培组织的进德会和新文化运动在基本价值取向上有相当大的距离。虽然不能将蔡元培视为新文化运动的反对者，但他对只尚公德、不问私德的"今人恒言"确实表现出强烈的"戒惧"心态。如果此判断为真，那么《小河》中的农夫应该就是蔡元培，而农夫筑堰也就是指他组织进德会。

《小河》中农夫两次所筑之堰，一为土堰、一为石堰，土堰已垮而石堰仍牢，也可以作为其本事就是进德会的一个证据。1912年2月，汪精卫、李石曾、张继、吴稚晖于上海发起进德会，蔡元培也名列会员。后来在迎接袁世凯到南京就任大总统的途中，蔡元培又与同行者在进德会的基础上成立了"六不会"与"社会改良会"，也以改良风俗为宗旨。

民初进德会的戒律较之后来的北大进德会要宽松不少。吴稚晖起草的《进德会会约》中说：

  本会无会长、干事等名目，亦无章程，不纳会费，不设刑罚，但凭会员介绍，即刊刻氏名表字于册中，使海内外共知为进德会之会员。

---

① 蔡元培：《北京大学之进德会》，《北京大学日刊》1918年1月19日第3版。

倘入会以后，违背所约，为同会察知者，但请全会为之脱帽不安，默恳加谨。因此为道德上之问题，有道之士，自能爱重社会，戒兢于幽独也。①

蔡元培在民初进德会中只是普通会员，持不狎邪、不赌博、不置妾三戒。他后来加入的"六不会"在此之外又添加了不食肉、不饮酒、不吸烟三条，但这后三项也只是自由遵守，并不强迫。②

民初的进德会以及"六不会""社会改良会"等组织后来并没有形成多大声势，也没有真正实现发起者们移风易俗的目标。蔡元培坦承，不仅"六不会"和"社会改良会"的发起人"次第星散"而致其事"未及进行"，进德会新加入的成员也只是"间见于上海之报纸"而已。③

1918 年，蔡元培看到自袁世凯执政以后社会上开始盛行的腐败嫖赌之风，乃仿民初之例发起了北京大学进德会。此进德会的伦理态度变得较为峻急：虽然其甲、乙、丙三种会员所要遵守的仍然是和民初进德会基本相同的八条戒律，但对违犯者就不像以前那样温和了。《北京大学之进德会》中云："入会以后，于认定之戒律有犯者，罚之"，"本会俟成立以后，当公定罚章，并举纠察员若干人执行之"。④

《小河》中所写的农夫先筑土堰，垮掉后更筑坚固的石堰，不正是民初相对温和的进德会、"六不会""社会改良会"衰落后蔡元培又组织戒律更严的北京大学进德会的好象征吗？

---

① 《吴稚晖全集卷二　哲理与文教二》，九州出版社 2013 年版，第 428 页。
② 陶英惠：《蔡元培年谱》（上），"中研院"近代史研究所 1976 年版，第 244—248 页。
③ 蔡元培：《北京大学之进德会》，《北京大学日刊》1918 年 1 月 19 日第 3 版。
④ 同上。

1918年5月30日《北京大学日刊》"本校纪事"栏目中报道进德会成立经过。

二

如果周作人所说的"戒惧者"确系蔡元培,那么"放肆者"也就浮出了水面:陈独秀。

然而,陈独秀虽然不是温良恭俭让的道德君子,却也不会如法国国王路易十五或者隋炀帝那样放肆到"我死之后哪怕洪水滔天"的程度。不过隋炀帝、路易十五都以耽情闻名,如果周作人口中的"放肆者"是陈独秀,那么他们也就是在这一点上有相似之处。另外必须澄清的是:周作人所说的"放肆"并非全系贬义,它只是被用来描述和"戒惧"相对的一种个性而已。周作人在其他文章中使用过一个和"放肆"极为相似的词:放荡——这个词在他那里也不是贬义。他曾以言、行为标准把文人分成三类：行谨重而言放荡的，即便不是圣人，也是君子；言行都很谨重或者言行都很放荡的，虽然是凡人，但还属于狂狷一流；最差的是言谨重而行放荡的，这才是"道地小人"。① 五四时期的陈独秀虽然在私人生活方面曾遭非议，在周作人那里也许还属于表里如一的狂狷一流。

但是即便承认放肆者就是陈独秀，在将其和《小河》相关联时仍然可能导致质疑：放肆者对应的是河水的泛滥，而诗中的河水不仅"以前"曾平稳流淌，"现在"也只是有泛滥的危险。这不和陈独秀的"放肆"相矛盾吗？

须知周作人认为陈独秀放肆，只是说他个性中具有放肆的因素，其表现形态则取决于他所处的具体环境。"小河"由平稳流淌到有泛滥之危，指的就是陈独秀的个性在不同条件下呈现出的不同状态。陈独秀的这些状态，或者说周作人对陈独秀状态的判断，可以从周作人对新文化运动从最初的《新青年》（包括《青年杂志》）阶段到后来的《每周评论》阶段的不同态度反映出来。要明白这一点，可以先看周作人在《知堂回想录》中的一段记述：

> 讲到蔡孑民的事，非把林蔡斗争来叙说一番不可，而这事又是与复辟很有关系的。复辟这出把戏，前后不到两个星期便收场了，但是它却留下很大的影响。……在段内阁当权时代，兴起了那有名的五四运动，这本来是学生的爱国的一种政治表现，但因为影响于文化方面者极为深远，所以或又称以后的作新文化运动。这名称是颇为确实的，因为以后蓬蓬勃勃起来的文化上诸种运动，几乎无一不是受了复辟事件

---

① 知堂：《文章的放荡》，《大公报·文艺》1935年9月8日。

的刺激而发生而兴旺的。即如《新青年》吧，它本来就有，叫作《青年杂志》，也是普通的刊物罢了，虽是由陈独秀编辑，看不出什么特色来。后来有胡适之自美国寄稿，说到改革文体，美其名曰"文学革命"，可是说也可笑，自己所写的文章都还没有用白话文。第三卷里陈独秀答胡适书中，尽管很强硬地说："独至改良中国文学当以白话文学正宗之说，其是非甚明，必不容反对者有讨论余地，必以吾辈所主张者为绝对之是，而不容他人之匡正也。"可是说是这么说，做却还是做的古文，和反对者一般（上边的这一节话，是抄录黎锦熙在《国语周刊》创刊号所说的）。我初来北京，鲁迅曾以《新青年》数册见示，并且述许季茀的话道，"这里边颇有些谬论，可以一驳"。大概许君是用了民报社时代的眼光去看它，所以这么说的吧。但是我看了却觉得没有什么谬，虽然也并不怎么对……①

周作人因为自己和陈独秀、胡适等人之间有嫌隙，所以才否认《新青年》对于新文学的发轫之功，这可能是长期接受现行新文学发生史观点影响的读者看了这段引文后一个较为普遍的想法——他甚至否认1919年五四运动之前有新文化运动。然而，这种想法其实是对周作人的一种误解，他并没有贬低《新青年》。

周作人对《新青年》的印象早就不错。1917年1月他读到鲁迅从北京寄来的《新青年》后在日记中称："晚阅《青年杂志》，多可读。"② 从前面的引文中还可知道，许季茀（寿裳）批评

---

① 周作人：《知堂回想录》，三育图书有限公司1980年版，第333—334页。文中省略号系张传敏所加。

② 《周作人日记》（影印本）上册，大象出版社1996年版，第651页。

《新青年》，他也不认同。周作人主要只是反对把它视为新文学的发端而已。

如果再将周作人对《新青年》和《每周评论》的态度加以比较，事情就更明了了。《每周评论》创刊于1918年12月22日，其《发刊词》中自称宗旨为"主张公理，反对强权"。该刊和《新青年》最重要的区别就在于它力图更加接近现实政治，风格更激烈。1918年12月15日出版的《新青年》（第5卷第6号）在为即将登场的《每周评论》发布的广告中除了交代《每周评论》所刊登文章和出版周期都比较短，两者内容不重复之外，主要强调《新青年》重在"阐明学理"而《每周评论》则重在"批评事实"。

周作人参与了《每周评论》的创刊，还捐助了刊资三元，这大概是《知堂回想录》为此刊设立专章而置《新青年》于不顾的原因之一。《知堂回想录》还认为，真正能代表新文化阵营之异军突起的不是1919年1月创刊的《新潮》月刊，而是此前不久出现的《每周评论》。①

如果仅据以上材料就以为周作人对《每周评论》的看法完全是正面的，则纯属误会。周作人不仅认为当时所谓的"新旧派的论争实在也争不出什么来"，后来林纾发表《致蔡鹤卿太史书》并引发一系列论战，也被他称为"《公言报》所夸张的新旧学派对立的情形"。②而"异军突起"的《每周评论》，就属于被"夸张"的对立的双方之一！

对周作人来说，波澜不惊的《新青年》还是比较合乎其口味的。然而，陈独秀在它之外又创办了"激流勇进"的《每周评

---

① 周作人：《知堂回想录》，三育图书有限公司1980年版，第376页。
② 同上。

论》——他这条"稳稳的向前流动"的"小河"变成了"青黑"的颜色，就难免要引发周作人对于河水泛滥的恐惧了。

三

1922年4月8日钱玄同给周作人的信中的一段话，也可以作为陈独秀就是"放肆者"的旁证：

> 我在近一年来时怀杞忧，看看"中国列宁"的言论，真觉害怕，因为这不是ㄅㄛㄉㄕㄝㄇㄧㄎㄧ，① 真是过激派；这条"小河"，一旦"洪水横流，泛滥于两岸"，则我等"栗树""小草"们实在不免胆战心惊，而且这河恐非贾让所能治，非请教神禹不可的了。②

自1922年2月起，上海、北京的知识分子中开始爆发大规模的反对基督教运动。周作人、钱玄同、沈兼士、沈士远、马裕藻在3月31日的《晨报》上发表了《主张信教自由宣言》，周作人自己还在4月5日的《晨报》上发表《拥护宗教的嫌疑》，对此表示异议。陈独秀则于4月7日、23日的《民国日报》"觉悟"副刊上分别发表《致周作人钱玄同诸君信》《再致周作人先生信》，对周等人进行反批评。这就是上面所引钱玄同信件的背景，

---

① ㄅㄛㄉㄕㄝㄇㄧㄎㄧ，汉语注音符号，意为"布尔什维克"。
② 《钱玄同致周作人》（39通），孙郁、黄乔生主编：《回望周作人：致周作人》，河南大学出版社2004年版，第87页。该书标注这封信的写作日期为1926年4月8日，但耿宝强认为应该是1922年4月8日，本文采信耿的说法。参看耿宝强《周作人与陈独秀：〈主张信教自由宣言〉》，《中国现代文人的唱和与辩驳》，中国文史出版社2013年版，第164页。

信中的"中国列宁"就是指陈独秀。

关于20世纪20年代反对基督教者和主张信仰自由者之间的论争早成一桩历史公案，是非曲直一直未有定论，也不可能有定论：周作人等人呼吁尊重信仰自由固然"政治正确"，陈独秀强调反对周作人等人的主张也是一种自由，虽然在逻辑上颇有吊诡之处，却也很难从话语层面上将其驳倒，双方的争论最后只能不了了之。不过上述钱玄同给周作人的信却对理解《小河》极有帮助：钱玄同不仅认定了该诗中的"小河"就是指陈独秀，还说明当时的陈独秀是已经泛滥了的小河。这不就是周作人后来在《苦茶庵打油诗》中所忧惧的"放肆者"吗？

要论证"小河"就是陈独秀，钱玄同的信是非常有力的材料，但是这封信却并未涉及蔡元培。还是周作人在《知堂回想录》中的一些回忆，可以作为《小河》和蔡元培、陈独秀都有关系的证据。不过，这些证据不是来自周作人的陈述，而是来自他在陈述中有意无意的遮掩。

周作人在回忆《每周评论》创刊后不久自己在该刊所发表的文章时，只承认《祖先崇拜》和《思想革命》是自己的由衷之言，对发表于1919年1月12日该刊第4期的《论"黑幕"》和1月19日该刊第5期的《平民文学》这两篇文章却并不看重。对于《论"黑幕"》和发表在1919年2月15日《新青年》第6卷第2号上的《再论"黑幕"》，他甚至称因为它们没有被收入文集，所以已经完全忘记了内容。此话当然不可信：如果它们真的不重要，周作人自己又忘记了内容，在回忆录中不提即可，何必又特意加以说明？为什么周作人不像对《祖先崇拜》和《思想革命》一样强调《平民文学》《论"黑幕"》《再论"黑幕"》是自己的"由衷之言"呢？

周作人《平民文学》一文上承陈独秀建设"平易的抒情的国民文学"的主张,立论既稳妥又有自己独到的见解,很难得出这不是他的真心话的结论。然而,如果仔细琢磨其中字句,还真可以发现一些引人深思之处。周作人在文中说:

> 我们不必讲偏重一面的畸形道德,只应讲说人间交互的实行道德。因为真的道德,一定普遍,绝不偏枯。天下决无只有在甲应守,在乙不必守的奇怪道德。……世上既然只有一律平等的人类,自然也有一种一律平等的人的道德。①

这些话单独看起来没有丝毫问题,但如果考虑到连会员都要分甲乙丙等的北大进德会这个背景,就可以明白,这简直就是在攻击蔡元培所提倡的私德是伪道德。还有一个关键问题是:周作人自己也是进德会会员。据此看来,周作人之所以在《知堂回想录》中有意忽略《平民文学》,恐怕不是因为这不是他的由衷之言,而是因为若细述起来,就等于再攻击一遍不仅于己有提拔之恩,而且自己在回忆录中也一直加以称赞的蔡元培,另外还可能暴露自己当初在道德问题上的言行不一。

再看《论"黑幕"》与《再论"黑幕"》。虽然这两篇文章批评的是社会上流行的揭露"黑幕",但是有些内容与陈独秀颇有关碍。周作人在《论"黑幕"》中指出,虽然社会上种种有关黑幕的著作不足为训,但黑幕还是应该揭露、研究的。研究黑幕者,必须是"有极高深的人生观的文人",研究的范围也应该扩大,不仅应该把奸盗诈伪归入,中国极常见的"夸大狂、色情

---

① 文中省略号系张传敏所加。

狂、背德狂的文人学士"也应该一律收入。对向来不以私德为意，偏偏又加入了北大进德会且成为评议员的陈独秀来说，这实是指桑骂槐。真不知陈独秀看到这些词句时会作何感想。在为回应杨亦曾的《对于教育部通俗教育研究会劝告勿再编黑幕小说之意见》而写的《再论"黑幕"》中，周作人虽然未再指责"色情狂、背德狂"，但是同意杨亦曾对待"黑幕"的某些做法："我对于杨君的意见，几乎完全不同，但其中几节，也很以为是。如说丑处应该公布这一段话。"那么当时在社会上闹得沸沸扬扬的陈独秀在青楼与人发生冲突之事是否也应该公布？周作人在文章中当然不会直接涉及这样的问题。

必须承认，从这个时期的总体倾向来看，周作人对打破封建禁锢、解放人欲的主张并无抵触。他在1918年5月15日《新青年》第4卷第5号上发表了日人与谢野晶子的《贞操论》的译文，提出应该将贞操只作为一种个人的趣味或信仰，否认其具有普遍性的道德意义。在1918年10月15日出版的《新青年》第5卷第4号上他又发表了介绍英国凯本德（Edward Carpenter）所著的《爱的成年》（*Love's Coming-of-Age*）的文章，指出：

> 《爱的成年》第一章论性欲，极多精义。他先肯定人生，承认人类的身体和一切本能欲求，无一不美善洁净；他所最恨的，便是那"卖买人类一切物事的商贩主义，与隐藏遮盖的宗教的伪善"（十九页）。他说明："对于人身那种不洁的思想，如不去掉，难望世间有自由优美的公共生活。"

据此来推测，周作人晚年之所以说已经忘了两篇关于"黑幕"的文章的内容，一来可能是因为它们都疾言厉色，与他一贯崇尚的平淡自然相悖，他不想暴露自己当年对陈独秀的不满而再失温柔敦厚之旨；二来他自己也并非禁欲主义者，这两篇文章中的观点和他一贯的思想有些自相矛盾——既然贞操不是一种具有普遍性的道德，又何必去攻击那些"色情狂"呢？

事情至此已经相当清楚。周作人在《平民文学》《论"黑幕"》《再论"黑幕"》中对蔡元培、陈独秀的批评和他在《苦茶庵打油诗》中对戒惧者、放肆者都表示异议是极为相似的，这也就是他在《小河》中对农夫筑堰、小河泛滥都表现出忧惧之思的现实根据。当然，要做出这种论断仍需跨越一个逻辑障碍：《小河》中河水泛滥的危险是由于农夫筑堰所造成的，那么在现实中是蔡元培组织北大进德会给陈独秀带来了"泛滥"的危险吗？

要明白其中关捩，还需参看周作人的《文章的放荡》。周作人在文章中为了说明行为谨重和文章放荡之间貌似相反实则相成的关系，曾引用霭理士《凯沙诺伐论》中的说法——其大意是人欲不可禁止，但因为日常生活中有道德约束，所以它往往通过文学、艺术的方式发泄出来。按照这种逻辑，可以说正是北大进德会的种种戒条，才使得原来"平稳"地宣扬新文化的陈独秀变得态度激烈，而《每周评论》则不过是陈独秀被禁锢的欲望的一种产物而已。

在找到《小河》中河水、农夫、土堰、石堰等喻体的本体之后，还可以对诗中的其他物象稍加揣测：《新青年》的读者主体为青年，与此相对应，诗中被"河水"所滋养的"稻""小草"所指涉的也应是青年。但本文的推测拟到此为止：如果将诗中的桑树、虾蟆等并非核心的物象和某个或某类具体的人勉强挂钩，那么很可能会由于这种关联使诗歌丧失固有的弹性并导致对其本事的判断的完全失效。

四

因为周作人在《知堂回想录》中明确将《小河》和他一度鼓吹的新村运动联系在一起，这两者的关系就成了本文一个不可回避的话题。那种将两者等同起来，因为新村的社会运动性质而认为《小河》也是一种有关社会运动的隐喻的判断显然是不正确的。从逻辑上看，两者之间并不是建立于相似性之上的并列关系而是建立在时间性之上的承接关系或者递进关系：《小河》表达了周作人的忧惧，而"新村"则是这种忧惧的解决方案。他在《小河与新村》（下）中明确写道：

> 新村的理想现在看来是难以实现，可是那时创始者的热心毅力是相当可以佩服的。而且那种期待革命而又怀忧虑的心情于此得到多少的慰安，所以对于新村的理论在过去时期我也曾加以宣扬，这就正是作那首《小河》的诗的时代。①

另外，因为周作人曾经在《小河与新村》（下）中借武者小路实笃之口反对暴力革命，便将小河的泛滥与其画等号并将平稳流淌的小河作为非暴力的改良主义与之相对立，也是站不住脚的。如果这样理解小河，诗中极为重要的"农夫筑堰"就失去了着落：谁有可能阻挠当时的改良主义？答案只能是与它敌对的封建势力，也就是当时新文化运动的反对者林纾、徐树铮乃至拥戴

---

① 周作人：《知堂回想录》，三育图书有限公司1980年版，第392页。

溥仪复辟的张勋之流。然而，单从诗歌的感情色彩看，农夫也不可能和这些人有瓜葛，更何况他们的复古主义主张和复辟在事实上并没有成功：林纾不必说只是发牢骚，张勋的复辟活动也很快就宣告失败了。因此，他们不可能是筑堰成功的农夫，周作人也不会因为他们而感到忧惧。

如果不把小河的泛滥和周作人所反对的暴力革命直接画等号，而是把后者视为前者的结果，解释就会变得更加合理而顺畅：小河就是陈独秀，《新青年》《每周评论》则是他的个人欲望的体现与宣泄口。如果这些宣泄方式还不足以完全消除陈独秀那被禁锢的欲望，当这些欲望积累起足够强大的力量，就可能冲破堤岸，造成破坏（暴力革命）。如果这个逻辑链条能够成立，那么就不能不佩服周作人惊人的预见性：周作人创作《小河》后不久，陈独秀就因为流言被迫离开北京大学并迅速向"左"转，引发了中国社会政治格局的深刻变迁。这不正是周作人所忧惧的吗？

在陈独秀因为流言被迫离开北京大学的问题上，当下的学者们大多推崇胡适的看法。胡适在 1935 年 12 月 23 日给汤尔和的信中论及 1919 年 3 月 26 日晚蔡元培、汤尔和诸人决议让陈独秀离开北京大学产生的影响时说：

> 此夜之会，先生[1]记之甚略，然独秀因此离去北大，以后中国共产党的创立及后来国中思想的左倾，《新青年》的分化，北大自由主义者的变弱，皆起于此夜之会。独秀在北大，颇受我与孟和（英美派）的影响，故不致十分左倾。……[2]

---

[1] 即汤尔和。下文的"孟和"指陶孟和。
[2] 中国社会科学院近代史研究所中华民国史组编：《胡适来往书信选》中册，中华书局 1979 年版，第 281—282 页。文中省略号系张传敏所加。

胡适未免又是"戏台里喝彩",太强调自己人在历史事件中的关键性作用了。即便他在北京大学时和陈独秀的关系确实比周作人和陈的关系更密切,也确实曾对陈独秀施加过更多影响,在陈独秀的政治趋向问题上他也远不如周作人的目光锐利。从前文的分析来看,周作人不仅预见陈独秀可能的变化比胡适早,还将陈独秀转向的根源追溯到人性的深处,这比胡适将之简单归因于1919年3月26日夜的偶然事件要高明许多。

五

周作人在《小河与新村》(中)中曾举出自己在1942年10月30日作的一首诗,谓其情调与《小河》最相近:

> 野老生涯是种园,闲街烟管立黄昏。豆花未落瓜生蔓,怅望山南大水云。①

这首诗里的"野老"无疑是周作人自指。因为他曾有集子名曰《自己的园地》,所以诗中的"种园"也不难解——他"种"的依然是"自己的园地"。这首诗中所描绘的瓜豆的将熟未熟之态与时令不符,并非实写,可以视为周作人对耕种自己的园地之所得的自我评价。诗中最后一句"怅望山南大水云",表达的是他一贯的忧惧之心,也非实写。根据北京市气象局气候资料室编著的《北京气候志》记载,1942年北京降水正常——夏季降水401毫米,全年降水478毫米,②并无水患发生。而且北京之西、北皆有山,向

---

① 周作人:《知堂回想录》,三育图书有限公司1980年版,第389页。
② 北京市气象局气候资料室编著:《北京气候志》,北京出版社1987年版,第136页。

南是一望无际的平原，所以当时周作人不太可能看到什么山南大水云。那么，究竟是什么让周作人再一次惆怅、忧惧？

1942年发生的世界大事不少，譬如1月1日中、苏、美、英等国签署《联合国家共同宣言》，1月5日蒋介石被推举为中国战区最高统帅，6月4日中途岛之战爆发，等等。但这些和周作人的直接关系不大，应该很难刺激到他的神经。另外，这一年5月27日陈独秀在四川江津病逝，但是这也不会令周作人产生水患的联想——有联想的话也应该是水患已息。

查看张菊香、张铁荣编著的《周作人年谱（1885—1967）》中1942年周作人的经历，确实可以找到一些和"忧惧"相关的痕迹。这一年7月13日在伪华北教育总署举办的第四届中等学校教员暑期讲习班开班典礼上，他曾让秘书左笑鸿代读了一篇题为《树立中心思想》的讲稿，其中着重宣讲的"中心思想"就是以儒家的"仁"为出发点的"大东亚主义"。在文章中周作人还对共产主义大加挞伐：

> 共产主义是讲极端的，甚至于为目的不择手段，所以会有烧杀等等的事实，但中国自古以来，国民的思想是注重中庸，讲究不偏不倚，而政治方面又主于养民，此二者与共产主义有如冰炭之根本不能相合。[1]

除此之外，1942年前后周作人还发表过一系列包含反共言论的讲话，如发表于1941年9月1日《教育时报》上的《第二次治安强化运动周督办广播演讲》，1942年11月1日《教育时报》

---

[1] 转引自张菊香、张铁荣编著《周作人年谱（1885—1967）》，天津人民出版社2000年版，第637—638页。

上的《第五次治安强化运动展开》《举办农事教育人员讲习班的意义——在第一届华北农事教育人员暑期讲习班训词》，1942年《中国公论》第8卷第4期上的《齐一意志·发挥力量——新民青少年团中央统监部成立大会开会词》，等等。

也许照方家看来，"反共"是日本当时的政策，这些文章不过是周作人在任伪职期间的应付之作，不能说明什么。但是，如果考虑到从《小河》时期周作人就产生的对"过激派"的忧惧，这些文章未必没有他自己的意思在内——从《知堂回想录》中"野老生涯是种园"一诗的后文可以知道，他当时忧虑的正是共产党领导的革命。

周作人在1942年表现出的心态，或者与这一年5月23日毛泽东在延安文艺座谈会上的讲话有关。毛在讲话中不仅确立了中国共产党文艺政治标准第一、艺术标准第二的原则，还明指周作人和张资平为汉奸，称其从事的是汉奸文艺。

然而，尽管有人认定毛泽东《在延安文艺座谈会上的讲话》在1942年5月就曾经由七七出版社印行，[①] 身处日伪控制区的周作人当时能否了解讲话的具体内容还是一个未知数。如果周作人真的是因为《在延安文艺座谈会上的讲话》而忧惧，那么他的"野老生涯是种园"一诗中的"山南"或即"陕北"的隐语，"大水云"自然就是指"山雨欲来风满楼"的革命形势了。当然，在获得更有力的材料之前，这些都只能是猜测。

六

以上对《小河》及相关文本的分析，不仅可以为该诗提供一

[①] 刘金田、吴晓梅：《尘封：〈毛泽东选集〉出版的前前后后》，台海出版社2012年版，第41页。

种更合乎逻辑的解释，也可以帮助读者更深入地理解周作人的思想以及他在"五四"新文化阵营中的独特位置。

周作人的思想非常复杂，他和儒家的关系更是一个难以一言道断的话题。一种常见的观点是：至少在"五四"时期，周作人的基本思想倾向是反对儒家的。必须承认，"五四"时期周作人确实发表过一些貌似"反儒"的言论，比如他在1925年的《读经之将来》中曾对尊孔读经冷嘲热讽，极尽调侃之能事。然而，他在文中批判的只是那些陷入迷狂不能自拔的当世孔教信徒而已。仅仅从周作人一时一地的只言片语的表层含义中就得出他"反儒"的结论，稍嫌轻率。周作人在《苦茶庵打油诗》中曾明确交代，从《小河》时期开始直到1942年创作以"尊孔"闻名的《中国思想问题》，他自己在这二十多年间的许多诗文的核心思想只有一个："戒惧者""放肆者"看似大不相同，最后的结果却一样可怕。[①] 这反映出周作人非常接近儒家中庸之道的思维模式——力图在禁锢与破坏之间寻找不偏不倚之途。由此来看，虽然他在《小河》时期还没有像后来那样处处强调以儒家为中心，其根芽却早已存在了。如果这个判断可以成立，贴在周作人身上的"五四"新文化阵营核心成员之一的标签就有点名不副实了，或者只能说，新文化运动可能包含了更多超出人们想象的异质性成分。

如果说周作人在新文化运动中不偏不倚的立场更接近超越了新、旧之争的蔡元培，也许反驳的声音会更少。然而，正如本文前面的分析所指出的，他们两人在重大的道德问题上有原则性的分歧。同时，由于种种原因，周作人也不会和新文化运动的另一

---

① 周作人：《苦茶庵打油诗》，《杂志》1944年第14卷第1期。

位领袖胡适投洽。胡适高度评价了《小河》的成就，周作人却并不领情：胡适称赞《小河》是一首全新的作品，是"杰作"，周作人却说该诗从内容到形式都没有那么新。不过这里必须要指出的是，胡适在《谈新诗——八年来一件大事》中盛赞《小河》之后，对这首诗的态度很快就发生了变化：当周作人揭破了诗中"曲折的理想"就是"新村"后，胡适就开始指责他宣扬"独善的个人主义"①，这也就等于部分地否定了《小河》。

胡适本不知道《小河》中的理想为何物，知道它是新村后提出批评，似并不值得大惊小怪，令人惊讶的是他在批评周作人时提出的"非个人主义"主张和他自己一贯的思想倾向是矛盾的。胡适在1918年发表的《易卜生主义》一文中曾明确提倡"救出自己"的"为我主义"，认为这是"最有价值的利人主义"。② 此后虽然他根据导师杜威的观点抛弃了"为我主义"（egoism），改奉健全的个人主义——"个性主义"（individuality），③ 但是其重个人的倾向是一贯的。因此，1920年初胡适批评新村运动的《非个人主义的新生活》一文的出现就显得非常突兀：一般人很难将作为一种理想的社会组织模式的新村和无论什么样式的个人主义联系在一起。

胡适为什么要反对新村？一个合理的解释是话语权之争。胡适、周作人虽然都属于新文化阵营，但是他们之间由于学缘、地缘等种种因素所造成的或隐或显的分歧与隔阂极深。周作人是"留日派"，他鼓吹的新村运动也来自日本，而胡适则属于"英美派"。胡适在《非个人主义的新生活》中以当年英国、美国的

---

① 胡适：《非个人主义的新生活》，《新潮》1920年2月第2卷第3号。
② 胡适：《易卜生主义》，《新青年》1918年6月15日第4卷第6号。
③ 胡适：《个人自由与社会进步》，《独立评论》1935年5月12日第150号。

"贫民区域居留地"运动（social settlements）为标杆，号召青年们"做这一类的新生活"，不要去模仿日本新村"那跳出现社会的独善生活"。① 就此来看，胡适对新村运动的批评确实带有"英美派"向"留日派"挑战的含义。

另外，《小河》中"曲折的理想"的谜题被周作人揭破，也可能导致胡适对新村运动产生过激的反应。不管胡适是真心喜爱这首诗还是要用该诗来为自己的白话诗歌主张助力并拉拢周作人，他在《谈新诗——八年来一件大事》中确实给了《小河》极高的评价，其中不仅有对该诗在形式上完全冲破中国旧体诗樊篱的肯定，也隐含着对其理想某种程度的认同——《小河》中河流冲破堤岸的隐喻、对小河泛滥的危险的担忧和胡适的温和改良主义思路并无抵触。然而，当后来周作人明白揭示出这种理想的实际指向时，胡适对新村运动的不认同感很可能会伴随着由于对《小河》的称赞落空而产生的极大挫败感。这种挫败感很容易被胡适自己放大并体现在其言辞的激烈程度上。

杜威 1920 年 1 月 2 日夜在天津青年会演讲《真的与假的个人主义》也为胡适批评新村运动提供了方便：它不仅使胡适抛弃了以前极易为人诟病的为我主义，也让胡适找到了一件攻击周作人的理论武器——尽管这是一件并不称手的武器。

---

① 胡适：《非个人主义的新生活》，《新潮》1920 年 2 月第 2 卷第 3 号。

遮掩与暴露：《天狗》中的私人性经验

《天狗》最初发表于1920年2月7日上海的《时事新报·学灯》，后被收入郭沫若的第一部诗集《女神》，是"五四"时期郭沫若最具代表性，同时也是影响最大的诗作之一。学界对于这首诗历来的评价也很高，大致的观点是：它表现了诗人狂飙突进、彻底破坏、大胆创造、追求个性解放的时代精神。

认为《天狗》表现了"五四"的时代精神，显然不能说是错误的。中国传统诗歌讲究的是"乐而不淫""哀而不伤"的中庸美学，这和《天狗》式的直抒胸臆、汪洋恣肆而毫不节制的风格确实有较大距离。然而，学界关于《天狗》的主流解释并不能使人完全满足：在这首诗中，天狗不仅吞月，还吞日，吞一切星球乃至全宇宙，将其判定为"破坏"的象征固然合乎逻辑，说它象征着"大胆创造"又是从何谈起？如果说它显示了诗人在诗歌艺术上的新创造，则"破坏"与"创造"并非处于同一个逻辑层面上，将两者并谈，实在是似是而非。

再者，天狗在中国传统中本不是一个具有正面价值的文化符号，在诗中它破坏的则是从古至今、从西方到东方都体现着"正能量"的日月星辰。难道郭沫若真的想塑造一个疯狂吞噬、极度膨胀以致最终爆炸的自我形象来代表"五四"的时代精神吗？恐怕任何人都不敢给出一个完全肯定的答案。

《天狗》需要一种逻辑更加顺畅的解释。但这并不容易：《天狗》中充斥着奇崛而癫狂的、近乎呓语的诗句，郭沫若对此几乎没有任何解释。从他创作这首诗前后的年谱、传记中，我们也很难找到有助于理解它的材料。这未免显得有些奇怪。《天狗》无疑是郭沫若最成功的作品之一，然而他并没有像对《地球，我的母亲》《匪徒颂》《晨安》《凤凰涅槃》等作品一样，或者在诗前加小序，或者在后来的自述中加以解释。他对《天狗》几乎不置一词。在《我的作诗的经过》中，他也只是说这首诗是在美国诗人惠特曼的影响与当时《时事新报·学灯》的编辑宗白华的鞭策下创作的"男性的粗暴的诗"① 之一而已。

所幸的是，我们仍然能够在郭沫若那里发现和《天狗》具有强烈互文性的作品——他在1923年8月28日夜，也就是《天狗》发表三年多之后写的散文《月蚀》。② 这篇散文不仅可以为理解《天狗》中抒情主人公形象的来源提供帮助，还可以为这首诗提供一种具有颠覆性的解释方式。

《月蚀》主要写1923年8月26日郭沫若和家人在上海看月食的经历以及由此而引起的有关他们在日本的生活的一些回忆。郭沫若在这篇文章中自称为"狗"：

> 几次想动身回四川去，但又有些畏途。想到乡下去生活，但是经济又不许可。呆在上海，连市内的各处公园都不

---

① 郭沫若：《我的作诗的经过》，《质文》1936年第2卷第2期。
② 该文发表于《创造周报》1923年第17、18号。

曾引他们①去过。我们与狗同运命的华人公园是禁止入内的，要叫我穿洋服我已经不喜欢，穿洋服去是假充东洋人，生就了的狗命又时常同我反抗。

作者在文中表现的是由"华人与狗不得入内"引发的既屈辱又倔强的心态，他自承的"狗命"一词带有一种被鄙视但并不驯服的含义。当然，郭沫若在文中也指西方人为狗，称西装的硬领和领带就等于狗颈上的项圈和铁链——这应该是郭沫若为求得心理平衡而对洋人采取的对等性报复行为。接下来郭沫若在文中还介绍了中外文化中天狗吃月亮以及民众救月的传说与风俗，并用天狼（狗）来抨击现实世界：

如今地球上所生活着的灵长，不都是成了黑蹄和马纳瓜母，②不仅是吞噬日月，还在互相啮杀么？

---

① "他们"，即郭沫若的家人。
② 郭沫若在文中称，在北欧神话中，天上有二狼，一名黑蹄（Hati），一名马纳瓜母（Managrm），黑蹄食日，马纳瓜母食月，民间作声鼓噪以赶走二狼救出日月。不知郭氏说法之确切出处，但它明显和冰岛神话与英雄史诗《埃达》相关。在斯诺里·斯图拉松（Snorre Sturleson）《小埃达》（Younger Eddas）中，斯威希尔德（Svithiod，后来的瑞典地区）国王吉尔菲（Gylfi）化名甘格勒（Gangler）来到阿斯加德（Asgard），其地之王哈尔（Har）在回答了谁是第一位也就是最古老的神等一系列问题后，向他讲述了两头狼追逐日月的故事：日神名索尔（Sol），是女性；月神名玛尼（Mani），为男性。它们都是曼德尔法瑞（Mundilfari）的孩子。日神之所以在天空中疾速飞奔，是因为有狼名斯考尔（Skoll）者正在其身后不远处寻找她，将来有一天这头狼会赶上并吞掉她。在日神前面另有一狼名哈蒂（Hati，即郭沫若所说黑蹄）正在竭力追赶月神，直到有一天将他抓住。这个哈蒂是赫罗德维尼尔（Hrodvitnir）之子。这两头狼同时也都是迦恩沃德（Jarnvid，铁森林之意）中一个丑陋的老女人的儿子。此老女人为一女巫，是许多巨狼的母亲。在这个巨狼种族中，最令人恐怖的是马纳瓜母（Managarm，英语意译为 Moon-hound 或 Moon's dog）。它喝人之血，吞食月亮，用鲜血污染天空和大地。以上内容参看由本杰明·索普（Benjamin Thorpe）和布莱克威尔（I. A. Blackwell）翻译的英译本《塞蒙德·西格弗森的大埃达和斯诺里·斯图拉松的小埃达》（The Elder Eddas of Saemund Sigfusson; and the Younger Eddas of Snorre Sturleson），古登堡计划电子图书（The Project Gutenberg EBook），（转下页）

· 26 ·

和《天狗》中的抒情主人公极为神似的天狼（狗），在此竟然成了反派！文章中郭沫若在向儿子解释月食现象时又说，是一条"恶狗"把月亮吃了。郭沫若在这里显然并没有把天狗看作激情昂扬的时代精神的承载者。

匈牙利插图画家威利·波加尼（Willy Pogany, 1882—1955）的作品《很远之外，很久以前》（*Far away and Long ago*, 1920）中吞食日月的两头恶狼

然而，这还不是全部。郭沫若写这篇散文的主要目的并非只是发泄由于国家与个人的屈辱地位而产生的愤慨。他由 8 月 26 日夜的观月，很自然地过渡到了在日本生活时关于"月"的话题。这日本的"月"不是在天上而是在人间，是一个叫宇多的姑娘。

（接上页）2005 年 1 月 18 日发行，第 256—268 页。也就是说，在冰岛"埃达"中，郭沫若所说的黑蹄和马纳瓜母，实为同一头狼。另外据石琴娥、斯文译冰岛神话与英雄史诗《埃达》（译林出版社 2000 年版）中的第四首《格里姆尼尔之歌》描述，恶狼斯考尔和它的搭档哈蒂（Hate）"叼走光彩夺目的女神"，它们都是凶狼芬里尔（Fenrer）的后代。书中还有对相关诗句的注解："两头恶狼追逐并半道叼走太阳和月亮，在众神祇毁灭末日，它们吞下了太阳和月亮。"另外，该书第一首史诗《女占卜者的预言》中又有如下诗句："东面一片铁树林里，/坐着一个白发老妪。/饿狼劳里尔的后代，/全靠她来抚养长大。/有条狼崽穷凶极恶，/是叼走月亮的恶魔。"在第三首诗《巨人瓦弗鲁尼尔之歌》中，瓦弗鲁尼尔在和奥丁斗智时曾说："被恶狼劳里尼吞噬前，/太阳女神阿芙洛多尔，/已生下一个漂亮女孩。/在那尊女神归天之后，/姑娘会沿母亲的道路，/策马疾驰横越过天空。"以上分别参看该书第 104、16、86 页。

由《月蚀》中的叙述可以知道，宇多是1917年郭沫若居冈山时一家姓二木的邻居家的次女，芳龄十六，当时经常到他家玩耍、读书。因为此女面庞为圆形，脸色带几分苍白，便常有人用"盘子"或"盘子一样的月儿"来取笑她。又因为当时郭沫若的夫人安娜刚从东京到冈山和郭沫若同居，二人权以兄妹相称，于是宇多之母便有以安娜为媳并将宇多许配给郭沫若之议。然而，当宇多家人得知郭沫若和安娜的真实关系后，便对两人变得很不友好，只有宇多对郭沫若之情未变。虽然郭沫若一家后来和宇多失去了联系，但并未忘记她。安娜夫人自称在1923年8月25日夜还梦见了宇多。在梦中，宇多说要"永远营独身生活"，想随着郭沫若一家同到上海。

由安娜的梦不难想见，当初郭沫若曾和宇多产生过某种情愫，直到6年后安娜仍对此感到不安——不然她就不会对郭沫若说出宇多要到上海来还要独身的梦境。这个梦可以视为安娜对郭沫若的试探：他是否还对宇多保持着感情？

郭沫若自己也承认他和宇多曾有过某种很微妙的感情。他这样描写宇多到他家读书的情景：

> 我们对坐在一个小桌上，我看我的，她看她的。我如果要看她读的是甚么的时候，她总十分害羞，立刻用双手来把书掩了。我们在桌下相接触的膝头有一种温暖的感觉交流着。结局两个人都用不了甚么功，她的小妹妹又走来了。

这个姑娘和郭沫若之间的感情就此被坐实了。既然她在文中被指为"月"，那么文章题目《月蚀》也就成了她和"狗"——郭沫若之间关系的一个注脚，郭沫若可能以这样一种隐秘的方式暗示了他们两人交往的事实或期望。当然，这究竟是一种事实还是期望不得而知，因为我们无法断定郭沫若和宇多的关系究竟发展到了何种地步。

鉴于郭沫若作品中天狗出现的次数极为有限，我们几乎可以断定《月蚀》和《天狗》中的"狗"在某种程度是可以互相解释、相互修饰的。这给我们提供了一种对于后者的新解释：《天狗》中的抒情主人公包含着作者的一种既屈辱又倔强的反抗心态，它是郭沫若在长期的令人难堪的弱国子民经验中产生的。只有这样，具有强烈的郭沫若自我色彩的天狗，作为一个对传统中一系列具有正面价值的文化符号的破坏者，才是可以理解的。

除此之外，我们还可以在《天狗》中发现与《月蚀》散发出来的性意味相类似的成分。这首诗中描写的疯狂的天狗吞月，也可被视为一种关于两性关系的隐喻。当然，这两篇作品对于两性关系的描述都是半遮半掩的：《月蚀》虽然明确了"狗"与"月"的现实指涉，却并没有明确的天狗吞月的动作与结果。而在《天狗》中，这个过程被表现得淋漓尽致，"狗"和"月"的本体却又被完全隐去了。也就是说，这两部作品就好像一个拼图的两块碎片，分别看很难确定其图案，只有以恰当的方式将它们拼合在一起，才能清晰地显示完整而连贯的线条与色彩。

这样解释《天狗》仍然可能遭到质疑：诗中天狗所"吞"，并非仅仅是"月"，还有日、星球乃至宇宙，仅仅由《月蚀》提供的材料就断言这首诗是一种性描写，从逻辑上说未免太不严谨。

这样的质疑当然是有道理的。但本文所说《天狗》中的性意味绝非唯一的、具有强烈排他性的正确解读，只是一种可能性的推断而已。而且，即便承认这首诗是一种性隐喻，也并不意味着能完全排除其他因素的存在——郭沫若在写《天狗》前一天曾经创作《芬陀利华（白莲花）》以歌颂天王星发现者赫歇耳[①]的妹妹伽罗琳,[②]《天狗》中的"星球""宇宙"等从"月"延伸出的物象就是由此而来亦未可知。

或许仍然有人会觉得以上对于《天狗》的重新解读是胶柱鼓瑟、牵强附会，但这并不会完全否定它的合理性。它至少为《天狗》那看似癫狂的语句提供了一种新的、更加符合人们的日常逻辑的推论——本文的解诗思路不是力图将作品和某种空泛的启蒙话语相关联，而是强调作品和作者的私人生活经验的直接相关性。更进一步说，在对《天狗》的解释中应用这种思路，可能比那种将诗歌、作者和某种时代精神不假思索地进行衔接的做法更具合理性：本文前面所述郭沫若对这首诗的沉默说明，它更可能属于一种令人难以启齿或不足为外人道的私人领域，而不是公开、透明、堂而皇之的公共话语体系。

[①] 即威廉·赫歇尔（William Herschel, 1738—1822），英国天文学家，出生于德国。他在1781年发现了天王星。

[②] 即卡罗琳·卢克雷蒂娅·赫歇尔（Caroline Lucretia Herschel, 1750—1848），英国天文学家，出生于德国，是威廉·赫歇尔的妹妹及助手。

《死水》究竟为何而作?

《死水》是闻一多最著名的代表作之一,最初发表于1926年4月15日的《晨报副镌·诗镌》。然而,这一首诗的创作时间至今还是一个悬案。刘元树的《闻一多的〈死水〉作于何时?》[①]认为,虽然当时的公开出版物中都注明该诗写于"1925年4月",但是它和闻一多在美国创作的《忆菊》等作品一贯把祖国幻想得美丽而可爱的做法很不一致。刘元树结合诗人的生平经历对诗歌内容进行分析,得出该诗应该创作于"三一八"惨案后的1926年4月的结论。刘元树还指出,闻一多的学生王康所著的《闻一多传》可以证实他的推论——该书也认为这首诗是诗人自海外归来后的作品。而且,闻一多这样的著名诗人的重要作品不大可能在写成一年后才发表。更何况闻一多当时在编辑《诗镌》,发表作品不是难事。

刘元树的看法有一定的合理性。但是因为他所见材料不够充分,分析有明显漏洞。比如,他认为《死水》诗末所注1925年4月的写作日期可能是排印错误,因为叶圣陶早已发现《死水》的

---

① 该文刊载于《安徽大学学报》(哲学社会科学版)1981年第3期。

"排印本不惟多错字,且有错简之处",这是明显的张冠李戴。1947年10月25日叶圣陶给朱自清的信中确实曾提及《死水》《红烛》排印本的错字、错简,但是他所说的排印本是1948年开明书店出版的《闻一多全集》所依据的版本,而在1928年1月新月书店的《死水》初版本以及1933年4月的版本①中,乃至在后来的《闻一多全集》中,《死水》一诗都并未标注创作时间,② 因此不能把1925年4月这个《死水》创作时间简单地归为所谓的"排印错误"。

据现有材料,《死水》创作于1925年4月的说法首见于被列入"新文学选集"丛书的1951年开明书店出版的《闻一多选集》中。2015年7月开明出版社曾重印了这本书并在"出版说明"中交代,"新文学选集"是由当时的中央人民政府文化部成立的"新文学选集编辑委员会"编选的。该委员会由时任文化部部长茅盾任主任,出版总署副署长叶圣陶和中宣部文艺处处长、作协党委书记兼副主席、《文艺报》主编丁玲以及文艺理论家杨晦等人任委员。《闻一多选集》的编者是李广田。他在为该书所写的《序》中曾表示,该书不像1948年的《闻一多全集》那样按作品分类编排,而是尽可能地按编年进行调整,"凡是能注出写作年代的,也已大致注明"。③《死水》一诗就此有了具体的创作时间,尽管现在看来这个时间仍然是可疑的。

讨论《死水》的创作时间并非仅仅具有单纯的考据学意义:不同的创作时间乃至发表、结集的时间都可能导致对该诗的不同

---

① 1933年4月出版的《死水》为第四版,其版权页标明该书初版时间为1929年3月。第四版《死水》的出版者为邵洵美,发行者则仍和此前版本一样为新月书店。
② 1926年4月15日《晨报副镌·诗镌》最初发表的《死水》也没有写明创作时间。
③ 李广田:《序》,新文学选集编辑委员会编:《闻一多选集》,开明书店1951年版,第7页。

《死水》究竟为何而作？

理解。《死水》曾长期入选不同版本的高中语文教材，很多教辅材料对该诗的读解即可说明这一点。这里以辛万祥、刘新平主编的《读想用：高一语文（上册）》为例。该书认为《死水》从创作、发表到结集出版，根据时间地点的不同，至少有三重意义。第一重意义：从《死水》的创作时间看，"死水"是美国社会的象征。该诗末尾注明的创作时间说明当时闻一多正在美国，他饱受歧视并因此对美国社会在繁华掩盖下的腐朽与罪恶感到愤怒与厌恶，对自己的祖国则表现出无限的热爱与思念，"死水"外表的华美只是污秽和垃圾的霉变，其下面则是污秽和罪恶。这样的"死水"正是美国社会最真实的写照。第二重意义：从《死水》发表的时间来看，"死水"象征的是北洋政府。闻一多 1926 年 4 月才把《死水》发表出来，是想借《死水》表达自己对北洋政府的深恶痛绝。第三重意义：从《死水》诗集出版的时间来看，"死水"象征的是黑暗的中国现实——1927 年大革命失败，闻一多对于祖国的美好希望破灭，第二年编辑出版《死水》表达对现实激愤而又失望的情绪，也表现了他与反动统治者不合作的态度。[①]

辛万祥、刘新平主编的《读想用：高一语文（上册）》对《死水》的剖析有许多不合理之处：把《死水》的创作、发表、结集的不同时间都看作闻一多有意识地回应不同的外部社会环境以及具体社会事件的结果，明显是一种过度阐释。但这种解释确实让我们发现了刘元树对《死水》创作时间所作的推断出现问题的原因之一：他坚持把"死水"看作黑暗中国的象征，没有想到诗人也许是要用这个形象表达他对美国的厌恶之情。

---

① 辛万祥、刘新平主编：《读想用：高一语文（上册）》，机械工业出版社 2004 年版，第 21—22 页。

闻一多确实不喜欢美国。他在1922年7月赴美留学，立志从事绘画艺术。尽管他初到美国时曾表示"美国人审美的程度是比我们高多了"，并奇怪美国"何以机械与艺术两个绝不相容的东西能够同时发达到这种地步"，[1] 但是后来在美国遭受种种排挤、歧视的经历令他十分不快，他后来还放弃了绘画改学文学。《死水》最后一节中"这里断不是美的所在"的判断和"不如让给丑恶来开垦"的行动是可以和闻一多赴美求学的经历相契合的：他去的时候本是为追求"美"（绘画艺术），但因为美国"不是美的所在"，所以放弃了这种追求。由此来看，认为"死水"象征着美国社会的观点可谓合情合理。

然而，认为《死水》创作于美国并象征着美国丑恶现实的说法所面临的一个问题仍然是为什么该诗迟至一年之后才发表。闻一多在《诗的格律》中曾明确表示《死水》是自己"第一次在音节上最满意的试验"，[2] 他在并不缺少发表平台的情况下把这样一首得意之作尘封一年确实是极不合情理的。另外，认为"死水"指的是美国的说法虽然合乎情理，却很难找到引发闻一多创作动机的直接刺激物——这首诗虽然充满象征意味，但是景物描写是写实性的，"死水"很可能有其现实原型。

根据现有材料，"死水"的原型确实有，但并不在美国。曾和闻一多颇有交往的饶孟侃在1962年7月号的《人民文学》上发表了《夏夜忆亡友闻一多》一诗，其中有"楼耸龙坑湮'死水'"之句。饶孟侃在诗后为"死水"所加的注释中称："《死水》一诗，即君[3]偶见西单二龙坑南端一臭水沟有感而作，今民

---

[1] 《闻一多书信选集》，人民文学出版社1986年版，第45页。
[2] 闻一多：《诗的格律》，《晨报副刊·诗镌》1926年5月13日第7号。
[3] 即闻一多。

族宫一带已层楼高耸，顿改旧观矣。"据《闻一多年谱长编》记载，1925年6月中旬闻一多确实曾和余上沅、陈石孚一起在北京西单二龙坑梯子胡同一号租住。该书还记载了闻家驷的说法：关于《死水》的写作时间有两种观点，一种认为是在国外时，一种认为是回国以后——当年闻一多居住的西京畿道原名沟头，有长沟，沟内常有积水。[①] 饶孟侃是闻一多的朋友，其言之凿凿，令人无法反驳；闻家驷是闻一多家人，看来他也比较认同该诗创作于闻一多回国之后的观点。

然而，如果说闻一多在诗中以"死水"来象征中国社会的黑暗现实，表达自己对祖国由爱转恨的绝望心态，和他当时的思想、行动并不相符。对闻一多稍有了解者都应该知道，他可谓现代文学史上家国情怀最重的诗人之一。他去美国之前就曾在《美国化的清华》中对美国文化表示不屑。到美国后他的这种看法虽一度有所改变，但是受歧视的生活经历让他的爱国热情更加高涨。1923年他还和罗隆基等留美的清华同学一起在麦迪逊城成立了力图接近政治的"大江学会"。该会崇奉国家主义，以谋国家的改造为宗旨。归国后他仍然积极投身到大江学会的工作中，热心参与政治活动，何尝表现出对国家绝望的态度？又何曾有抛弃国家、"让给丑恶"的行动？即使在为1926年"三一八"惨案所写的《唁词——纪念三月十八日的惨剧》中，他也表现了昂扬的战斗豪情，看不到一丝沮丧之意。如果说《死水》是闻一多受这个事件的刺激而作，那么又怎能说中国这沟"死水"吹不起涟漪？总之，从闻一多回国后的思想、情感状态和一系列政治行为看，是中国的黑暗现实刺激他写出了《死水》的说法显得牵强附

[①] 闻黎明、侯菊坤编：《闻一多年谱长编》，湖北人民出版社1994年版，第267、322—323页。

会、大而无当。

闻一多究竟为什么创作《死水》？认为这首诗只是闻一多受一条臭水沟的刺激的产物显然是不对的。诗人绝不是要对这条臭水沟进行哪怕是充满机趣的白描，而是想用所见的臭水沟发泄自己的"绝望"情绪并进一步采取将其"让给丑恶"的行动策略。闻一多自美归国之后遇到过令他"绝望"并打算"弃之而去"的人和地方吗？确实有。

1925年闻一多最初回国后工作并无着落，9月1日才被聘为国立北京美术专门学校的筹备委员。国立北京美术专门学校原名国立北京美术学校，创立于1918年4月15日，首任校长为郑锦（1883—1959）。该校虽然在开始的几年内尚属平静，但自1923年起就由于内部矛盾而风潮不断，演至1925年1月竟然被教育部勒令停办，嗣后直至9月才开始筹备恢复。当时主持恢复工作的筹备主任是教育部专门司司长刘百昭，也就是那个据说在著名的"女师大"事件中曾雇用流氓、老妈子将女学生强拖出校并因此被鲁迅所谴责、讥嘲的坏人，时任教育总长章士钊的亲信。[①]

闻一多之所以能成为国立北京美术专门学校复校筹备委员，与他回国后加入新月社有关。1925年8月11日闻一多致闻家騄信中云："今日席间又谈及北京美专事，同人皆谓极宜恢复，并

[①] 关于刘百昭，或许因为长期以来的恶名，其生平材料极少。王工的《国立北平艺术专科学校史》中云：刘百昭（1893—1933），字可亭，湖南武岗县高沙镇木山村人，少年就读于观澜书院和高沙中学堂，毕业后考取湖北高等铁路学堂铁路建筑专业。后来他因参加辛亥革命得公费留学资格，先留学英国，后游历欧洲多国，历十余年，获得爱丁堡大学政治经济学硕士学位，1923年归国，在湖南高等商业专门学校任教务长，期间曾应省长赵恒惕邀请参与湖南大学之创办并任校董。1925年4月他的留英同学章士钊任北京政府司法总长兼教育总长，他被提名担任教育部专门教育司长一职。以上参看王工主编《追寻记忆：民国以来中国美术问题思考》，河北教育出版社2014年版，第151页。必须说明的是，王工叙述刘百昭生平时并未给出其材料来源。

· 36 ·

由本社同人主持其事。故已议定上书章行严，由林长民任疏通之责。"① 另据梁实秋《谈闻一多》，闻一多得任上述职务，具体地说是由于徐志摩的推荐。②

虽然闻一多介入国立美术专门学校筹备复校工作的细节已难详考，但据以上已可知他在后来的国立艺术专门学校③中的人脉与所属的派别。他在该校之所以能担任教务长并兼代西洋画系主任等要职也就不难理解了——该校复校后首任校长就是刘百昭。当然，这也应该与他、余上沅等人曾为该校添设音乐、戏剧两系出力有关。④

然而，本就风潮不断的国立美术专门学校，在更换了校名与校长后仍然未能摆脱不平静的命运。1926年1月，因为刘百昭的靠山教育总长章士钊被免职，刘自己的教育部专门司司长一职亦不能保，"艺专"（国立艺术专门学校的简称）校长的职位同样岌岌可危，该校再次发生风潮。

风潮发生后不久，刘百昭以经费不足为由辞职，教育部拟聘林风眠代之，在林未到校之前，拟派萧俊贤或陈延龄兼代校长。闻一多等"艺专"同人闻讯后表示异议：陈延龄以教育部专门司司长身份任该校校长，有部员干涉教育之嫌。闻一多等人的逻辑颇令人奇怪：当初刘百昭以教育部专门司司长身份负责筹办国立美

---

① 《闻一多全集》第12卷，湖北人民出版社2004年版，第227页。
② 梁实秋：《谈闻一多》，传记文学出版社1967年版，第64页。
③ 1925年10月5日，教育部确定将国立北京美术专门学校改名为国立艺术专门学校。参看陈继春、袁宝林《后校长时代的郑锦和"国立美专"——校史钩沉之四》，《美术研究》2017年第2期。
④ 余上沅、赵太侔和闻一多等人在美国即开始从事戏剧运动，希望回国后能建设一个"北京艺术剧院"。他们回到北京后虽多有努力，却并未成功，于是退而求其次，乘"恢复'美专'的机会，商量教育部添设了音乐、戏剧两系。以上参看余上沅1925年11月19日给欧阳予倩、洪深和汪仲贤的信，载于《余上沅戏剧论文集》，长江文艺出版社1986年版，第136页。

术专门学校恢复事宜,后又任"艺专"校长,这何尝不是"部员干涉教育"?

闻一多之所以有如此言行,显然与其所属"圈子"有关——他既受刘百昭提携,关键时刻当然要为之出力鼓噪。1926年1月22日,闻一多还与萧友梅、程振基、赵太侔一起赴教育部质问"艺专"校长问题,认为"艺专秩序甚佳,殊无部员代为维持之必要",又云"万一刘校长辞职,则同人认为继任人选,总以资望较高,对于艺术深有兴味,且与前美专风潮无关系者为宜"。①

他也许并不是真的拥护刘百昭。1926年1月23日他在给梁实秋的信中曾经谈到这件事:

> 我近来懊丧极了。当教务长不是我的事业,现在骑虎难下真叫我为难。现在为校长问题学校不免有风潮。刘百昭的一派私人主张挽留他,我与太侔及萧友梅等主张欢迎蔡孑民先生,学校教职员已分为两派。如果蔡来可成事实,我认为他是可以合作的。此外无论何人来,我定要引退的。今天报载我要当校长,这更是笑话。"富贵于我如浮云!"我只好这样叹一声。②

很明显,闻一多对"艺专"的现状不满。然而,他要蔡元培来当校长的愿望并没有实现。1926年1月27日,"艺专"学生投票选举校长,林凤眠、蔡元培、萧俊贤、彭沛民、李石曾等人得票较高而闻一多得票仅有20,不及最高的林凤眠票数(111票)的五分之一。不管闻一多是否有当校长的想法,得票如此之低,

---

① 转引自闻黎明、侯菊坤编《闻一多年谱长编》,湖北人民出版社1994年版,第302页。
② 《闻一多书信选集》,人民文学出版社1986年版,第205页。

都难免令他沮丧。他由此把内部派系之间倾轧不断的"艺专"比作令人绝望的"死水",是顺理成章的事。

另外,如果我们没有忘记闻一多、余上沅、赵太侔等人来"艺专"的最初目的是开展戏剧运动,建设一个"北京艺术剧院",也许就更能明白闻一多为什么"绝望"了。虽然这些人争取到了在"艺专"添设戏剧系的机会,但有关当局对此并不热心,他们的戏剧理想面临重重困难。据《闻一多年谱长编》所引的当年北京《晨报》上的材料,在筹备恢复国立美术专门学校时,虽然教育部同意新添设剧曲、音乐两科,但是经费却和原来一样,并未增加;刘百昭还以章士钊之名提出,新增的两科应该"徐图进行"。[①] 1925年11月19日,余上沅在信中为经费问题向欧阳予倩、洪深、汪仲贤诉苦:

……刘可亭说予倩寄给他一大篇计划书,我虽没有机会拜读,但是任何计划在目前都等于零是可以断言的。社会的帮助难有希望,政府的帮助更难有希望。我们真要作楚囚之对泣了!

在翌年1月4日给欧阳予倩的另外一封信中,余上沅又云:

……"艺专"经费支绌,半年快过去了。设备几乎是一点没有。学生呢,现在只剩下二十名,而其中又有几个没有多大的希望。长此以往,前途真不堪设想。

我同一多、太侔商议过好几次:第一,我们非要学校先

[①] 闻黎明、侯菊坤编:《闻一多年谱长编》,湖北人民出版社1994年版,第286、288页。

> 拿一笔款购买舞台用灯不可……①

其困窘之态，不难想见。迨至1926年9月余上沅在《晨报·剧刊》第十五号上发表《一个半破的梦——致张嘉铸君书》正式承认国剧运动失败，闻一多已经接受张嘉铸之兄张君劢任校长的吴淞国立政治大学的聘书了——他也许早就对国剧运动失去了兴趣。

平心而论，余上沅等人倡导的国剧运动之所以失败，固然有外部的体制、经济等因素，他们自身也难辞其咎。本来"艺专"成立时，戏剧系极受欢迎，"前美专旧生请求转入戏剧系者甚多"，同时"校外要求投靠戏剧系者纷至沓来"，②但数月后仅剩二十人，恐怕不单是一个经费因素可以说明的。一方面，他们创办戏剧系、进行戏剧教学的经验与准备明显不足；另一方面，陈义极高的国剧运动虽打出"由中国人用中国材料去演给中国人看的中国戏"③的旗帜，实则欲熔东西方戏剧为一炉，在具体做法上又难免要借重中国旧戏——在某些一心追逐进步的时代潮流的戏剧系年轻学子们看来，这不啻倒退。据曾在"艺专"学习戏剧的左明回忆，当年"艺专"开学时，学生们兴高采烈地每天习演《压迫》《获虎之夜》《一只马蜂》等现代名剧，第一学期结束还举行了第一次公演，效果也不差。至第二学期，学生们求知欲强，不断要求新东西，而戏剧系主任赵太侔及余上沅却只

---

① 余上沅第一封信中的"刘可亭"即刘百昭，"予倩"即欧阳予倩。以上两信中的相关内容载于《余上沅戏剧论文集》，长江文艺出版社1986年版，第136、137页，引文中的省略号俱为张传敏所加。
② 闻黎明、侯菊坤编：《闻一多年谱长编》，湖北人民出版社1994年版，第291、292页。
③ 余上沅：《序》，《国剧运动》，上海书店1992年根据新月书店1927年版影印，第1页。

《死水》究竟为何而作？

能一切照旧。再加上经费不足，于是师生俱觉不安。最后有一两位爱好旧戏的学生提议增加旧剧课程，于是赵太侔等人"强行在戏剧系每礼拜加上十几个钟的旧剧的台步和唱工"，"从此戏剧系多事矣"！①

另一位当年戏剧系的学生张蓝璞在回忆文章中更不客气：

> 我们戏剧系在招生时和简单的计划书上，并未提到什么旧戏底课程；然而，那些没本领的教授们竟受一二个因为自利而乱唱的人包围，愚弄，于民国十五年的上学期中忽然要改课程表，添数十小时旧戏，将我们至要的表演时间改在下午黄昏时候，而以旧戏的科白，做工，……等居于主要课程；并广招什么富呀，芳呀，来做教授，这是何等的荒谬呀！须看看现在是什么时代，需要什么？社会上能否承认寄生的，贵族的，保守的玩艺儿存在？即退一步讲，它是不是戏剧，正是大有讨论的必要，也还是个问题，可是，他们因为自己方便竟毫不顾忌的如皇上似的开始称起雄来。
>
> 什么东西！现在是二十世纪！我们是现在的青年，将来的创造者，为戏剧的现在和将来起见，绝不能由他们家天下，称孤道寡，叫什么保存国粹，纯艺术，任意摧残现代剧的嫩芽。②

虽然闻一多在"艺专"也参与过戏剧系的建设，但是张蓝璞等抵制国剧运动的学生主要针对的应该不是他——其时他在学校主要从事行政性质的教务长工作，对于国家主义政治的热衷亦远

---

① 左明编：《北国的戏剧》，现代书局1929年印行，第10页。
② 张蓝璞：《五五剧社的过去》，左明编：《北国的戏剧》，现代书局1929年印行，第120页。

胜于戏剧艺术。那么，他是对余上沅等人主导的戏剧运动绝望了吗？还是要彻底摒弃那些冥顽不灵的反对国剧运动的青年学生？不得而知。1926年3月，"艺专"新校长林风眠到校，闻一多向林辞职，教务长一职由林兼任。林风眠当然不一定就是闻一多诗中说的"丑恶"，但闻一多确实是把自己在"艺专"的职务"让"给了他。

无论谁是"丑恶"，无论什么让闻一多感到绝望，将他最终弃之而去的"艺专"视为《死水》的直接刺激源，较之空洞的"黑暗的中国现实"都更加合情合理。诗的最后一节中的"这里断不是美的所在"和"艺专"之相契合的程度，也不下于前面所说的美国：因为痛恨之情而被闻一多斥为"断不是美的所在"，恰恰说明这个遭痛诋的对象本来应该是美的所在，而"艺专"就是一个专门教人追求美的地方。

《死水》一诗在技术上的长处其实只需几句话就够了：它不仅圆满地实现了闻一多所追求的诗歌"三美"——音乐的美、绘画的美、建筑的美，而且并不给人以造作之感。它既是精心雕琢的结果，也是妙手偶得，很难复制。与《死水》的成功不同，闻一多有些力求其"美"的诗句，如《泪雨》中的"那原是舒生解冰的春霖，/却也兆征了生命的哀悲"，就只能引得读者像冯文炳一样发笑了。①

---

① 冯文炳：《谈新诗》，人民文学出版社1984年版，第24页。

徐志摩《再别康桥》中的几种名物

《再别康桥》是徐志摩1928年11月6日从欧洲回国行至中国海上时所作,最初发表于1928年12月10日《新月》月刊第1卷第10号。该诗属于新诗中受欢迎程度最高的一类:它不仅文字优美、音乐性强,其伤离别主题以及所表达的似有若无的微妙情感也都非常符合中国人的审美趣味,故能赢得绝大多数读者的青睐。关于这首诗背后所指涉的人与事,有种种不同的说法。有人认为它是徐志摩给自己在英国剑桥大学的老师写的赠别诗,有人认为它是写给徐想去见面而未能得见的在剑桥的英国老朋友的。也许更多的人会认为,该诗是为林徽因而作,用以纪念徐志摩自己那段已经逝去的青春与爱情的。[1]

面对这样一首已经被解读过不知多少遍的经典诗作,想再给出新解释,难度极大。好在诗歌文本具有足够的弹性并可借此延展自己的空间,故解诗者仍然有可能运用自己的观察力、想象力与逻辑能力提出具有新意的见解。就《再别康桥》来说,诗中的名物就是一个仍然值得讨论的话题,虽然这也并非全新的——刘

---

[1] 参看张德明《悄悄是别离的笙箫——徐志摩〈再别康桥〉导读》,《百年新诗经典导读》,暨南大学出版社2015年版,第58—59页。

洪涛就曾在英国剑桥对此进行过实地考察并撰有《徐志摩的剑桥诗歌研究》一文。但刘文主要着眼于剑桥自然景物在徐诗中的表现及其审美趣味,对于诸名物背后可能隐藏的诗人的主体私人性未作更深入追究。

不可否认的是,《再别康桥》中的有些名物只是实写,对于此类物象不必过度考索,例如诗中最先吸引读者注意力的云彩。该诗第一节中有云:"作别西天的云彩。"徐志摩创作这首诗时剑桥(即徐所谓康桥)的云彩是什么样的?他并未特别加以描摹。不过,他在1923年7月7日《时事新报·学灯》上发表的《康桥西野暮色》第一节中曾比较细致地描写云彩,这也许能够帮助读者想象他再次与剑桥作别时云的状貌:

一个大红日挂在西天
紫云绯云褐云
簇簇斑斑田田

第二节中又云:

一大块透明的琥珀
千百折云凹云凸

云能分色,还能见其簇簇、斑斑、田田的形状,可见空气质量不错。据克拉普著《工业革命以来的英国环境史》记载,到1920年,英国首都伦敦因为烟尘而造成的夏季阳光损失已经减少到不足4%,[①]

---

① [英]布雷恩·威廉·克拉普(Clapp, B. W.):《工业革命以来的英国环境史》,王黎译,中国环境科学出版社2011年版,第14页。

考虑到剑桥是一个不以工业闻名的小城市,其空气质量应该比伦敦好。正是因为空气质量好,天上才会有美丽的云,诗人才能拥有诗意的对象。应该说,徐志摩还是很幸运的:如果当时这个小城污染严重,举头一望,空中尽作灰黄色,徐志摩也就无云可以作别了。

徐志摩爱云,尤爱夕云,无论是中国的还是英国的。他在《雨后虹》中细致入微地描写了雨后西天云罅月漏的精神、彩焰奔腾的气象;在《西湖记》中写1923年10月7日在常州车站上渡桥时,看到"西天正染着我最爱的嫩青与嫩黄的和色",他还忍不住大叫好景;在《一个祈祷》中他还请爱神收下自己的心,否则就让爱神将这颗心"磨成齑粉,散入西天云"……。总之,《再别康桥》中的云虽然足够浪漫,却并不一定大有深意或者另有所指——凡世间一事一物,只要能触动人心便足以成诗,诗人只要发现它就够了,正不必故意编造以炫耀自己的诗意。

和云一样,《再别康桥》第二节里的"金柳"也是实写。据刘洪涛说,金柳的英文为 Golden Willow,也就是国内常见的垂柳。在剑河中游这一段,这是最多见的一个树种。在夕阳照耀下,柳树确实可以呈现出"金色",故金柳一语十分精当。刘洪涛之言甚是。再进一步说,徐志摩用金柳和夕阳中的新娘相比,也是很巧妙的——如果将柳树换成也在诗中出现的榆树,就会让人哑然失笑了:柳枝细长轻盈,可拟女性曼妙身姿,而"塞垣老丫叉"[①] 的榆树是很难让人产生新娘子的联想的。

榆树在《再别康桥》中作为一个背景物象,也不应该是出于徐志摩杜撰——他根本没有必要这么做。但刘洪涛却并不这样认为。他说剑河中段根本就没有榆树(elm),由此他还认定诗里所

---

① (宋)陈造《次王帅韵后诗呈叶教授》中有"塞垣榆树老丫叉"之句。

谓"榆荫下的一潭"也是不存在的。刘洪涛的说法值得怀疑。说徐志摩不认识王家学院后花园中桥边的榉树，将其误写为"椈树"或"橘树"① 是可以理解的，因为这种树并不常见，他也许只是根据别人的叫法依音记录而已。如果说他连榆树都不认识，其植物学常识就太过可怜了。徐志摩诗文中不止一处记载了剑桥榆树。比如他在《我所知道的康桥》中曾写到从某处林子里的小径向烟雾浓密处走的时候，"头顶是交枝的榆荫"，可见此种树木很多；在《雨后虹》里他写自己在雨中等待彩虹时，曾看见"无数的榆钱在急涡里乱转"；在《月下待杜鹃不来》中他描述的情景极似发生于剑桥，其中也写到"风飕飕，柳飘飘，榆钱斗斗"。徐志摩即便不认识榆树，难道连榆钱都不认识吗？一地风物随时变迁，虽然英国人具有保持事物原貌的好传统，也不能肯定现在的剑桥风光和近百年前完全一致，刘洪涛在剑河中段未见榆树不等于徐志摩当时也未见过。如果让读者在二人所说中作选择的话，还是选择相信徐志摩的描述为好。

至于诗中所谓的"一潭"，也许是指拜伦潭，徐志摩在《我所知道的康桥》中曾提及此地。他在诗中将潭比作"天上虹"，那么这"潭"就不能仅仅被视为他当年经常去的一个地方了——本文前面提到他在雷雨中等候彩虹的事迹，足以说明这"虹"对他来说意味着什么。按照林徽因《悼志摩》中所说，徐志摩那次雨中等虹其实全凭"诗意的信仰"，② 那么这里的潭水也就可以说等于他的信仰，是相当重要的了。

---

① 徐志摩：《雨后虹》和《我所知道的康桥》中有"橘""椈"之树名，刘洪涛和韩石山都认为，两种树都是"榉"。参看韩石山《那是一棵什么树》，《真实背后的真实》，北岳文艺出版社2015年版，第7—10页。另，"椈"在古代汉语中系柏树的别称。

② 林徽因：《悼志摩》，陈学勇编：《林徽因文存》，四川文艺出版社2005年版，第5页。

和不能完全断定这潭水就是指拜伦潭一样，也不能断定它是被用来比拟人的眼睛的。这潭水显露出诗人的笔触由实入虚的痕迹：它在浮藻间被揉碎了，因此变成了彩虹一样的梦。既然是梦，当然就不是现实。而且，如果从梦出发，即便现实之物也可能变成有意无意的虚构，譬如诗中的青荇。刘洪涛指出，剑河里并没有青荇，徐志摩误认为青荇的其实是一种叫"菰"的水生植物。[①] 但刘洪涛的说法仍然可疑：菰是一种挺水性多年生浅水草本植物，其秆高达1—2米，而徐志摩诗里所说的水草却是在"水底"招摇，应该是一种像苦草、金鱼藻那样的沉水性植物。它究竟是什么？仍然不得而知。但无论如何，说它是青荇是不对的。青荇漂浮于水面或生于泥土之中，叶片圆如睡莲，也是不会在水里"招摇"的。

那么为什么徐志摩在诗中会称这种不知名的水草为青荇？青荇其实早在《诗经》中就已经出现了，《关雎》中的"荇菜"就是它：

参差荇菜，左右流之。窈窕淑女，寤寐求之。
……
参差荇菜，左右采之。窈窕淑女，琴瑟友之。
参差荇菜，左右芼之。窈窕淑女，钟鼓乐之。

《关雎》本是描写男子追求女孩子的情歌，青荇作为起兴之物也就有了一层柔美的爱情色彩。本不知剑河水草为何物的徐志摩选择青荇作为它的名称，其内心所思所想不难揣测，爱情是诗人在再次离别康桥时所思所想的最重要内容之一。

徐志摩诗中的青荇，照中国古诗的旧例，或在某些有考据癖的

---

① 刘洪涛：《徐志摩的剑桥诗歌研究》，《从国别文学走向世界文学》，复旦大学出版社2014年版，第51页。

人看来，这是诗病，应该改正。但诗究竟不是学问，新诗也不是旧诗。而且，若要表达爱情意蕴，除了青荇还有哪种植物更适合当此重任？因此大多数读者应该会对徐志摩的做法表示宽容，现代人不像古人那么较真儿。更何况，青荇这一瑕疵（如果算是瑕疵的话），还帮助读者们开启了徐志摩主体私人性那扇虚掩的大门呢：读者几乎可以断定，当时萦绕在他脑海中的，仍然有林徽因的影子。

徐志摩的《康桥再会吧》可以为《再别康桥》中林徽因的因素提供旁证。《康桥再会吧》创作于1922年8月10日诗人离开英国前夕，最初发表于1923年3月12日的《时事新报·学灯》，当月25日经重新排版后被再次发表。该诗中有这样的句子：

> 你我相知虽迟，然这一年中
> 我心灵革命的怒潮，尽冲泻
> 在你妩媚河身的两岸，此后
> 清风月明夜，当照见我情热
> 狂溢的旧痕，尚留草底桥边，
> ……
> 设如我星明有福，素愿竟酬，
> 则来春花香时节，当复西航，
> 重来此地，再捡起诗针诗线，
> 绣我理想生命的鲜花，实现
> 年来梦境缠绵的销魂踪迹，
> 散香柔韵节，增媚河上风流；
> ……①

---

① 诗中省略号为张传敏所加。

当时徐志摩回国的愿望是什么？很明显是求得林徽因之爱。那么这诗中所谓情热"狂溢的旧痕，尚留草底桥边"以及"年来梦境缠绵的销魂踪迹"就只能是和林有关了。也许正是他和林徽因在剑河边的某种难忘记忆，才让他甘心作"一条水草"。但梦只是梦，徐志摩在《再别康桥》倒数第三个诗节中写自己要"撑一支长篙向青草更青处漫溯"，并非对于自己过往经历的实录。他在《我所知道的康桥》中曾明白地承认，自己当年根本没有学会用长篙撑船。

《剑桥大学船队训练归来》（版画），摘自 1870 年 4 月 2 日《伦敦插图新闻》（*The Cambridge University boat crew returning from practice*, a print from *The Illustrated London News*, April 2, 1870）。

由于诗中的林徽因因素，"草"这一本系实写的物象，使诗中"向青草更青处漫溯"一句增添了性隐喻的色彩。尽管青草的声响和物象在中国传统诗文中并不和性紧密相关，但在徐志摩那里确实可以见到它和性意识被同时呈现并因此具有密切相关性的证据。他在 1925 年 4 月 11 日的《现代评论》第 1 卷第 18 期上发表了小说《船上》。这篇小说的情节性极弱，主要就是写一个二十来岁的城里姑娘腴玉，随着母亲到乡下看坟地时从开心到恢复原来的烦恼状态的心理变化。女主人公的名字听起来非常奇怪，一般来说，在现实生活中是不可能出现这样的名字的。也正因如此，它才可以成为读者窥探小说作者对于年轻女性的想象方式的一个缝隙：玉，旧式诗文中常以之形容貌美的年轻人；腴，多用来形容人的体态丰满、圆润。一个男性作者为其作品中的女性角色起这样一个简直是由《西厢记》中张生那一句"我这里软玉温香抱满怀"转化而来的名字，他对女性的趣味可谓昭然若揭。这个男性作者在小说的一开始，也让这个女性角色表现出了对于青草的热爱：

"这草多青呀！"腴玉简直的一个大筋斗滚进了河边一株老榆树下的草里去了。她反扑在地上，直挺着身子，双手纠着一把青草，尖着小鼻子尽磨尽闻尽亲。

小说里腴玉对青草的癫狂举止，当然也折射出徐志摩对青草的热爱。更值得注意的是，小说中的草是和河边、榆荫同时出现的，而它们也都是后来《再别康桥》中出现的物象。也就是说，《船上》的这一段和《再别康桥》中的相应诗句相比，只是多了一个在后者中未出现的女主人公而已。那么小说中的青草及榆荫是否和诗人在剑桥的经历有关？它们是否被移植进后来的《再别康桥》？难有定论，因为写作小说时的徐志摩正在欧洲游历的途中为"一路上坟送葬"而"惘惘"，[①] 同时他也已经开始和陆小

[①] 赵遐秋、曾庆瑞、潘百生编：《徐志摩全集》第5卷，广西民族出版社1991年版，第47页。

曼恋爱了。而到了创作《再别康桥》时，即便徐志摩回忆中的女性仍然是林徽因，和"心灵革命的怒潮"奔涌以及"这炉火更旺似从前"①的当年相比，他也已经相当平静而理智了：他的结局早已注定，只能是挥一挥衣袖，"不带走一片云彩"。

补记　剑桥大学确有榆树

经查，剑桥大学王后学院（Queens' College，Cambridge）中确有两棵榆树，树种为荷兰榆（Dutch Elm）。据一位讲荷兰语的比利时人蒂姆（Tim）建立的"重要树木"网站（Monumental Trees）描述，这两棵榆树位于英国剑桥大学王后学院花园中，高度俱为 34.50 米，是 2014 年由树木记录者欧文·约翰逊（Owen Johnson）记录的。两颗树中较粗的一棵干围 4.22 米，稍细的一棵干围 3.6 米。这两棵树的干围数据都是在距地面高度 1.5 米处测得的，2010 年由树木记录者布莱恩·罗巴克（Bryan Roebuck）记录。在该网站中，这两棵树的名称分别为 Ulmus × hollandica "16985"，'Vegeta' 和 Ulmus × hollandica "16986"，'Vegeta'。根据谷歌地图显示，它们离剑河（River Cam）不远。以剑河为参照物来看，它们位于国王学院桥（King's College Bridge）和数学桥（Mathematical Bridge）中间。除剑河外，另有一条不知名的剑河细小支流距离它们更近。②

剑桥大学的《王后学院记录（2000）》（*Queen's College Record*

---

① "这炉火更旺似从前"是徐志摩在《晨报副镌·诗镌》1926 年第 10 期发表的《拿回吧，劳驾，先生》》中的诗句。徐志摩在这首诗中描述了自己某次收到林徽因信之后燃起的炽热感情，以及得知林也给别人写了同样的信后产生的复杂心绪。

② 以上内容参看"重要树木"网站，https://www.monumentaltrees.com/en/gbr/england/cambridgeshire/8572_queenscollege，2019 年 12 月 10 日。

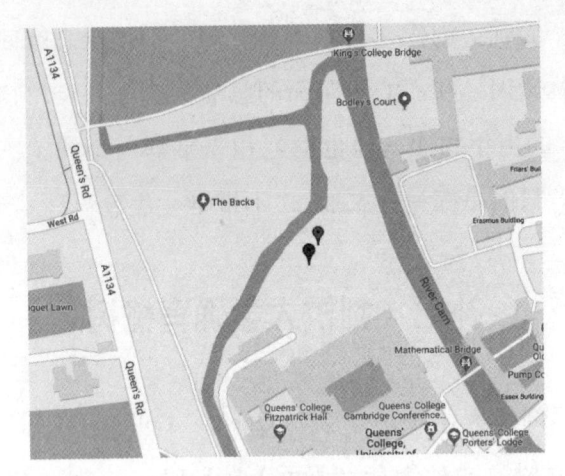

在这张谷歌地图截图中,两颗图钉所示即剑桥大学榆树的位置。

2000)的"榆树林"(The Grove Elms)词条,不仅有这两棵榆树的记录,还描述了它们的来历:在20世纪70—80年代,剑桥周围的乡村因为荷兰榆树病而改观。在剑桥市,数千株榆树死亡,极少存活。在这些幸存的榆树中,有王后学院树林中的亨廷顿榆树(Huntingdon elms)群落,其中有两棵已经成为重要的标本。它们可能是18世纪晚期被种下的,是树林中最高的两棵。

这种树的原始样本可能是在1760年用亨廷顿的欣钦布鲁克公园(Hinchingbrooke Park)中的树种培育的。它们生长很快,可以长到30米高,树干直径可达150厘米。目前已知的这种树的提供者是亨廷顿南边的布兰普顿(Brampton)的一家苗圃,但是这种树的野生品种比此要早,东安吉利亚附近(East Anglia)有一些很显眼的树也许是这些早期树木的后代。

根据这个词条的记载,王后学院榆树的发现者是不列颠群岛的树木记录者,在撰写词条前不久他们还派代表对榆树进行了测量:其中一棵树41米(135英尺)高,干围108厘米(11英尺2英寸),另一棵树43米(141英尺)高,干围123厘米

（12英尺8英寸）。根据这个结果来的看，它们是不列颠群岛所有活着的榆树中最高的。[①]

但这本书中对两棵榆树的描述有误。2013年对这些榆树的DNA进行测试的结果证明，它们实际是奇切斯特榆树（Chichester elms），和贝德福德（Bedford）、诺里奇（Norwich）的Ulmus × hollandica "Cicestria" 是同样的树种。现在从剑桥大学王后学院的网页上搜索它们的名字，当然也变成了奇切斯特榆树。

在王后学院现在的网页上，这两棵榆树最初种植的年代也由18世纪晚期变成了19世纪早期，导致它们的兄弟姐妹大量死亡的荷兰榆树病暴发的时间则被明确地指为20世纪70年代，死亡原因被明确为真菌感染。该网页还交代了观赏它们的最佳位置：王后草坪（Queen's Green）。这两棵树和计划中的西路（West Road）成一条直线。

2009年，人们用微繁殖技术（micro-propagation）克隆了这两棵树。2017年，幼树被分配给了国王学院（King's College）、三一学院（Trinity College）、纽纳姆学院（Newnham College）、学校植物园（the University Botanic Garden）、地球科学系（the Department of Earth Sciences）以及其他私人接受者。[②] 也许用不了多长时间，徐志摩在《我所知道的康桥》中所描绘的榆树枝条密布、榆钱斗斗的景象就会重现了吧？

[①] 以上关于榆树林的内容，参见"榆树林"（The Grove Elms），《王后学院记录（2000）》（*Queen's College Record* 2000），第7—8页，https://www.queens.cam.ac.uk/files/publicationFiles/queens-college-2000ocr.pdf#page=9&view=fit，2019年12月10日。

[②] 王后学院网页上关于这两棵榆树的内容参见 https://www.queens.cam.ac.uk/visiting-the-college/history/college-facts/the-buildings/chichester-elms，2019年12月10日。

爱的经验与梦的入口

——何其芳《预言》解

《预言》在何其芳的诗作中无疑是相当重要的，方敬认为它预言了何其芳此后几年的诗。① 其实何止是诗，何其芳后来的很多非诗作品也和它有关，例如研究者们在解读该诗时一般会引用何其芳的剧本《夏夜》和长篇小说《浮世绘》片段之一《迟暮的花（欧阳先生的演讲）》，② 它们为理解这首诗提供了不可或缺的材料：借助这些材料，不仅可以厘清诗中蕴含的独特情感逻辑，还可以大致了解该诗赖以产生的真实事件——诗人那"不幸的爱情"及其结束之后诗人对它的再想象与再创造。如果说何其芳所经历的事件所产生的是一个用许多梦境搭建的精致而奇瑰的大厦的话，那么《预言》就是它的入口。

目前这个入口已经被大致清理出轮廓，一些基本判断也得到

---

① 方敬、何频伽：《何其芳散记》，四川教育出版社1990年版，第49—50页。方敬（1914—1996）是重庆万州区人，与何其芳是同乡，1929年两人同时进入在上海吴淞的中国公学预科读书。方敬还是何其芳的妹夫——他夫人何频伽是何其芳的妹妹。

② 《夏夜》创作于1933年，后来被收入1938年10月由上海文化生活出版社出版的《刻意集》。《迟暮的花（欧阳先生的演讲）》最初发表于《文季月刊》1936年第1卷第3期。

了很多学者的认同：第一，这首诗中"年轻的神"就是诗人自己；第二，诗中等候年轻的神的女主人公是有其现实原型的，她叫杨应瑞，可以算是何其芳的堂表姐。当年二人在北平的夔州会馆内相遇并很快坠入情网。① 尽管有了以上解说，关于这首诗以及与其相关的何其芳的爱情经历仍然有值得追索之处：为什么杨应瑞一开始追求何其芳时，他要装扮成"年轻的神"？真的如《夏夜》里齐辛生（何其芳的化身）所说，是怕自己因为接受一个女性的爱而失去"永久的青春"吗？如果这是他的真实意思，又如何理解方敬所暗示的此前何其芳对于一个"倩影，一个绿色的背影"的爱恋？② 何其芳为什么后来又接受了杨应瑞？

至少在1931年杨应瑞对何其芳示爱的初期，何并未打算接受杨，只是将这种感情视为一种"好意"。何其芳之所以要装扮成冷漠的"年轻的神"，一个重要原因应该是他当时爱着另一个人。据方敬《散文的芽》中所说，1930年下半年，何其芳在清华大学的短暂求学经历中，曾经选修朱自清的"高级作文"课。在学习期间他写了一篇散文《南寄》，"遥遥有所忆，忆江南、忆吴淞的人儿而有寄语之情"，得到了朱自清的赞赏。何其芳写信将这件事告诉了方敬，还问方这篇《南寄》是寄给谁的，方则回以本文上面所说的"倩影，一个绿色的背影"。这个"绿色的背影"是谁？

---

① 参看［日］宇田礼《没有声音的地方就是寂寞：诗人何其芳的一生》，解莉莉译，社会科学文献出版社2010年版，第111—119页。另据贺仲明的《喑哑的夜莺——何其芳评传》（南京师范大学出版社2004年版）中说，何其芳和杨应瑞分手主要是因为双方的家长都反对他们结合，同时女方可能也有软弱或不专一之处。参看该书第66—67页。又，根据何其芳剧本《夏夜》以及小说《欧阳露》等作品中的相关描述，可以大致还原出一段和以上说法并不完全一致的何与杨之间关系的始末：在杨应瑞追求何其芳之前，杨的一个年轻的亲戚已经对她表达了爱慕之情，她也对这位年轻的亲戚作了某种许诺。在何、杨开始恋爱后，这位年轻的亲戚突然回到北平，和杨发生争执后服毒自杀（未遂）。何其芳的感情受到极大伤害，在分分合合几次后最终和杨应瑞分手，杨则和那位年轻的亲戚结了婚。

② 方敬、何频伽:《何其芳散记》，四川教育出版社1990年版，第56—57页。

司马长风《何其芳的〈夏夜〉》中记载了一个坊间流传的说法：何其芳曾爱上沈从文的妹妹，"但无结果而终"。① 司马长风还认为，何其芳《夏夜》中的女主人公狄珏茹和沈从文之妹有关，这个剧本说明何其芳从北京大学毕业后到山东莱阳教书，"爱情的创伤似仍未痊愈"。他显然是误读了《夏夜》——这个剧本后注明的写作时间、地点为1933年的北平，其时何其芳还在北大就读，并未到莱阳。狄珏茹的原型应该另有其人。

何其芳在《一个平常的故事——答中国青年社的问题："你怎样来到延安的?"》中说，自己在北平的那几年人际接触非常少，只有"一个小职员的家庭，一个被弃的少妇，一些迷失了的知识分子"而已。这个"被弃的少妇"也出现在何其芳的诗《我们的历史在奔跑着》中。诗中写道：作者姐姐的一个女朋友的父亲，在清朝是一个小京官，在民国时期是顽固派。这位父亲一直到自己回老家时，才把这个"女朋友"交给幼年时许配的人家，她才得以在北平上学。在上学期间，这个"女朋友"被同学介绍给一个男子，于是她从未婚夫家中逃出，和男子一起私奔到日本度蜜月。但是后来她被男子抛弃了，只能回到北平生孩子，穷苦地在会馆里独自抚养孩子。这位"女朋友"也曾求助于她父亲，但没有得到任何回音——她父亲还将准备给她的遗产捐给了寺庙。后来她又和一个小职员结了婚，又生下一个孩子，但那个小职员最后也抛弃了她。②

除了这首诗，在何其芳的另外一些作品中，也可以隐约发现这个被弃少妇的影子。在《扇上的烟云（代序）》中，作者描画

---

① 司马长风：《何其芳的〈夏夜〉》，《新文学史话——中国新文学史续编》，南山书屋1980年版，第218—219页。

② 《何其芳全集》第1卷，河北人民出版社2000年版，第361—364页。

了一个自己在梦中未曾看见面容的，有着"白色的花一样的叹息"的人。文章中的"梦中彩笔"给作者显示的那句"分明一夜文君梦，只有青团扇子知"① 可以帮助读者了解这个人的身份：卓文君和司马相如的故事尽人皆知，何其芳既然以卓文君来比拟这个女性，那么其人应该是一名"思妇"甚至有"私奔"经验——这正和前文的那位"女朋友"的经历相吻合。

司马长风关于狄珏茹原型身份的判断是错误的，但他的文章确实为进一步确定方敬文章中的"绿色的背影"究竟是谁提供了契机：这个姑娘应该就是沈从文的妹妹沈岳萌。查1929年何其芳和方敬在上海吴淞的中国公学读书期间，沈从文正在此任教，当时在他身边的唯一的妹妹就是沈岳萌。她出生于1912年，是沈家九个孩子中最小的一个，称沈从文为"二哥"。沈从文发表于1925年11月19日《晨报副刊》第1400号上的小说《玫瑰与九妹》中"娇纵的九妹"就是以她为原型的，此后在沈从文的许多作品中也都可见到她的影子，不必赘述。1921年沈从文在湖南芷江期间，其母和九妹变卖完家产后即来与他同住；1923年沈从文赴北京，至晚到1927年5月，她们两人又来京依其而居；② 此后沈从文辗转于上海、青岛，重回北平求职乃至后来到昆明，沈岳萌几乎一直跟他在一起，直到1945年3月她因病被送回湖南老家。

在何其芳就读于中国公学期间，沈岳萌也曾在该校旁听。1929

---

① 《何其芳全集》第1卷，河北人民出版社2000年版，第73页。
② 1927年5月25日沈从文创作了小说《柏子》。在沈从文自存小说集《八骏图》中《柏子》文后有题识云："在汉园公寓三小时写成，时正流鼻血，揩着鼻子写，寄过圣陶的《小说月报》，得稿费十三元。母亲在吐血，买药一瓶。"由此可知，这时沈从文的母亲和妹妹已经来到北京。参看吴世勇编《沈从文年谱》，天津人民出版社2006年版，第47页。

年11月4日沈从文致信胡适云:"从文有妹,想在中公不求学分、不图毕业、专心念一点书,作为旁听生,……"① 这里的"妹"就是沈岳萌。

在中国公学的何其芳和沈从文、沈岳萌也确有交集。方敬在《诗人与小说》中除了记叙何其芳曾写信向沈从文请教小说创作方法外,还有如下描述:

> 一次,在教学楼旁布告栏前,有个同学对我们侧面微指一个正在款步而行的人,轻声说"那就是沈从文先生"。……此后,我们就常在校园里看见他,往往还带着一个年轻女孩子,后来知道那就是他的妹妹。她有时还到我们班上来旁听课,傍晚时分,兄妹二人常散步到离校不远炮台湾一带,久久并坐在黄浦江的长堤边。②

能见到沈从文兄妹二人"常散步""久久并坐",说明观察者对被观察者的注意程度之高。此时的何其芳对沈从文的妹妹产生爱恋之情,是可以理解的。但司马长风所说的热恋,恐怕也只是暗恋,并没有明确的既成事实——无法想象只愿意跟沈从文写信交流,甚至让沈将回信放到传达室而不直接见面的何其芳会大胆地公开追求沈岳萌,③ 目前也没有其他有力的材料证明他有过这

---

① 《沈从文全集》第18卷,北岳文艺出版社2002年版,第25页。引文中省略号为张传敏所加。
② 方敬、何频伽:《何其芳散记》,四川教育出版社1990年版,第61—62页。文中的"我们"指方敬和何其芳,省略号为张传敏所加。
③ 尹在勤认为,在何其芳和杨应瑞恋爱结束后,还有一位姓沈的姑娘曾经热烈追求过何,但何未作出反应(参看尹在勤《何其芳评传》,四川人民出版社1980年版,第20页)。如果此"姓沈的姑娘"是沈岳萌,那么尹所描述的这段感情的发生时间及何其芳的态度都是错误的。

样的行动。

但即便只是一个暗恋的对象，沈岳萌对于何其芳创作的影响也是不应该被低估的。《预言》集中另一首名作《爱情》或即与沈岳萌有关。诗中写道：

> 南方的爱情是沉沉地睡着的，
> 它醒来的扑翅声也催人入睡。
> ……
> 北方的爱情是警醒着的，
> 而且有轻蹑的残忍的脚步。①

按何其芳自己所说，这些句子都是梦中所得。然而，若根据作者的生活经历，将其视为他对自己感情经验的实写亦无不可。所谓南方的爱情即指涉沈岳萌，而北方的爱情当然就和杨应瑞有关了。至于《预言》一诗，沈岳萌的影响虽然是潜在的，却是确定无疑的。何其芳在为《刻意集》写的序中曾经描述自己和杨应瑞恋爱之前的状态：

> 我那时唯一可以骄矜的是青春。
> 但又几乎绝望的期待着爱情。②

他这时所期待的爱情应该是来自沈岳萌的。但这份感情看起来是不可能实现的，其中的部分原因可能是他的"骄矜"——

---

① 诗中省略号为张传敏所加。
② 《何其芳全集》第1卷，河北人民出版社2000年版，第144页。

他在不止一处用类似的词语描述过自己，①在《预言》中即有"骄傲的足音"一语。很明显，在与杨应瑞的关系中，骄傲也成为他装扮"年轻的神"的一个重要原因。

在中国文化语境中，骄傲包含了从价值观来看互相对立的两种含义：一方面它可以指因为地位或成就而产生的过当地看重自我同时轻视其他人的负面情绪，另一方面也可以指将某种成就或地位进行自我归因时产生的正面的心理体验。何其芳的"骄傲"从何而来？又是何种含义？

在现有的何其芳各种传记材料中，很难发现在和杨应瑞恋爱之前足以使他感到骄傲的任何具体事件或成就。与其说何其芳所自承的骄傲是一时一地的情绪表达，倒不如说是他的性格或个性——一种在现实生活中相对稳定的态度与行为方式的特征。然而，对何其芳的骄傲进行这种说明无助于事情的解决，反而带来了也许是更有难度的问题：何其芳的"骄傲"个性又从何而来？

何其芳的"骄傲"和沉默密切相关。他在《呜咽的扬子江》中曾明确表示："我不是在人面前沉默得那样拙劣，被人误会成冷淡骄傲，便是在生疏的人面前吐露出滔滔的心腹话，被人窃笑。"②他的沉默则来源于从小时候就有的"寂寞"：

> 我时常用寂寞这个字眼，我太熟悉它所代表的那种意味，那种境界和那些东西了，从我有记忆的时候到现在。我

---

① 何其芳除了在不同作品中以讲故事的形式暗示自己和杨应瑞的恋情时经常提及自己的"骄傲"，在《我和散文（代序）》中还曾称"我的骄傲告诉我在这人间我要寻找的不是幸福""使我轻易的大胆的写出那句话来的是骄傲""对于人间的不幸与苦痛我的骄傲却只有低下头来变成了愤怒和同情的眼泪"（《何其芳全集》第1卷，河北人民出版社2000年版，第239、243页）。

② 《何其芳全集》第1卷，河北人民出版社2000年版，第254页。

怀疑我幼时是一个哑子，我似乎就从来没有和谁谈过一次话，连童话里的小孩子们的那种对动物，对草木的谈话都没有。一直到十二岁我才开始和书本说起话来，和一些旧小说。我时常徘徊在邻居的亲戚家的窗子下，不敢叫一声，不敢说出我的希望，为着借一本书。①

他在《解释自己》中真诚地描述过自己年幼时不幸的家庭：富有而吝啬的父亲因为母亲偶尔的花费而大发雷霆；已经进入民国时期，祖父还认为帝制和科举都会恢复并因此强迫他阅读那些古老而乏味的书籍。这种痛苦的经验显然直接影响了他后来的精神状态——直到十八岁时，他还经常跑到黑夜的草地上独坐以压抑那不可抵抗的寂寞的感觉……。② 尽管宇田礼并未提供他判定何其芳有精神病遗传血统③的证明材料，何童年时期的非正常状态仍然使人想到孤独症（Autism），或者更具体地说是高功能性孤独症（High-functioning autism）。对于孤独症患者来说，由于和他人交流困难而造成的沉默很可能会被从社会常规的角度理解为冷漠与高傲；而在受到外部世界的伤害时，他们的冷漠、高傲也很容易成为一种保持自身心理平衡的防卫机制。在散文《街》中，他曾这样描写自己就读的学校发生驱逐、挽留校长风波后他被学校开除时的感受：

以十五岁的孩子的心来接受这种事变，我那时虽没有明

---

① 何其芳：《一个平常的故事——答中国青年社的问题："你怎样来到延安的?"》，《何其芳全集》第2卷，河北人民出版社2000年版，第73—74页。
② 《何其芳全集》第1卷，河北人民出版社2000年版，第434—436页。
③ ［日］宇田礼：《没有声音的地方就是寂寞：诗人何其芳的一生》，解莉莉译，社会科学文献出版社2010年版，第8页。

显的表示愤怒或憎恶，但越是感到人的不可亲近，越是感到自己的孤立。对于成人，我是很早很早便带着一种沉默的淡漠去观察，测验，而感不到可信任了。①

他并不是真的骄傲：

> 你若是用冷眼拂上我的身，
> 你会惊讶，我满身的骄傲之棱；
> 但你若是
> 把眼睛转成朋友似的相亲，
> 我会比你的眼光还要温驯。②

也就是说，除了他正在暗恋沈岳萌外，从童年时期就有的人际交往困难，可能是何其芳最初想拒绝杨应瑞的又一个内在原因。法国诗人保罗·瓦雷里（Paul Valéry，1871—1945）的《年轻的命运女神》也许给了他一种"装神"的拒绝方式。以上这些因素共同塑造了《预言》中那"骄傲的足音"。

但这样的解释仍然稍嫌其"隔"：一个正当青春的男性竟然会因为一段明知无望的爱情而拒绝来自现实的追求？何其芳最初对杨应瑞的冷淡也许还有另外的原因：此前他可能受到过和爱有关的伤害（这当然不是指他对于沈岳萌的爱恋），这可能进一步强化了何其芳在爱情面前的冷漠与戒备姿态。

何其芳很早就有过爱的经验。他在《我想谈说种种纯洁的事情》中曾经描述过自己的"最早的爱情"：他沉默地爱着一个女

---

① 《何其芳全集》第1卷，河北人民出版社2000年版，第260页。
② 《何其芳全集》第6卷，河北人民出版社2000年版，第370页。

保罗·瓦雷里著《年轻的命运女神》中诗句及让·卡顿（Jean Carton, 1912—1988）所作插图（La jeune parque. Le philosophe et la jeune parque. Eaux-fortes originales de jean carton, le livre contemporain et les bibliophiles franco-suisse m cm lx, 1960）。

孩子，喜欢为她做一些小事情。虽然女孩子没有回答，甚至没有察觉，但他觉得自己的爱情已经如"十五晚上的月亮一样圆满"了。不过应该说明的是，在创作这首诗的1942年，何其芳这位最早的爱人已经成了一个母亲①——也许她就是何其芳散文《弦》中那位"骄傲而又忧郁的独生女"，曾和何其芳度过许多快乐的时光而又常折磨着他小小的心灵的"童时的公主"。但这个经验总的来说并不具备太强的伤害性。

在何其芳的作品，尤其是到延安之前的作品中，经常出现的一个物象是白色的花朵：《昔年》中有"开过两三朵白色的花"；

---

① 《何其芳全集》第1卷，河北人民出版社2000年版，第421—422页。

《秋海棠》中有"白色的小花朵";散文《梦后》里有"园子里一角白色的花";《燕泥集后话》中有"一些温柔的白色的小花朵,带回去便是一篇诗","我们仿佛拾得了一些温柔的白色小花朵";《一个平常的故事——答中国青年社的问题:"你怎样来到延安的?"》中有"从前,一片发着柔和光辉的白色的花"……

作品中的物象并不必然和作者现实生活中的某些事件直接相关并产生意义,但当某种物象在作品中反复出现并总是承担重要的功能时,它对于作者来说肯定是非常重要的。如果我们进一步分析它所出现的文本语境、语义,就有可能得到它和作者相关联的方式了。诗歌《昔年》中的"两三朵白色的花"不是实写,是何其芳对童年的自己的拟物——一株安静生长的植物所开的花朵,指涉他童年时期的某些实际发生过的或者想象性的事件。《秋海棠》中从天使手指缝中漏出的白色小花朵则是用来比喻天上的星星的,其功能、意义都较简单。在散文《梦后》中,叙事者在一个夜里正面对一个即将远嫁的"幽伴",发现由于园子里一角白色的花的照耀使得景物"清晰如昼"。这里的花当然也不是实写,而是指向和"幽伴"同时出现的另一种回忆、想象或潜意识。在《燕泥集后话》中,白色的小花朵被形容为"温柔的"并和作者"过去的情感"直接相关,它们还导致了他某些诗作的产生。在《一个平常的故事——答中国青年社的问题:"你怎样来到延安的?"》中,"一片发着柔和光辉的白色的花"是何其芳在结束自己的"梦中道路"之后对"梦"的内容的描述,指涉的当然也是此前他的某些交往对象或者对于这些对象的想象。

如果将以上这些"白色的花朵"的使用方式叠加,然后提取它们的共同点,就会发现它们大多指向何其芳小时候的某种实际经验以及由此产生的想象。再参考何其芳童年时的不幸生活经历，不难推断，这些温柔、美丽并散发着光芒的物象是和女性密切相关的，而且它们指涉的女性可能并非只有一个。何其芳小时的爱情（如果那可以被称为爱情的话）自然也是和这些女性相关的，但这方面的材料实在有限。除了上面提及的那位"公主"以外，坊间还流传着他在万县读书期间和一位国文老师的女儿的故事。据说，该国文老师爱惜何其芳的才华，不仅将其原名何永芳改为现名，还有意将自己的女儿许配给他，但是被他婉拒了。①然而，这个故事即便是一个真实事件，也只能说明当时的何其芳多么受人欢迎，我们仍然不能从中发现对他的伤害性因素。那么，在何其芳身上还发生过什么？

在《迟暮的花（欧阳先生的演讲）》中，何其芳的化身欧阳延陵说，在人世第一次给他巨大创伤的十五岁时，他完全归顺了缪斯——那在他童时便抚慰过他，却几乎被他少年时的粗鲁所惊走的女神。②这里的缪斯当然是指文学。众所周知，大约从十二岁起，何其芳开始领悟传统文学作品的魅力，十五岁时因为学校风波受到牵连被开除——所谓"巨大的创伤"当即指此而言。也就是这个时期，他才彻底皈依新文学。那么《迟暮的花（欧阳先生的演讲）》中所说的"童时"大概就是指何其芳十二岁左右。在十二岁到十五岁之间差点惊走"缪斯"的他的"少年时的粗鲁"又是指什么？

何其芳曾经的同学甘永柏在《读遗诗 忆故人——怀念何其芳同志》中记述，当年何其芳在万县第一高小读书时，有一所女子蚕桑学校与该校相邻。有一次第一高小校园内出现了一份书写

---

① 贺仲明：《喑哑的夜莺——何其芳评传》，南京师范大学出版社2004年版，第37—38页。

② 《何其芳全集》第1卷，河北人民出版社2000年版，第215页。

潦草的诗稿，是两首用了生僻的典故、很晦涩的七律。学生们围观、议论，却猜不透诗中的含义。何其芳走过来说："这是两首爱情诗，倾述对于可望而不可即的芳邻的思慕。"他的话引起了同学们的大笑。① 这个故事值得深究。故事中的两首诗的作者应该不是万县第一高小的一般学生，也不是隔壁蚕桑学校的学生——写作七律对小学生来说并不是一件容易的事，对于蚕桑学校的女学生来说自然也很困难。再者，她们作为半封建社会中的女性，写作这样的情诗去吸引小学生（尽管可能有的学生已经成年）的注意，其可能性是极小的。甘永柏之所以未交代诗的作者，有可能是因为他不知道，也有可能是因为他知道但是不想明说。一个合乎情理的猜测是：何其芳就是这两首诗的作者——已知慕少艾的何其芳具有足够深厚的中国传统文学基础，在私塾内学写过试帖诗，有能力完成八句一首、对仗工整的律诗。同学们听完他的解释后的大笑给他带来的心理压力是足以让他产生抛弃文学的想法的。

如果以上推断为真，那么这件事当然是何其芳经历的一次爱的挫折。这样的挫败经验有可能导致他产生自己的爱情确实发生得过早，会招致嘲笑的自责心理并因此在现实的爱情到来时表现出冷漠与退缩的倾向。在剧本《夏夜》中，何其芳通过齐辛生之口指出，自己的人生道路上"缺少了一些而又排列颠倒了一些"车站（这些车站包括：温暖的家庭、良好的学校教育、友谊与爱情、事业、伟大的休息）。他缺失的显然是温暖的家庭以及良好

---

① 易明善、陆文璧、潘显一编：《何其芳研究专集》，四川文艺出版社1986年版，第26页。在另一个故事版本中，诗是女子蚕桑学校的学生扔到万县第一高小以表达对异性的爱慕之情的，诗中的典故用的是《诗经》中的《将仲子》——一首以女子对情人的口吻写成的诗。参看贺仲明《喑哑的夜莺——何其芳评传》，南京师范大学出版社2004年版，第36页。

的学校教育，而被排列颠倒了的是友谊与爱情。在他看来，爱情是应该发生在良好的学校教育之后的。何其芳的经历和自我认知应该就是他认为自己有"很沉重的病""无救的病""无救的灵魂"的根源。同时就此也可以理解，为什么在女方也许都没有察觉其"最早的爱情"的情况下，他认为自己的爱已经圆满；为什么他爱过沈岳萌，却没有留下向她直接示爱的任何证据：因为他觉得停留在想象中的爱情才是恰当的、安全的，而现实中的爱情则是错误的、危险的。他对于现实的爱是如此畏惧，以至于当他面对杨应瑞的追求时竟然觉得自己像一条快要沉没的三桅船！①而当他经历痛苦挣扎最终选择和杨应瑞分手后，他对她的爱才真正达到了使自己感到舒适的状态——想象的而不是现实的。由此读者也可以进一步理解何其芳这首诗歌的题目"预言"的另一层，也许是最基本的含义了：诗人知道自己的个性，一开始就预感到自己和杨应瑞的爱情注定是要失败的。

然而，何其芳后来还是接受了杨应瑞。为什么？《迟暮的花（欧阳先生的演讲）》最后的两句诗可以为这个问题提供参考答案：

在你眸子里我找到了童年的梦，
如在秋天的园子里找到了迟暮的花……

《迟暮的花（欧阳先生的演讲）》是一篇很奇特的作品。它本是长篇小说《浮世绘》的第三部分，但它一上来却是欧阳延陵为艺术辩护，认为艺术应该独立于宗教之外的长篇演讲全文——这反映了当时何其芳对于文艺的某些见解。接下来欧阳延陵开始朗

---

① 《何其芳全集》第1卷，河北人民出版社2000年版，第220页。

诵一篇抒情散文《迟暮的花》，这才进入作品的主体部分。本文前面已经说过，小说中的欧阳延陵也是以何其芳为原型的——《浮世绘》的第四部分《欧阳露》中的主人公欧阳露介绍的欧阳延陵的经历，正是何其芳和杨应瑞恋爱经过的一部分。在散文《迟暮的花》中，叙事主人公所描绘的在一个秋天，一个荒废的园子里正在对话的两个老年人，也是以何其芳和杨应瑞为原型的——他们谈论的正是当年（在作品中是二十年前）何、杨相遇相恋的经过以及他们分别后的互相思念。也就是说，这篇散文是何其芳想象的他和杨应瑞在二十年后再相遇时的情景。如果可以把《浮世绘》视为何其芳的梦，那么《迟暮的花（欧阳先生的演讲）》是其中的一部分，而其中的抒情散文《迟暮的花》则是梦中之梦。何其芳在该文结尾写下的那两句诗，有助于理解当年他和杨应瑞的关系。它们告诉读者：何其芳之所以接受杨应瑞，一个重要原因就是在她的眼睛里找到了他童年的梦想。

何其芳《画梦录》中的《墓》一文可以为这个判断提供旁证。这篇作品与诗歌《花环——放在一个小坟上》有密切关联：两位女主人公都是夭亡的少女，她们的名字发音一样，字形相近。她们应该与何其芳对于自己小时候的女性的记忆有关，可能仍然是以前文提到的那位"童时的公主"为原型的，当然更可能是某些记忆的叠加——那位"公主"应该并未夭亡，而何其芳的三个姑姑中有两个都是早逝了的。无论原型究竟是谁，《墓》和《花环——放在一个小坟上》中被虚构出来的女主人公都充满了无比纯洁的气质。在《墓》中，男主人公雪麟（何其芳的又一个化身）向女主人公柳铃铃交代自己曾经爱过的三个女孩子："一个穿白衫的玉立亭亭的；一个秋天里穿浅绿色的夹外衣的；一个在夏天的绿杨下穿红杏色的单衫的。"他还说："穿白衫的有你的身材；穿绿衫的有你的头发；穿红杏衫的有你的眼睛。"

　　由于材料的缺乏，我们无法确定当年杨应瑞和何其芳交往时的穿着。但根据和"红杏色的单衫"一同出现的季节——夏天，我们可以推测"穿红杏衫"的应该是杨应瑞。① 夏天在何其芳作品中是有特殊意义的：在《梦中道路》和《刻意集》的序言中，作者都指出自己的爱情发生在一个"郁热的多雨的"夏季，诗歌《雨天》《罗衫》《夏夜》以及剧本《夏夜》、小说《欧阳露》等作品中的夏天也都指向他和杨应瑞交往的特定时间节点。

　　在这个推论的基础上再来审视散文《墓》中的"穿红杏衫的有你的眼睛"和《迟暮的花》中的"在你眸子里我找到了童年的梦"这两个具有互文性关系的句子，就可以明白，当初何其芳之所以接受杨应瑞的"好意"，主要还是因为在她眼睛里发现了小时候爱恋的对象的影子。也就是说，那直接促成了《预言》的诞生并使何其芳诗歌艺术达到成熟阶段的"不幸的爱情"，源于诗人对于童年的爱的记忆。

---

　　① 根据方敬所说的"倩影""一个绿色的背影"推断，《墓》中"穿绿衫的"应该是沈岳萌。

爱的混乱与救赎

——艾青《火把》重读

一

虽然艾青的《火把》也许不像《北方》《乞丐》《手推车》《雪落在中国的土地上》那样出名，但它仍然是学者们研究艾青诗歌（尤其是其中的"太阳"或"火"的意象）时不可忽视的重要诗篇。

"火把"既是该诗的题目，也是最鲜明的意象，与光明、斗争及伴生的集体主义、民主等时代话语非常吻合，于是它的种种喻义也就成为对这首诗主题最常见的理解与表达。艾青在1940年回答壁岩对《火把》的批评时曾交代：他写这首诗，是因为被一次群众火炬游行所感动。当时他似乎全身被"一种东西……一种完全新的东西……"所袭击，而这种"东西"就是"群众的行动所发挥出来的集体的力量，群众本身所赋有的民主的精神，群众的不可抵御的革命精神"。他对该诗主题的界说由此产生：

《火把》，这个千行长诗，歌颂的就是这种正在无限止地扩张着的"力量"和"精神"。

《火把》歌颂的是光明；

《火把》写的是全民族争取光明的热情和意志；

《火把》写的是"火的世界，光的世界"；

《火把》写的是光明如何把黑暗驱赶到遥远的荒郊的故事；

《火把》写的是照着我们前进的"火把"。[①]

此后的研究者在阐释《火把》时大都采用或基本沿袭了艾青的这种说法。例如，朱自清就将该诗和艾青的另一首诗《向太阳》作为"大众的发现"[②]的抗战诗歌的代表作。所谓"大众的发现"，其实不过是集体主义的另一种表述方式而已。

这样来理解《火把》当然毫无问题。然而，如果太过强调这个主题以及它对这首诗的意蕴的统摄性，那么贯穿这首诗始终的爱情叙事就很容易被忽略，或者仅仅被当作表达、深化诗歌主题的一种手段：唐尼的爱情是一种不符合集体主义时代要求的"个人小天地"的情感，她应该从中摆脱出来走向光明，走向更为广阔的社会生活。这似乎就是爱情叙事在这首诗中的所有意义和价值。

表面上来看，在《火把》中，唐尼及其爱情确实是处于附属地位的、被批判的对象。长诗第一节"邀"一开始就对唐尼参加火把游行前拖拖拉拉的做派进行了不厌其烦的描摹。无论是她在出门前对自己的头发、衣服的格外关注，还是对同伴李

[①] 艾青：《关于〈火把〉——答壁岩先生的批评》（上），《艾青全集》第3卷，花山文艺出版社1991年版，第107页。

[②] 朱自清：《抗战与诗》，朱乔森编：《朱自清全集》第2卷，江苏教育出版社1988年版，第347页。

茵叙述看见淹死的伤兵时表现出来的淡漠以及夹在《静静的顿河》里的梳子、压在《大众哲学》上的粉盒、和《论新阶段》放在一起的口红、放在她哥哥照片旁边的鞋拔等细节，都包含着作者对她的批评态度。

长诗接下来还着力表现了唐尼在集体之中的隔膜与恐惧。在艾青的笔下，女主人公不仅对那些手像木榔头、满脸煤灰的工人和"个个都那么呆"的学生表现出轻视与嘲讽，同时还对这些象征着集体主义力量的人们感到"害怕"：

  他们都已在兴奋里变得癫狂
  每个人都激动了　全身的血在沸腾
  李茵　刚才火把照着你狂叫着的嘴
  我真害怕　好像这世界马上要爆开似的
  好像一切都将摧毁　连摧毁者自己也摧毁

从上述艾青对于唐尼的行动及心理的描写已经可以推断：她的爱情是不会被认同的。事实也确实如此——它在诗中被描述为一种"妨碍工作"的、无聊的恋爱：唐尼在会场上急切地寻找男主人公克明并要他解释为什么不回复她的信，然而她那信里面不过是说了一些自己"有点头痛""讨厌这天气"之类的个人生活琐事，而克明正在忙着筹备声势浩大的火炬游行。艾青还在第十五节"劝二"中借李茵之口更明确地指出，唐尼的爱情对积极参加抗战工作的克明来说是一种"阻碍"：

  唐尼　克明现在不是很努力么
  一个人变坏容易变好难

你如果真的爱他　难道

　　应该去阻碍他么？

　　唐尼和克明身上被作者赋予了个人与集体、私与公、落后与进步等对立意味，唐尼的爱情因此也不可避免地成为弱势话语。这样的爱情，不应该是被批判的吗？这样的"消极"爱情叙事，不是只能成为一种从反面来衬托、表现"积极"主题的辅助性内容吗？通过以上对唐尼爱情的分析，不难发现爱情叙事在《火把》研究中被有意无意地忽略的逻辑所在。

二

　　然而，在具有浓厚主题决定论色彩的研究框架中理解《火把》的爱情叙事是值得怀疑的：如果将唐尼的爱情只看作光明、斗争、民主、集体主义等主题叙事的从属性成分，那么它的分量未免太重了——在《火把》总共十八个诗节中，只有八节正面描写了象征着集体力量、民主精神、革命精神的火把游行；剩下十节的内容主要是唐尼的爱情，它占据了一多半的篇幅。

　　另外，《火把》的爱情叙事也并不仅仅具有表现、突出该诗主题的功能：唐尼的爱情之所以会遭到批判，不仅仅是因为它"阻碍工作"或者不符合集体主义要求，更是因为它本身的虚假性。《火把》第三节"会场"中克明曾对唐尼这样说："而且/你正忙于交际呢！"这简单的一句话，折射出诗中人物克明以及作者艾青对唐尼情感真实性的质疑。在该诗第十五节"劝二"的末尾，李茵发出这样的疑问：

唐尼
你是不是真的欢喜他呢？
你欢喜他那样的白脸么？……

艾青晚年谈起《火把》时这样说道：

在《火把》中写的两个女青年的形象是根据一个青年的经历发挥的。这个女青年，有勇敢的一面，也有软弱的一面。①

如果艾青所说是实，那么李茵对唐尼感情真实与否的疑问其实就是这个原型人物对她自身的拷问，而拷问的结果是：唐尼并不真爱克明。在诗的第十六节中唐尼曾经这样忏悔：

生活是一张空虚的网
张开着要把我捕捉
所以我渴求着一种友谊
我将为它而感激一生……
我把它看做一辆车子
使我平安地走过
生命的长途
我知道我是错了……

这就是说，唐尼自己都承认了她对克明只有"友谊"。这种

---

① 艾青：《谈叙事诗》，《艾青全集》第3卷，花山文艺出版社1991年版，第583页。

友谊不仅具有浓厚的功利色彩，还具有李茵所批判的"现代的恋爱"的性质——"女子把男子看做肉体的顾客""男子把女子看做欢乐的商店""是一个异性占有的遁词""是一个'色情'的同义语"。这自然是克明和艾青都无法容忍的。

当然，艾青对于唐尼虚假爱情的批判不等于全面否定爱情。也正是因此，当壁岩指责艾青有"先革命后恋爱"或"要革命舍恋爱"观念的时候，艾青才能够义正词严地予以回击，认为壁岩不过是像堂·吉诃德把风车当作巨人并举起长矛与之搏斗一样，与一个自己虚构的目标作战罢了。

那么，《火把》仅仅是认定了唐尼感情的"虚假"并因此对其加以批判吗？也不尽然。

艾青关于唐尼和李茵其实取自同一个原型人物的表述已经可以证明，他对这个原型人物除了批判之外，也是有肯定的。即便是对于唐尼这个从真实的人物中分裂出来以实现诗歌批判功能的形象，艾青也没有表现出彻底决裂的态度。在长诗第一节"邀"中，唐尼说"我要带火把回来"，就已经暗示了这个负面人物的"可挽救性"。另外，《火把》一方面描写了唐尼的虚荣、软弱、自私，另一方面却又通过唐尼自己之口说明了她的"天真"与"纯洁"。我们绝不能将这两个词语仅仅视为诗中人物的自我辩白，实际上，这两个词所在诗节的标题"忏悔"足以说明作者对于人物自述真实性的高度认可。

艾青对唐尼爱情的判断也是充满混乱与矛盾的。在诗中，他一方面展示了对唐尼爱情的怀疑，另一方面又用大量的篇幅描摹了唐尼追求克明的行动以及心理，表现了他对唐尼爱情真诚性的信心。唐尼在火炬游行的会场上一直都在寻找克明，即使遭到克明冷冰冰的拒绝，仍然坚持到他家里去（参看第十一节"他不在家")。如果唐尼对克明的感情是不真诚的，或者说艾青认为这种感情是不真诚的，那么这种描写是完全不符合逻辑的。

从长诗第十二节"一个声音在心里响"可以更明显地看出作者展现唐尼感情真诚性的意图。所谓"心里响"，是唐尼心里所想。艾青在此采用一种全知性的视角，无非想表示他对唐尼这个人物的了解程度及其确定性。在这一节中，"我举着火把来找你"的句子反复间隔出现，表现了女主人公在爱情中的主动姿态以及"寻找"时的焦灼与饥渴；"我的脸发烫""我的心发抖""我要用手指抚摸你的脸 你的发""我这手指不能抚摸你一次么？"等诗句则描画了唐尼因为爱而彻底抛弃了女性的矜持的心理状态；"我要见你 听你一句话/只一句话：'爱与不爱'"不仅是她对于男主人公克明模糊与迟疑的爱情态度的诘问，也显示了她遭受爱情折磨时的痛苦。

据艾青说，《火把》中的"一个声音在心里响"那一节的"你在哪里？你在哪里？"是从《旧约》中《雅歌》里来的。① 翻检《雅歌》，其"新妇寻求新郎"一节中有这样的句子：

> 我夜间躺卧在床上，寻找我心所爱的；我寻找他，却寻不见。我说：我要起来，游行城中，在街市上，在宽阔处，寻找我心所爱的。我寻找他，却寻不见。②

《火把》中的"你在哪里？你在哪里？"当出于此。《雅歌》中的这些句子是女子对丈夫的呼唤，表达的是女子对丈夫的爱慕之情。艾青的诗句既然来源于此，也可以作为唐尼感情真诚性的

---

① 艾青：《谈叙事诗》，《艾青全集》第3卷，花山文艺出版社1991年版，第583页。
② 《新旧约全书》，中国基督教协会1989年版，第629页。

旁证——深受基督教影响的艾青应该不会用源自《雅歌》的诗句来表现人物的虚假、自私的爱情或者友谊。

如果以上判断成立，那么我们不难发现《火把》中爱情叙事的复杂性。相对于主题来说，它还具有独立的、更加丰富的意味：诗人一方面在批判唐尼爱情的虚假，另一方面却又有意无意地否定了自己的批判；它不仅描摹了诗中人物的爱情症状，也透露出艾青自己在爱情问题上的混乱、焦灼与自相矛盾。

三

《火把》爱情叙事中的混乱和矛盾很容易使人联想到艾青在20世纪30年代末40年代初和张竹如、高灏、韦荧之间的复杂感情纠葛。① 据艾青的好朋友阳太阳说，唐尼和李茵的形象里有桂林某些女性如高灏等人的影子。② 程光炜除了认同阳太阳的说法，认为高灏的影子时常出入于诗句之间并深深折磨着艾青之外，还指出，在作品的主要人物唐尼身上也深深留下了艾青与韦荧之间生活的痕迹——第十六节"忏悔一"中唐尼的身份、其自述从家乡外出逃难的经历以及年龄等，都令人想到韦荧。③

程光炜这种从作家的个人生活而不是某种时代话语或者作者对主题的表述出发解读《火把》的做法是值得称赞的，然而他的某些具体看法却值得商榷。韦荧在1996年4月10日至28日回忆说，她曾在1939年冬天萌生过离开艾青投奔新四军的念头。当艾青得知她打算离开自己后，曾有种被人抛弃的感觉，在屋前池塘

---

① 关于艾青与这三位女性之间的关系，参见程光炜《艾青传》第六章第六节"婚变风波"，北京十月文艺出版社1999年版，第277页。
② 同上书，第237—252页。
③ 同上书，第279—280页。

边徘徊至深夜,心肝欲裂,极其痛苦。程光炜据此得出结论,《火把》第十二节"一个声音在心里响"中以"你在哪里?你在哪里?"起首的数句诗行"正是他心底迸发出血丝的呐喊",在诗里,"他不过是借唐尼之口来发泄内心的剧痛而已"。①

德国画家朱利叶斯·施诺尔·冯·卡洛斯菲尔德(Julius Schnorr von Carolsfeld, 1794—1872)为《圣经木版画集》(*Die Bibel in Bildern*, 1860)所作的木刻画《所罗门之歌:沙仑的玫瑰》(*Song of Solomon: Rose of Sharon*)中的所罗门和书拉密女形象。

这种理解既和诗中女性求爱、男性被追求的逻辑完全颠倒,也和当时韦荧主动追求艾青的事实不符。如果我们说韦荧当时确实曾经打算离开艾青的话,这些诗行似也不可被视为他针对韦荧发出的呼喊:韦荧从武汉辗转到桂林的主要目的就是向艾青求爱,因此艾青不会对韦荧产生"爱与不爱"的疑问。如果非要

---

① 参见程光炜《艾青传》第六章第六节"婚变风波",北京十月文艺出版社1999年版,第280页。引文中的"他"即艾青。

将这句诗视为艾青对爱的质疑与召唤,那么它指向的目标更可能是高灏。

因为诗歌文本具有多义性,它和现实事件、人物之间往往并不是单一、固定的互相指涉关系,所以将某些诗句与某个特定的人物原型相比附的做法是非常危险的,本文对于《火把》第十二节的分析也不敢妄下定论。然而,这样的基本判断仍然可以成立:《火把》中爱情叙事的混乱与矛盾说明,它并非只是该诗主题的一种意蕴明确的从属性成分。

那么究竟应该如何界定《火把》的主题与爱情叙事之间的关系?把后者的矛盾与混乱视为对于前者的偏离或者游移显然还是从主题决定论出发得出的结论。如果不特别强调主题的统摄性,那么就可以对它们的关系产生新的看法:《火把》的所谓主题不过是作者给爱情的不良症状开出的药方或说是对混乱的爱情进行救赎的方式,即通过对集体主义力量的皈依来摆脱爱的困境,使遭受折磨的心灵重归宁静。

这种救赎首先并不意味着作者艾青的自我救赎,而是对女主人公唐尼的救赎。艾青为唐尼设计的救赎之路是走向大众、走向斗争并将功利性的、占有性的爱情转化为"同志爱"。在诗中李茵劝告唐尼说:"爱情并不能医治我们/却只有斗争才把我们救起","同志们对我很好 我才知道/世界上有比家属更高的感情"。

艾青对于唐尼的所谓救赎,其实是要唐尼进行自我救赎。在诗里充当唐尼救赎之路引导者的是李茵,而不是那个"正在变好""工作很努力"[①] 的男性主人公克明。如果我们没有忘记艾青关于李茵和唐尼其实来源于同一个原型人物的陈述,那么就

---

① 艾青:《关于〈火把〉——答壁岩先生的批评》(上),《艾青全集》第3卷,花山文艺出版社1991年版,第109页。

会发现艾青为唐尼设计的救赎之路背后的意味：唐尼应该发挥自我之中具有积极性的一面才能走向光明、斗争、集体，走向"同志爱"，而不是借助外在的力量——至少不应该借助克明的力量。尽管从集体主义话语要求来看，克明显然也有这样的义务和责任。

无论是让唐尼走向斗争、革命、集体主义还是用"同志爱"来取代男女之爱，艾青为她设计的这条救赎之路都带有明显的革命禁欲主义色彩，但艾青自己并不承认这一点。当壁岩在《新蜀报》上撰文批评艾青的恋爱观时，艾青回应说在最初的诗稿中李茵是有"从工作中结合起来的朋友"的，后来之所以将这个细节删除，只是为了让作品"更严肃些"。① 艾青的辩白并不能淡化《火把》的禁欲性质——它反倒证明了艾青对爱情和工作之间关系的看法：和集体主义的斗争、革命工作相比，哪怕是建立在志同道合基础之上的感情，也是不严肃的或说严肃程度不够的。

然而如果说艾青信奉并提倡革命禁欲主义，无论是艾青本人还是对其生活稍有了解的人都不会同意。

如何理解艾青在这个问题上的矛盾？其实，艾青为唐尼设计的带有禁欲色彩的救赎之路不过是让那个形象模糊而暧昧的男性主人公摆脱唐尼的"纠缠"的方法而已。艾青自信地宣称：

> 作者相信，唐尼经了这一夜，不会再像过去那样地纠缠克明，即使仍旧爱克明，也会用另外的方式去爱了。②

---

① 艾青：《关于〈火把〉——答壁岩先生的批评》（上），《艾青全集》第3卷，花山文艺出版社1991年版，第108页。

② 同上书，第109页。

当然,《火把》中的主题甚至这首诗本身也都可以被视为艾青对他自己的救赎:一段时间内由于爱情、婚姻的波折在他内心积聚起来的心理能量都可以借由它们得到宣泄,他也因此可以在某种程度上得到"净化",并在抗战的时代语境中占据话语高地。

当真实的死亡来临

——冯至《我们听着狂风里的暴雨》解

1942年5月冯至的《十四行集》由桂林明日社出版后不久即受到方敬的高度评价:"在幽静的角落里悄然闪耀着,不饰一点虚浮与俗丽,那是一种素雅的奇光。"① 此后诗坛、学界对它的赞誉不绝于耳。又因为被判定为20世纪40年代中国抗战语境中较为少见的"沉潜"的艺术佳作,该诗集也成为同时在批判"与抗战无关论"的众多现代文学史著不可或缺的内容。在《十四行集》的研究史中,由于其诗体是舶来品,兼之冯至1930年曾赴德国留学,受到雅斯贝斯(Karl Theodor Jaspers,1883—1969)以及丹麦哲学家克尔凯郭尔(Søren Aabye Kierke gaard,1813—1855)等人的存在主义哲学的影响,故学界常有从西方哲学角度对其进行解读者。此类成果颇多,毋庸赘述。

引思想或哲学来解诗不仅有利于提升对象的理论高度,也许还能发掘出连作者都未曾意识到的内涵,确实是很值得称道的研究路径。但是其中的危险也足以引起解诗者的重视:思想、哲学

---

① 方敬(署名杨番):《读〈十四行集〉》,《诗》1942年第3卷第4期。

与诗本非一事。即或诗中有某种思想，往往也是片段的、模糊的、混合的，多和感觉、情绪等结合在一起。若在诗中挑剔词句以印证某种体系化的思想或主义，既容易掩盖诗中其他因素，也极易将思想、主义夸大甚至曲解诗作以求得研究的结论显豁、逻辑圆满，这样反倒可能妨碍对于诗作的准确理解。就《十四行集》而言，其作者冯至在20世纪30年代在德国留学时虽然确实曾修习副科哲学，听雅斯贝斯讲授康德、尼采，偶尔也从这位老师那里接触过一些克尔凯郭尔，但他从未以存在主义者自居，更未想将其主义转贩中国，顶多是受其影响而已。至于影响的大小，亦殊难进行定性定量之分析。

或有论者另将里尔克（Rainer Maria Rilke，1875—1926）作为冯至和存在主义之间关系的论据。无可置疑，此人较雅斯贝斯、克尔凯郭尔对冯至以及《十四行集》都有更大影响：冯不止一次表达过对他的崇敬，称自己采用十四行诗体就是受他的《致奥尔弗斯的十四行》的启发。其实，《十四行集》的某些具体篇目都可以说跟此人有关。冯至说：

> 自从读了 Rilke 的书，使我对于植物谦逊、对于人类骄傲了。现在我再也没有那种没有出息"事事不如人"的感觉。同时 Rilke 使我"看"植物不亢不卑，忍受风雪，享受日光，春天开它的花，秋天结它的果，本固枝荣，既无所夸张，也无所愧怍……那真是我们的好榜样。[①]

[①] 见1931年4月10日冯至给杨晦、废名、陈翔鹤的信，《冯至全集》第12卷，河北教育出版社1999年版，第121页。引文中省略号为原文所有。除非特别注明，本文以下所有引文中的省略号俱为张传敏所加。

法国雕塑家奥古斯特·罗丹（Auguste Rodin, 1840—1917）的大理石雕刻《奥尔弗斯和优瑞蒂丝》（Orpheus and Eurydice）局部。罗丹大约于1887年前制作了这座艺术品的模型，1893年完成了大理石雕刻工作。1910年托马斯·F. 瑞恩（Thomas F. Ryan）将其作为礼品赠送给纽约大都会艺术博物馆（The Metropolitan Museum of Art）。奥尔弗斯是罗丹和里尔克这对忘年交之间的一个连接点，同时因为里尔克的《致奥尔弗斯的十四行》对冯至的影响，这位希腊神话人物也间接地和这位中国诗人产生了关联。

读了这一段，再去阅读《十四行集》中的《有加利树》《鼠曲草》，即可知这两首诗之所自来。然而，承认里尔克对冯至的巨大影响，仍不能得出冯至和存在主义哲学之间关系的结论。因为里尔克既不是哲学家，也没有强调诗一定要表达存在主义哲学命题。他倒是借马尔特·劳利兹·布里格之口说"诗是经验"：

……诗是经验。为了一首诗我们必须观看许多城市，观看人和物。我们必须认识动物，我们必须去感觉鸟怎样飞翔，知道小小的花朵在早晨开放时的姿态。我们必须能够回想：异乡的路途，不期的相遇，逐渐临近的别离；……我们

当真实的死亡来临

有回忆，也还不够。如果回忆很多，我们必须能够忘记，我们要有大的忍耐力等着它们再来。因为只是回忆还不算数。等到它们成为我们身内的血、我们的目光和姿态，无名地和我们自己再也不能区分，那才能以实现，在一个很稀有的时刻有一行诗的第一个字在它们的中心形成，脱颖而出。①

"诗是经验"应该也是冯至遵奉的创作原则——以上这段文字简直就是《十四行集》的解说词。冯至接受这个原则可能跟他当时处于力图摆脱浪漫主义诗歌倾向的阶段有关——这个命题否定了诗是情感。毫无疑问，它同时也否定了诗是某种哲学或主义。这也就是说，诗人在《十四行集》中"沉思"的并不是什么"思想"，只是诗人某些无法忘怀的经验而已。当然，这些经验并不完全排斥思想，只不过不是经验被思想所统摄，而是思想被经验所包含。

由此看来，重建作者在诗中呈现的经验并将其作为起点来解读《十四行集》应该是合理而且有效的。然而，这样做有一定的难度：这些诗歌和它们赖以产生的经验、环境都是那么清晰而平淡无奇，很难为解诗者提供字面以外的新意蕴。比如在诗集的第二十一首《我们听着狂风里的暴雨》中，诗人所描述的似乎就是一场暴风雨中的见闻及感触而已，除了高高在上的存在主义的垂青，它还可能有什么深意？

重建作品中的诗人经验，要求阅读者必须穿透文字的表象进入诗人的内心。尽管这种进入并不意味着完全的还原，但人类共有的想象力、同情心、逻辑能力能够为解诗者的行动及结论的可

---

① 冯至：《马尔特·劳利兹·布里格随笔（摘译）》，《冯至全集》第11卷，河北教育出版社1999年版，第331—332页。

靠性提供保证。退一步说，即便从作者的角度看解诗者的结论是错误的，只要它能够实现逻辑自洽，就应该被允许、被宽容。在文学公共领域，作者不能独占作品甚至他自身的解释权。在下文中《我们听着狂风里的暴雨》将成为我们重建诗人经验的一个具体案例。

　　按照冯至自己的说法，《十四行集》各诗中的经验都不是一般的日常经验，而是和他的生命"发生深切的关联的"[①]事物。那么诗中的暴风雨，肯定也不是指任意一次暴风雨。在现有的关于冯至的传记材料中，和他的生命"发生深切的关联的"类似气象事件只有一次。他在《昆明往事》中记述，1941年下半年，他经常生病。有一次他在屋里发着高烧，外边下着大雨，家人束手无策，幸亏友人翟立林从大东门外租来了两匹马，从城里请来一位同济大学医学院毕业留在昆明行医的同学为他诊治。当时他已经到了神志不清的地步，只能恍恍惚惚地听妻子、友人以及医生谈话。他说，"日后我们闲谈昆明往事，总忘不了谈到那天的情景"。[②]

　　沿着经验追溯的路径，我们还可以将《我们听着狂风里的暴雨》中的某些物象和冯至创作时的生活对接。诗中的"茅屋"也出现在《昆明往事》中：它是当时一位家在昆明的同济大学学生吴祥光家的。1939年8月20日，吴祥光带领冯至等人去参观他父亲经营的位于昆明金殿山后杨家山的一片林场，茅屋就在其中。因为当时昆明有日本的空袭，吴祥光邀请冯至在空袭时到此居住，冯欣然答应。此后一有空闲，冯至就到那里去住两三天。

　　[①] 参见冯至为《十四行集》写的序，《冯至全集》第1卷，河北教育出版社1999年版，第214页。
　　[②] 冯至：《昆明往事》，《立斜阳集》，工人出版社1989年版，第125页。

当真实的死亡来临

1940年9月30日昆明遭轰炸后,他干脆就以此茅屋为家了。

但是冯至在《昆明往事》中并没有提到诗中的"铜炉"和"瓷壶",只是说在茅屋中有一些米和木炭,一个红泥小火炉以及靠墙摆放的用来作书架的几只肥皂箱而已。诗中的"灯红"倒是出现了,它反映出冯至生活的困窘,并不是象征着什么不屈服的心:当时他一家住的地方虽然有电灯,但是经常停电。因为缺少煤油,所以煤油灯也无法使用,只能用最原始的泥做的灯碟,注入菜油,点燃用棉花搓成的灯捻儿。不用说,灯光肯定是不明亮的,只能发出微弱的红色,故冯至称之为"灯红"。

从表面看来,以上对于冯至生活环境及1941年暴风雨的经历的描述不会对更深入地理解《我们听着狂风里的暴雨》有任何帮助。必须指出,那种认为仅仅依靠诗人的陈述和作品之间的直接的文字关联就能够完全重建它们的关系的想法是错误的。很多时候,经验和作品是通过某种隐含的方式相联结的,发现这种方式有赖于阅读者对文字的敏锐感觉、想象力以及足够的分析、综合能力。在冯至1941年的暴风雨经历中,他的状态特别值得重视:高烧到了神志不清的地步——这是濒临死亡的另一种说法。了解了这个语境之后再去审视《我们听着狂风里的暴雨》中那略显古怪的句子:

> 铜炉在向往深山的矿苗,
> 瓷壶在向往江边的陶泥,
> ……

一切都变得豁然开朗:这是冯至在高烧导致的神志不清中产生的类似幻觉的感受,是诗人对自身濒死状态的描摹与暗示。铜炉与瓷壶在风雨中向着矿苗、陶泥各自飞翔,不过是死亡的另一种说法:矿苗、陶泥分别是铜炉和瓷壶的"本原",也就是它们所来自的东西。而向着本原的回归,就是死亡。《圣经·创世记》第 3 章第 19 节中说:"你本是尘土,仍要归于尘土。"

当然,从诗学技法上来说,将这两句解释为铜炉、瓷壶在风雨中飘摇欲坠的情态并将其视为对狂风暴雨剧烈程度的间接说明也未尝不可。但这样的理解与物理稍有不合:瓷壶固然易碎,铜炉即便被风吹雨淋、抛掷碰撞,大抵也只能变形而已。更何况它们还在屋中,并没有直接被风雨所摧折。

《我们听着狂风里的暴雨》就是这样一首死亡之诗。死亡当然也是存在主义哲学的重要概念之一,但是如果将诗中的濒死经验和存在主义相衔接,除了可以说冯至也许正在像一个存在主义者那样体验死亡之外,很难得出和存在主义哲学死亡命题相关的其他判断。即便是冯至从之受到极大影响的里尔克,笔下常见的死亡也和《我们听着狂风里的暴雨》中的死亡大相径庭,诗中的经验只属于冯至。一直咏唱着死亡的里尔克,甚至到晚年对它都还是困惑的:

苦难没有认清,
爱也没有学成,
远远在死乡的事物
没有揭开了面目。[①]

这也许是因为里尔克没有过冯至那样的濒死体验:

[①] 冯至:《里尔克——为十周年祭日作》,《冯至全集》第 4 卷,河北教育出版社 1999 年版,第 85 页。这是里尔克《致奥尔弗斯的十四行》上卷第十九首中的诗句。

我们一点也不知道这一番分离，

因它非我们能体验。我们并没有

理由来对死亡表示过分的惊奇①

尽管当时的冯至没有，也不可能真正地完成死亡体验，但这种临界的经历带给他的诗的意味也是深长的。读者可以将其与冯至在《十四行集》第二首《什么能从我们身上脱落》中对死亡的淡定态度进行对比：

把残壳都丢在泥里土里；

我们把我们安排给那个

未来的死亡，像一段歌曲

虽然《我们听着狂风里的暴雨》用铜炉、瓷壶的隐喻淡化了濒死体验的可怕性质，它仍然能揭示冯至在死神叩响门环时的真实状态：苍白、柔弱、无助，没有了平静，也没有了赞美。20世纪40年代冯至选译的克尔凯郭尔语录中有这样一段：

若是人们听哲学家们谈到现实，这就常常同样引人迷惑，正如人们在一个旧货商人的陈列窗里在一个招牌上边读到这几个字：此处熨平衣裳。如果有人带来衣裳请人熨平，就受骗了。这招牌挂在这里只是为了出卖。②

---

① 这些诗句来自里尔克1907年创作的诗《死亡》（吴兴华译），参见林笳主编《里尔克集》，花城出版社2010年版，第46页。该诗题目后有注释："原诗的标题是《死亡经验》（Todes-Erfahrung）——编者注。"

② 冯至：《克尔凯郭尔杂感选译》，《冯至全集》第11卷，河北教育出版社1999年版，第541—542页。

如果将这段话中的"哲学家们"换作"诗人",将"现实"换作"死亡",用之于《十四行集》,其实也通顺。这并不是要批评冯至诗中言及死亡时淡定态度的虚假——当死亡仅仅是一个被谈论的对象时,淡定是一种可能且值得赞美的态度。更何况《十四行集》中还有《我们听着狂风里的暴雨》这样真实地直接描述作者的濒死经验的诗作。冯至是真诚的,也是值得尊敬的。

身外心内皆有　诗意何必一律

——绿原的《给天真的乐观主义者们》
与《不是忏悔》(《忏悔》)对读

一

自1940年12月创作《憎恨》开始，到1945年12月发表《终点，又是一个起点》之前，绿原在抗战期间创作的诗歌有数十首，这些诗大多被收入他的诗集《童话》和《集合》中。在这一时期，绿原还因为《童话》被胡风列入"七月诗丛"而被人视为七月派诗人之一。胡风在介绍《童话》时这样说：

> 如果童话是提炼了现实的精英而创造的世界，那么，童话式的诗是现实人生情绪的更美的升华。从星星，从花朵，从囚徒，从季节，从一种精神状态，从一篇作品……诗人都能构成一个情绪的集章，而这些里面却都跃跃地跳动着时代的脉搏。①

---

① 胡风：《〈七月诗丛〉介绍十一则》，《胡风全集》第5卷，湖北人民出版社1999年版，第378页。引文中省略号为原文所有。

追求诗歌情绪的饱满与对时代脉搏的把握都是七月派现实主义诗歌美学的重要原则，胡风对《童话》所作的评价不低，这似乎也可以说明绿原能成为七月派成员的原因。但是仔细检视一下绿原的这部诗集，就会发现其实它和七月派诗歌美学的标准还存在一定的距离。在该诗集的二十首诗歌中，作者或者是在旅行中遥想自己的来所与归处（《惊蛰》）；或者是慨叹"好久好久/这日子/没有诗"（《憎恨》）；或者借耶稣来写自己的忧郁（《忧郁》）；或者像一个被"抛掷在监狱的囚客"似的抒发着自己离开乡村的寂寞（《寂寞》）。诗人有时候回忆起妈妈的教导（《小时候》）；有时候歌颂着神话般的夜晚（《神话的夜呵》）；有时候写自己对于友人的思念（《碎琴——想着C》）；有时候表达亲情与渴望（《弟弟呵，弟弟呵》）。可以看出，这些诗大多抒写诗人在生活中的所见所闻、所思所感，虽然题材非常广泛，但明显缺乏对大时代的应和。在这部诗集中，取材于法国小说家都德《最后一课》的《读〈最后一课〉》也许算是和时代最合拍的一首诗作了，但是在这首诗中，绿原也并没有将普鲁士对法国的入侵和抗日战争作任何衔接。就此看来，也许还是路翎对《童话》的评价比较切实而中肯：

> 他底几年前的最初的诗集《童话》，那简直是梦幻似的美丽的东西，里面虽然流露了时代的与人生的感激之情，但与现实生活的斗争，却是接触得并不强的。他沉溺在自己的意境之中，似乎是感伤而又感激地用这意境来排拒现实的惨痛。[1]

---

[1] 路翎：《关于绿原》，《中国时报·文学窗》1946年4月26日。

胡风的说法显然与此大相径庭：他并不认为绿原的诗脱离时代。不仅如此，胡风似乎并不打算让绿原紧跟时代。绿原在《胡风和我》一文中说，1939年他曾向重庆的《七月》投寄一篇诗稿，内容大致是将祖国或故乡比作"母亲"，将流亡青年比作"孩子"，祝愿抗战早日胜利，"母子"早日团圆。然而这篇听起来颇具时代性的稿件并未被胡风采用。此后绿原考入位于重庆北碚的复旦大学，结识了诗人冀汸、邹荻帆以及阿垅等人并因此和胡风重新发生了联系。1942年胡风从香港回到桂林编辑"七月诗丛"，在给邹荻帆的约稿信中，他指出绿原的诗歌已经"成熟"，也请绿原编一本自己的诗集，因此绿原才整理了《童话》中的诗歌并寄给胡风。在给绿原的回信中，胡风除了提出一点技术性的建议之外，并未对这些诗提出任何批评性意见。①

以上关于绿原的叙述也许会动摇读者们那种胡风、七月派一直崇奉现实主义的认知：如果胡风等七月派成员真的强调主观战斗精神，强调诗歌对现实的"突进"，怎么会将《童话》这样具有空灵的梦幻色彩的作品集列入"七月诗丛"？

但这其实不值得大惊小怪，也不能说明胡风提倡现实主义这个判断的失效。鲁迅在为《中国新文学大系》"小说二集"所写的序中说："文学团体不是豆荚，包含在里面的，始终都是豆。大约集成时本已各个不同，后来更各有种种的变化。"② 无论是有共同理论主张的文学流派还是成员观点各异的社团，都不是具有完全同一性的铁板一块。一方面，即便团体成员拥有共同的理论

---

① 绿原：《胡风和我》，晓风主编：《我与胡风》（增补本）下册，宁夏人民出版社2003年版，第561页。
② 鲁迅：《〈中国新文学大系〉小说二集序》，《鲁迅全集》第6卷，人民文学出版社2005年版，第264页。

主张并表现出相似的创作特色，他们之间仍然会有个体性的差异，其思想和创作也会不断发生变化；另一方面，文学团体的组织者们也不会完全以理论或创作的一致性为原则来构建社团或流派。绿原之所以能够成为七月派诗人，应该与他当时和阿垅、邹荻帆的交游有关，更与胡风的处境密切相连——《七月》已经停刊，围绕该刊形成的群体也已星散。胡风从香港归来后面对其他文坛势力的挤压，迫切需要新的"同道伙友"和他一起战斗。实际上，《童话》能被列入"七月诗丛"，并不能说明绿原已经"成熟"。当胡风邀请绿原编辑这本诗集时，绿原在给胡风寄送的该书稿件中附有一信，其中云"担心自己会是一个夭折在母胎里的婴儿"。这说明当时连绿原都不认为自己真的已经有跻身诗坛的水平。胡风在给绿原的回信中则说："只要是生命，就会有生长的可能。要对自己有信心才好。"[①] 由此可见，胡风当时所看重的并不是绿原成熟与否，而是他"生长的可能"。

二

虽然路翎在1947年称赞绿原"具有向复杂的现实生活搏斗，与现实的人生并进的、坚韧的内在力量"并认为他"突进"了，[②]但绿原"突进"的过程似乎并没有那么顺利。他在《童话》出版之后至抗战结束之前创作的诗作大多被收入1951年泥土社出版的《集合》中。在该书的后记中，绿原这样写道：

---

① 绿原：《胡风和我》，晓风主编：《我与胡风》（增补本）下册，宁夏人民出版社2003年版，第561页。
② 路翎：《关于绿原》，《中国时报·文学窗》1946年4月26日。

虽然可以说，当时客观的历史情况限制了一般知识分子底感受和认识，但自己对于时代底真实没有顽强的追求，却是明明白白的。我将多么感激，如果读者们从这本小诗集能够隐约地看出旧中国性格底沉重负担的一面和英勇突进的一面，并且愿意帮助我克服残留在我身上的一些近乎创伤的败坏的感情因素，使我有力量再向前跨进一步。

在《集合》中可以发现不少"向内"的诗篇，比如《圣诞节的感想》（1942）、《琴歌》（1943）、《不是忏悔》（1944）、《圆周》（1943）、《我睡得不好》（1943）等。这些作品基本沿袭了《童话》的风格：感情细腻、含蕴丰富，令人时有晦涩之感，这大概就是绿原所说的"对时代底真实没有顽强的追求"的作品：《圣诞节的感想》写的是诗人由安徒生童话而生的感悟；在《琴歌》中，诗人的思绪从"我的窗外"展开，渐渐及于彩色的瓶子、坟、天堂、人子及其门徒等并重新回到窗外，思考着什么该爱、什么该恨的问题；在《不是忏悔》中，绿原悬想了15世纪法国"强盗诗人"魏龙的故事；《圆周》的十首短诗则都是诗人日常生活中偶尔灵光一现的诗情哲思的记录；在《我睡得不好》中，诗人将"我"比作20世纪的隐修者圣安东，述说失眠之后身体和灵魂的痛苦。如果说这些诗的缺点在于和现实生活斗争"接触得不强"当然并不过分，但如果想在其中找到"旧中国性格底沉重负担的一面"或者"近乎创伤的败坏的感情因素"却并不容易——绿原的自我批评不过是一个在新政权面前力图表现自己进步的政治立场的诗人言不由衷的过甚之词罢了。

在《集合》中当然也可以发现作者向外部世界，向时代"突进"的迹象。很多诗和上述"向内"的作品相比有明显差异，比如《工作》（1942）、《破坏——同其余几首假冒的诗》（1944—1945）、《响着的刀》（1942）、《颤抖的钢铁》（1942）、《给天真的乐观主义者们》（1944）、《是谁，是为什么……》（1944—1945）等。在这些诗歌中，作者的感情变得粗糙，但是极为饱满且充满力度，已经具有鲜明的七月派诗歌的美学特征。在《工作》中，诗人描绘了钢铁工厂充满力量的、富有刺激性的生产场景；《破坏——同其余几首假冒的诗》抨击社会上的各种丑恶现象，发出了追求自由的呼声；《响着的刀》表现了诗人和黑暗进行战斗的决心和意志；《颤抖的钢铁》是对于"一群死在敌后的民族战士"（即皖南事变中的新四军）表达的深切的哀悼。诗人在《是谁，是为什么……》中还回顾了希腊人民在反法西斯战争中的光荣历史，为他们战后争取民主自由的行动呐喊助威……

也就是说，在《集合》所收录的绿原抗战时期创作的诗歌中，至少包含"向内"和"向外"两种类型的创作。从左翼文学价值立场上看，后者远胜前者，它们之间包含着落后/先进、非时代/时代之别。1942年就认为《童话》已经成熟的胡风，在1944年曾经批评绿原。对此，被批评者有这样的回忆：

> 经过1944年的那段政治风波，我丧失了复旦大学的学籍，心情十分颓丧，在给胡风的一些书信中，曾经流露过一些典型的小资产阶级的伤感情绪。……在写作方面，我当时脱去了《童话》时期的天真和明朗，一度热衷于一些雕琢而又朦胧的意象；胡风也是几次来信，叮嘱我注意保持情绪的

自然状态，不要把它揉了又揉，揉到扭曲的程度，同时叫我警惕追求所谓"绮语"的倾向。①

虽然按绿原此处的说法，1944年顷胡风仍然没有明确批评绿原脱离时代，但是胡风所谓将情绪"揉到扭曲的程度"以及"绮语"之类，显然不会出现在上述"向外"的诗歌中。胡风不会要求诗人空洞而肤浅地去应和时代，但是他也绝不会认同那种完全回归自我、回归内心的诗歌——至少从话语的层面看必然如此，因为他的所有理论都是现实主义的，都是应时代的要求而产生并主张积极回应时代的。

三

对绿原《集合》中的两个类型的作品进行比较、阐释与评价是一件很有意义的工作——这不但能从一个新的角度来完整理解绿原本人，也有助于理解诗人的创作和时代之间的复杂关系。当然，进行这样的比较会有相当的难度，因为每一首诗都是对于诗人的一个不可复制的精神过程的记录。将诗人的创作归类然后进行整体评价固然是研究者的权利，却有可能伤害具体的诗作的无可替代的独特性，让它被平庸的整体性所湮没。正是考虑到这样的问题，本文以下将不对《集合》中的两种类型的作品进行总体

---

① 绿原：《胡风和我》，晓风主编：《我与胡风》（增补本）下册，宁夏人民出版社2003年版，第565页。引文中省略号为张传敏所加。文中绿原所说的1944年的政治风波大致是这样的：这一年的年初，国民党军事当局为来华参战美军征调国统区各大学学生充任译员，正在重庆复旦大学外文系就读的绿原也在此列。他先是被分配到"航空委员会"，后来又因为"思想问题"被改调到"中美合作所"。绿原对此感到惶恐之余，曾写信向胡风求助，后又因未去"中美合作所"报到而遭到通缉，乃离开复旦大学。后来他在胡风、何剑熏的帮助下，化名到川北岳池县教书。

· 97 ·

比较——每种类型中的每一首诗都有自身的艺术个性而且水平参差不齐，很难将它们作为一个整体进行评价。另外，本文也不拟将两者内容或者形式的任何因素进行直接对比——既然这些诗歌分属不同类型，进行这样的比较是武断而牵强的。本文以下将首先在每个类型中选择一篇作品，分析这些作品的完成度（也就是被评价作品和批评者认为这部作品应该具有的完美状态相符合的程度），然后比较两者在完成度方面的差异并以此来衡量这两种类型的诗歌各自达到的水平。必须承认，对每个类型中具体作品的选择完全取决于选择者对于诗歌的理解与趣味。在这一点上，不同的选择者是非常容易产生分歧的。

　　本文在"向外"类型的诗歌中选择的是《给天真的乐观主义者们》，这是一首包括八章的长篇政治讽刺诗。在该诗的开头，作者就宣示了诗歌的主题：揭露与讽刺——揭露国统区社会的黑暗与无耻，讽刺号称"四强"之一的中国的荒诞与虚弱，从而揭穿虚幻的假象，给那些"天真的乐观主义者们"以警醒。在诗中，诗人淋漓尽致地描绘了"陪都"重庆的社会众生相：这里有严禁落难者"在人行道上用粉笔诉写平凡的自传"的警察；有"响尾蛇似的互相呼应"的"货币集中者"和常年发行"巨批杰作"的知名律师；有大轰炸过后向老爷报告公馆和叭儿狗平安的仆人；当然也有头颅像烂柿子一样悬挂着的男人、不害羞地和电线摆在一起的女人的裸腿以及坐在土堆上凝望天空的灰尘但没有眼泪的孩子……在该诗的最后，作者还对自己的历史进行了反思并对那些从事革命斗争的人表达了赞美之情。

　　该诗在形式上最鲜明的特征是长句式和铺排手法的运用。它的很多句子都超出了页面宽度，具有非常强烈的散文化倾向；它并不是对对象进行本质概括然后加以疾言厉色的批判，而是尽量将其"堆积"在一起进行暴露与嘲讽。该诗所运用的手法看似率性而为、不事雕琢，却并没有导致诗意的匮乏。

一方面，作者对于外部社会场景并非只是简单的陈述，而是运用了许多极为具体、生动且具有跳跃性的形象，造成了一种光怪陆离的效果，避免了铺叙的沉闷、单调。作者在第三章中批判重庆这个城市轻易忘却灾难而苟安于现状的特点时所进行的描述可以作为例证：

男人同女人照样吊膀子……
电影院照样放映香艳巨片……
理发厅照样替顾客们挖耳粪……
花柳专科医师照样附设土耳其浴室，奉送按摩……
绅粮们照样欢迎民众们大量献金……
保甲长照样用左脚跪在县长面前，用右脚在踢打百姓：如此类推，而成衙门……
译员们照样用洋泾浜英语对驻华白侨解释国情……
公务员照样缮写呈文同布告……
报纸照样发表胜利消息，缉拿同悬赏，更正同驳斥……
可怜的学生照样练习他们底体操：立正，敬礼，鞠躬，下跪……
大人们照样指流泪的，流血的，死了的，毁灭了的同倒坍了的
像放屁一样念着阿弥陀佛或者 ALLELUIA，发挥着
十字架底光荣，金字塔底严肃，以及东方文艺复兴底意义……

市民社会的众生相被诗人不加分别地糅合在一起，看似杂乱无章，却又引人入胜；它们是艺术创造，也是对"陪都"重庆社会生活的实写。

另一方面，作者虽意在对社会现状进行有力的批判，却采用了一种表面上看起来平静、轻松的口吻。这无形中增加了诗句的张力以及意蕴的深度，避免了情绪的直接宣泄对于诗意的损害。绿原在该诗的开头故意宣称自己要面对读者"冷淡"地宣读这首诗，在作品中对被批判者也往往进行看似"油滑"的讽刺：他把"扑克，假面会，赛璐珞，玻璃玩具……鸦片批发，灵魂收买，自行失踪，失足落水，签字，画押，走私，诱拐，祈祷同忏悔"等统称为知名律师们发行的"杰作"；他故意仿照无聊文人的辞藻，把广场上被杀死的逃兵的尸首描写为"正用自己底血沐洗自己底罪恶"。这些讽刺性因素的介入并没有导致诗作批判力度的降低，反而增加了读者对于丑恶现象的憎恨。

毫无疑问，任何一个对左翼诗歌没有偏见的人都会承认这是一篇相当优秀的作品。它对于时代社会生活的写实性刻画并没有影响它的艺术性；看似粗糙杂乱的文字与结构也没有影响到其批判性主题，而是给予了有力的呼应。艾青说："有人写了很美的散文，却不知道那就是诗"，[①] 绿原显然知道自己写了很"美"的散文，而且知道那就是诗。不过，他诗中的审美，毋宁说是审丑。他的诗并不优美，却能使读者在憎恶、蔑视中感到快意。无论如何，《给天真的乐观主义者们》都堪称一篇完成度相当高的诗歌佳作。

[①] 艾青：《诗的散文美》，《艾青选集》第3卷，四川文艺出版社1988年版，第43页。

四

本文将《不是忏悔》作为《集合》中非时代性的"向内"的代表作品进行剖析。这首作者标注创作于1944年9月18日的诗其实有两个版本：第一个版本是发表在1944年底出版的"诗垦地丛刊"第六辑《白色花》上的《忏悔》，《集合》中的《不是忏悔》是该诗的第二个版本。《忏悔》共分两章，第二个版本《不是忏悔》则在此基础上增加了第三章。尽管绿原在第二个版本中对第一个版本的前两章的诗句进行了修改，但是这部分的内容和基本架构大致未变，本文以下将对这两个版本进行综合分析与论述。

《不是忏悔》标题下有副标题或曰题记，可以帮助读者理解作者创作本诗的缘由和动机：

——读到一篇关于15世纪的强盗诗人魏龙（François Villion）[①] 的传奇以后：

在《忏悔》的两章中，绿原主要根据魏龙的故事想象性地描写了巴黎上流社会的贵族们寻欢作乐的场景以及魏龙被判处绞刑后的所见与所思。诗中上流社会的生活是奢靡、放浪而怪诞的：

---

① 绿原所说的魏龙，即François Villon（诗中误作Francois Villion），现通译为维庸（1431—?），是15世纪法国杰出诗人。此人出身贫寒却受过良好教育，但又常与罪犯为伍；1463年曾被判处极刑，后侥幸得脱，不知所终。维庸极富诗歌才能，曾有人称之为"法国中世纪最重要的抒情诗人"（参看张英伦、吕同六、钱善行、胡湛珍主编《外国名作家大词典》，漓江出版社1989年版，第813页）。其主要作品有《小遗嘱集》《大遗嘱集》等。

银狐底皮革同孔雀底羽毛比赛着价值,
女人们像为女神卖淫的巴比伦的美妇,
接吻时差错地吞下一颗体温未散的宝石,快乐地死去;
男人们在酪酊的时光用蓝丝巾缢死他底情人,
同尼罗王用蔷薇的雨闷死赴宴的贤人一样痛快,
管是什么罗马的智慧呢?

　　诗中的"强盗"魏龙虽然极具才华,但贪恋钱财、玩世不恭:他从一家刚发生杀人案的赌场中出来时,还不忘从路旁的半裸女尸身上掏出两枚银币;他吃饭时还盘算着那些盛食物的金盘究竟值多少钱;面对着绞刑架,他的回忆跟希望一样贫乏……

　　《忏悔》一诗的题旨晦涩、情绪迷茫,让人看不到任何向时代"突进"的亮色——这可能正是前文绿原所说的自己在1944年的一系列经历之后产生的某种复杂心境的折射。从一般的七月派诗学标准来看,这显然是一篇不积极、不健康的作品。然而,如果我们排除由于某种道德主义的陈词滥调而对诗歌产生的偏见,承认某些被视为异端的人类情感其实也具有作为诗歌表现内容的合法性与可能性,那么就应该承认《忏悔》也是诗。即便绿原曾经对诗中的情感进行批判,他显然也认定了《忏悔》中表达的情感是"诗情"。

　　然而,即便仅仅从标题来看,绿原对于《忏悔》这首诗也表现了一种否定性的,或者至少说是不确定的态度。再看该诗的具体内容,所谓的"忏悔"并非魏龙的忏悔,那么它只能是来自绿原的。绿原为什么要忏悔?

　　要理解绿原"忏悔"的原因,需要对这首诗的创作日期加以特别注意——1944年9月18日。1931年的九一八事变一直被视为日本侵华的开端,是中国现代史上最重要的事件之一,于是9

月 18 日对于中国人就产生了"国耻"的特殊意义。在 1944 年抗日战争的时代语境中，这种意义就变得更加显豁了。但是恰恰在这样一个日子，身为七月派成员的绿原写出的竟然是有关 15 世纪法国的一位"强盗"诗人的风格怪诞、意旨不明的诗篇！这应该就是诗歌标题"忏悔"的由来——诗人在创作这首诗的时候满怀着面对"时代"产生的负罪感。

作为七月派成员，绿原需要消除这种负罪感，于是才有了这首诗的第二个版本《不是忏悔》。在这个版本中，绿原所作的最重要的修改就是赋予魏龙以"反抗中世纪的黑暗"的英雄的性质并表达了对其人、其诗的认同：

> 你一定明白的，我所向往的诗人魏龙：
> 历史是一种颜色底浓淡的反映，
> 光底来源只有一个：
> 你底同我们底缪斯只有一个！

在这个版本新增的第三章中，绿原用历史只不过是"一种颜色底浓淡的反映"的逻辑，将魏龙及其艺术与绿原自己所处的时代进行了衔接，同时借此也消除了原来自觉有负于时代而产生的罪恶感。但这种修改显然并不成功：无论绿原如何美化魏龙，也无法让他摇身变为抗日志士，更无法使《忏悔》中的故事变得具有时代性。修改反倒使《忏悔》中较为连贯的人物逻辑发生了断裂：在路旁的半裸女尸身上搜索银币无论如何也称不上什么英雄行为。①

---

① 绿原在《不是忏悔》中删除了《忏悔》中魏龙盘算盛食物的金盘子值多少钱的情节，但是保留了他从路旁女尸身上掏出银币的情节。

另外，从作品完成度来看，《忏悔》也较《不是忏悔》为高。绿原在《忏悔》第一章中运用了大量极具视觉冲击力而且具有异域情调的夸张词语来描述15世纪法国巴黎上流社会的生活场景并穿插古罗马暴君的传说，给人以纸醉金迷、光怪陆离之感。在第二章中，诗人在叙述魏龙被判处绞刑的场景时的语气转入平淡，词语的色彩感和视觉冲击力也变弱，从而形成了一种凄惨的氛围并隐约闪现了诗人对于魏龙的讽刺意味。从整体上来看，这些都和诗作传达的复杂情绪、意蕴极为契合。

然而在《不是忏悔》中，新增的第三章和前两章相比风格发生了戏剧性的变化：前两章中被隐藏的叙事者走到了前台，一个20世纪40年代的左翼青年诗人清晰地表露了对于魏龙的态度并按照时代标准"提升"了魏龙的品格。这不仅使这位行止奇特的法国中世纪抒情诗人丧失了自己的独特个性，也使《忏悔》中的文字失去了弹性并使该诗整体的荒诞、迷茫之感丧失殆尽，丰富的内涵也被压挤、榨干。当然，这首诗也就此完成了面向时代的转身，尽管并不华丽。

小　结

绿原的诗集《童话》虽然创作于抗日战争时期，胡风也曾指出它的时代性并给予充分肯定，但是它远非一个符合七月派诗歌美学标准的文学样本。《集合》确实显示了绿原向时代"突进"的努力，我们也必须承认他所取得的巨大成绩：《给天真的乐观主义者们》显示出成熟的七月派诗歌作品所能达到的艺术高度。然而，绿原的这些成就并不妨碍他在"非时代"的领域里面发掘另一种类型的诗意，《忏悔》这首诗中复杂的情绪、意蕴以及与之相契合的种种形式因素，充分体现了绿原的另类才华。如果将两者进行比较的话，只能说它们都属于完成度很高的作品，并无高下之分。

通过对《忏悔》的另一个版本《不是忏悔》的分析，我们可以得出另外一个也许是更重要的结论：一个诗人可以拥有并且充分展现表面上看起来相互冲突的多方面的艺术才能，然而其前提是诗人必须忠实于自己，而不是其他任何东西。如果说《给天真的乐观主义者们》在表现时代上取得了成功的话，那是因为诗中所描绘的时代并不在绿原之外，它就是绿原个人的一部分。当绿原为了呼应时代社会生活而对《忏悔》进行修改的时候，他得到的只能是一部失败之作——中国的 20 世纪 40 年代并不属于 15 世纪的法国诗人魏龙，也不属于《不是忏悔》这部作品。

附录　绿原的《忏悔》与《不是忏悔》

忏　悔

（一）

一缕幸福的红烟浓艳地盘绕着……

隔壁是一座宫屋呢，或是一座什么地主底庄园呢！

魔鬼在里面做人们底老师：

食肉兽们举行着　宴①；

银狐底皮革同孔雀底羽毛比赛着价值，

女人们像为女神卖淫的巴比伦的美妇，

---

① "着"后原文空一格，疑排版时漏排一字。

接吻时差错地吞下一颗体温未散的宝石,快乐地死去;

男人们在酩酊的时光用蓝丝巾缢死他底情人,

同尼罗王用蔷薇的雨闷死赴宴的贤人一样痛快,①

管是什么罗马的智慧呢?

酒巡半酣了,一只可怕的短笛

由一个行乞的喇叭②教的幻术家呜呜低吹,

吹着,吹出一堆杂色的蛇嘶嘶作响——

呀,唱歌的绅士拥着跳舞的闺秀,大惊失色。

(二)

这时,外边正是风雪的夜晚,

沉思的尤加利树默数着塔钟底催命的渐沥,

---

① 这句诗中的"尼罗王"疑为古罗马皇帝尼禄,全称尼禄·克劳狄乌斯·恺撒·奥古斯都·日耳曼尼库斯(Nero Claudius Caesar Augustus Germanicus),或称尼禄·克劳狄乌斯·杜路苏斯·日耳曼尼库斯(Nero Claudius Drusus Germanicus),出生于公元37年12月15日,死于公元68年6月9日。但是绿原诗中所说用蔷薇雨闷死客人的,应是另一位罗马帝国皇帝埃利奥伽巴鲁斯(Heliogabalus),或作埃拉伽巴鲁斯(Elagabalus),全称恺撒·马可·奥勒利乌斯·安东尼努斯·奥古斯都(Caesar Marcus Aurelius Antoninus Augustus),大约出生于公元203年,死于公元222年3月11日。关于这位皇帝用花朵闷死客人一事,英国知名画家劳伦斯·阿尔玛-塔德玛爵士(Sir Lawrence Alma-Tadema,1836—1912)曾在1888年创作了一幅著名画作《埃利奥伽巴鲁斯的玫瑰》(The Roses of Heliogabalus)对其进行再现。但是,在严肃的历史学家们一直对其真实性表示怀疑的著名古罗马历史著作《罗马君王传》(Historia Augusta)中,那位荒淫无道的皇帝所用的并非玫瑰或蔷薇:"他在餐厅通过可翻转的[吊顶]用紫罗兰和其他花朵淹没了自己的食客,以至于有些人因没能爬到[花堆]外面窒息而死。"(参看[古罗马]埃利乌斯·斯巴提亚努斯等《罗马君王传》,谢品巍译,浙江大学出版社2017年版,第293页)。另外,这本书也没有提到被埃利奥伽巴鲁斯闷死的客人中有当时的罗马贤达人士。据《罗马十二帝王传》(De Vita Caesarum)记载,倒是尼禄做过这样的事:在古罗马帝国,彗星被人们认为是至高无上的统治者死亡的预兆。在尼禄当政时,曾有彗星连续数夜出现,这使他十分惶恐。他从占星家巴尔比路斯那里听说国王可以用杀死一个名人的办法来袪除这种凶象,于是决心处死国内的所有名流。当两次反对他的阴谋被揭露后,他更有信心以及借口来这样做了。另外,在他著名的宫殿"金屋"(Domus Aurea)中,也有可以从天花板撒花的装置:"餐厅装有旋转的象牙天花板,以便撒花,并设有孔隙,以便从上部洒香水。"以上关于尼禄的内容,参见[古罗马]苏维托尼乌斯《罗马十二帝王传》,张竹明、王乃新、蒋平等译,商务印书馆2000年版,第249、242页。

② 原文如此。

犯绞刑的强盗魏龙摇摇摆摆地

从一栋发生了杀人的骗局的赌场里出来，

在路旁意外地遇见一名半裹的女尸，

她底身上还能掏出两枚银币呢：

 有一枚已被他扔在雪堆里，再也寻不出来了。

亡命的异教徒魏龙用拉丁文祈祷着，

他可是听见了芒梯法坑，巴黎最大的绞颈架，①

 哗喇发响的怪声吗？

他狞笑地凝□②着死亡："我为什么是一个贼？"

他为什么是一个贼呢？如果他是国王底厨宰，

可怜的魏龙一定会被上帝保佑的，

来一块冷牛肉同一杯温酒吧，

这罪人缓缓吹起了口哨：估计着那些金盘究竟能值多少银钱。

 望一望铅色的天地——

哎，回忆同希望正像这顷刻的遭遇一样贫穷。

四四·九·十八·和溪

（录自诗垦地社主编《诗垦地丛刊》第六辑《白色花》，1944 年底由果园出版社发行，联营书店总经售）

---

 ① 芒梯法坑，法文为 Gibet de Montfaucon，直译为蒙福孔的绞刑架。它是法兰西国王们（一直到路易十三时期）的主要绞刑架，被用来吊死罪犯（经常是叛国者）并将尸体示众。它位于现在的巴黎市中心法比安上校广场附近的一座小山顶上，长有 12—14 米，宽有 10—12 米，高度为 4—6 米，约始建于 13 世纪晚期，使用至 1629 年，1760 年被拆除。

 ② 原文不清晰，疑似"视"字。

不是忏悔

——读到一篇关于十五世纪的强盗诗人魏龙
（Francois Villion[①]）的传奇以后：

一

一缕幸福的红烟浓艳地盘绕着……
隔壁是一座宫屋呢，还是一座地主底庄园呢？
魔鬼在里面做人们底老师：
食肉兽们举行着美筵：

用银狐底皮革同孔雀底羽毛比赛身份的
女人们，像为女神卖淫的巴比仑美妇一样
接吻时差错地吞下一颗残留着体温的宝石而快乐地死去，
男人们在酩酊的时光用蓝丝巾缢死他底情人：
呵，多么痛快，痛快得就像
尼罗王用蔷薇雨闷死那些赴宴的贤人……
（管是什么罗马底智慧呢！）

酒巡半酣了，一只可怕的短笛
由一个行乞的喇嘛教的幻术师呜呜低吹，
吹着，吹出一堆杂色的蛇嘶嘶作响——
呀，唱歌的绅士拥着跳舞的闺秀大惊失色。

---

① 应为 François Villon。

在阴惨的世界里，圣人被帝王重聘而来
来进行统治着时间与空间……
而这片广大的历史与地理底深沉的寂寞
岂是一两声餍饱的喟叹所能敲碎的呢？

二

这时，外边正是风雪的夜晚，
沉思的尤加利树默数着钟塔底催命的淅沥。
犯绞刑的强盗魏龙摇摇摆摆地
从一栋刚刚发生杀人骗局的赌场出来，
在雪堆里意外遇见一名半裸的女尸——
她底身上还能给他掏出两枚银币呢。

亡命的异教徒魏龙用拉丁文祈祷着，
像一只可怜的牡蛎睡在泡沫里
痛苦地分泌着珍珠：仿佛是第一次受罪，其实是第多少次的。
呵，他在夜色里惊醒着，可是听见了
芒梯法坑，巴黎最大的绞颈架，底
哗喇发响的招唤吗？

他狞笑地凝视着死亡：
　"我为什么是个贼呵？"
　（他为什么是个贼呢？如果他是一个国王底厨宰，可怜的
　　魏龙一定会被上帝保佑的。）

来块冷牛肉吧，一杯温酒吧，
这罪人缓缓吹起口哨
望一望铅色的天——
哎，回忆同希望正像这顷刻的遭遇一样贫穷。

三

今天，魏龙呵，我才知道中世纪底黑暗：

当但丁大胆地从人间潜探地狱，又从地狱飞升天堂去找寻他底理想……
当乔叟一辈子起居在豪华的朝廷里演奏快乐的歌曲时，
你却一再地被抛进了牢房，一再地
在生底苦痛同死底恐怖之下
用诗讥嘲生命，用诗夸耀你底罪！

你没有你底十八世纪的同胞卢梭先生所梦想的
感情世界以及感情底圣地：原始的自然。
——看平原宽阔到几千里以外，
　　山层同云层彼此失去了个性，
　　天底蓝度与水底蓝度完全相等时，
你没有动身到自然去；
　　看多么复杂的森林阵图里
　　一寸两寸的水草仍然娇贵地活着，
　　绿色的生命之间没有排挤时，
你没有动身到自然去；

你没有溺爱那些以颜料储蓄下来的风景、

　　　那些梦幻般虚伪的水彩画、

　　　那些白谎似逼真的油画……

然而，魏龙呵，我怎样能证明你没有呢？

我甚至不知道你是怎样

从刽子手底刀下逃脱，你是怎样

离开巴黎底卑污的阿尔沙特（Alsatia①）

我不知道你将到哪儿去，哪儿去了

哪天结束你底最后的呼吸

哪块儿葬着你底遗体。

人怎能没有生底苦痛同死底恐怖呢？

人又怎能没有方法解决生底苦痛同死底恐怖呢？

假如你从十五世纪活到二十世纪

　——从朴素的明月行进到辉煌的太阳，

你一定明白的，我所向往的诗人魏龙：

历史是一种颜色底浓淡的反映，

光底来源只有一个：

你底同我们底缪斯只有一个！

一九四四年九月一八日

（录自绿原《集合》，泥土社 1951 年版）

---

① 在 Alsatia 后似还有一字母，但无法分辨。Alsatia 则是法国东部阿尔萨斯（Alsace）的旧称。

纯化与暗示

——鲁迅《论雷峰塔的倒掉》重读

1924年9月25日,杭州的雷峰塔倒塌,10月28日鲁迅创作了杂感《论雷峰塔的倒掉》,发表在11月17日北京《语丝》周刊第1期上。

雷峰塔和白娘子的故事尽人皆知,鲁迅这篇文章一度入选中学语文课本,读者自然也很多。该文的主旨很明确:反对封建礼教,对勇敢追求个人幸福的白娘子表示赞赏,对法海式的封建卫道士进行无情批判和嘲讽。文章中的一句话也许最能体现作者的观点:

许仙自娶妖怪,和别人有什么相干呢?

这句话和鲁迅小说《伤逝》中女主人公子君所说"我是我自己的,他们谁也没有干涉我的权利"的意思是完全一致的。这是对个人自由的肯定,也是在新文学公共空间中划分公与私的界限的一种尝试。它隐含这样的逻辑:婚姻(爱情)这样的私人事务应该是独立于公共领域之外的。鲁迅表达这样的观点当然毫不奇怪，因为它可以说是"五四"新文化阵营所共同追求的伦理革命目标之一，是属于那个时代的。

令人奇怪的是鲁迅文章中论证爱情婚姻自主的方式。他为了说明爱情婚姻的私人性质的正当性，借用了一个在中国现代语用学中和个人、个体、私人等范畴相对立的概念——人民：

>现在，他居然倒掉了，则普天之下的人民，其欣喜为何如？

接下来鲁迅又用与此"人民"语义密切相关的"民意"为自己的观点提供支撑：

>试到吴越的山间海滨，探听民意去。凡有田夫野老，蚕妇村氓，除了几个脑髓里有点贵恙的之外，可有谁不为白娘娘抱不平，不怪法海太多事的？

为了求证吴越一带民众对许仙和白娘子关系的看法到江苏、浙江去进行民意调查，显然不是一个很经济的做法。然而，不必沮丧——通过对长期流传于江浙一带的各种版本的《白蛇传》民间故事、传说、戏剧及其研究成果的考察，我们仍然可以在某种程度上了解当地人对白娘子、许仙以及法海的态度。

就中国民间文艺研究会浙江分会编辑的《〈白蛇传〉故事资料选》《〈白蛇传〉歌谣 曲艺资料选》[①] 两书所辑录的流传于江苏、浙江等地的有关白蛇的民间故事来看，其中绝大部分确实表

[①] 这两本书均系内部资料，1983 年 5 月出版。

皇家似亦不避讳白蛇故事。图为颐和园长廊中的白蛇传故事彩画《盗仙草》，选自易明编著《颐和园长廊彩画故事全集》，中国旅游出版社2009年版，第259页。

现出了同情白娘子、仇视法海的倾向。相关研究成果也表明，自清中叶以来的两百余年间，京剧及其他各地方剧种中的白娘子已经成为"民众理想中的女性形象"。①

然而，这些仍然不能说明20世纪20年代的"民意"支持恋爱婚姻自主并因此赞同白娘子和许仙的结合。一方面，在这些不同版本的《白蛇传》故事中，有很多都出现了许仙曾经救护白蛇，白蛇是因为要报恩才嫁给他（这一点鲁迅的文章也曾明确提及）或者两人因为前世夙缘而结合的叙述，这大大削弱了两人关系中所体现的婚恋自由的现代性色彩。另一方面，虽然也有一些故事版本强调白蛇是因为爱慕许仙，对他动了私情才嫁给他的，但这种私情也和现实生活保持着极大的距离。

无论如何，白娘子只是一个传说。虽然随着不断被传播、祛魅，《白蛇传》故事的人间性越来越浓，早期故事版本（如宋元

---

① ［日］中田妙叶:《论白娘子形象及其流变》,《辽宁大学学报》1997年第6期。

话本《西湖三塔记》）中所包含的警示、规训世人的性质也越来越淡薄，但我们仍然不能把民间传说所体现的对白娘子以及她和许仙之间关系的认同，和人们对现实生活中恋爱婚姻的态度画等号。至少在鲁迅生活的时代，一个《白蛇传》传说的接受者可能既是白娘子的赞美者，同时又是流行的传统婚姻制度的支持者与践行者——白娘子和许仙的关系之所以能够得到人们的广泛同情，一个重要原因就在于这种关系的非现实性质。这种性质使《白蛇传》的故事既能释放受众那潜在的被"超我"所压抑的欲望，引导他们进入更加宽广、虚无的想象领域，并在其中实现对于现实的超脱，又能够掩盖故事对于现实伦理的背叛，避免它对生活秩序形成过度冲击，从而也不断为故事的存在与流布提供合法性保护。

也就是说，从《白蛇传》的故事中，我们无法得到吴越地区（乃至中国的其他地区）的民众在现实生活中支持青年人的恋爱婚姻自由这个结论。鲁迅自己和朱安女士的婚姻生活可以说明，至少他的母亲鲁瑞就没有什么婚姻自由的想法。

以上这些似乎都说明了《论雷峰塔的倒掉》中隐含的逻辑瑕疵。然而若以此为依据来批评鲁迅或这篇文章，仍然是对于批评权力的滥用。一个文学家并不必须成为一名逻辑家或民间传说研究者，他不仅必然有，而且应该有对现实生活以及其他各种创作素材进行想象、虚构、窜改、借题发挥的权力。他的唯一必尽的义务只是用文字创造出审美（或审丑）的对象而已。

然而，说明民众对于许仙、白娘子的故事和现实生活中的恋爱婚姻的不同态度仍然是有意义的，因为借此可以更深刻地理解鲁迅写作的思路与脉络：他将两种不同语境中的"民意"不加区分地混用并利用它鼓吹恋爱婚姻自由，为个人权利张目。

但事情没有到此为止。当我们自以为洞悉了鲁迅文章的奥窍时，他可能正以轻蔑的眼光注视着我们并发出哂笑：《论雷峰塔的倒掉》中何曾出现过"婚姻自由""个性解放""私人权利"或诸如此类的词语？我们所判定的提倡恋爱婚姻自由、个性解放的文章主旨，其实仅仅是我们自己的判定罢了。

但这并不是要反对上述关于《论雷峰塔的倒掉》的主旨的判断。很明显，鲁迅写这篇文章绝不仅仅是因为雷峰塔倒塌而重述一遍白娘子的传说而已，上述对文章主旨的判断是非常合乎情理的。但是鲁迅在文中并没有直接陈述，而是借用事件的相似性"暗示"出了这个主旨：他用白娘子和许仙这个人妖相恋的传说来影射现实中并不存在的恋爱婚姻的实例，以江浙一带的"田夫野老，蚕妇村氓"对传说中的白娘子的同情心作为恋爱婚姻自由合理性的证据，引导读者自己得出文章是在宣扬反封建思想的结论。

不得不承认，鲁迅的技巧是极为高明的：如果他直接说白娘子就是反抗封建礼教的斗士，就是在追求个性解放，因此值得赞美，那么不仅那些"田夫野老，蚕妇村氓"们，就连一般的知识分子读者也会发笑了——将古人现代化、将传说实在化固然是文学家的权力，却不是一种合乎情理的议论方法。

从上文的分析还可以看出，鲁迅在暗示文章主旨的过程中对于"人民"，尤其是由"田夫野老，蚕妇村氓"所构成的乡下人群体的"纯化"——把他们抽象地描述为在某个问题上具有高度同一性的集合体，也是极为重要的一环。只有经过这种纯化，"人民"的"民意"才可能成为一种看起来极为有力的论据。

在鲁迅那里，纯化并非仅此一例。与一般所常见的鲁迅的启蒙者形象不同，他有时候会像在《论雷峰塔的倒掉》中一样将

"人民"引为自己的同道,并不摆出一种高高在上的姿态。譬如在他的《随感录》中就这样写道:

> 四万万中国人嘴里发出来的声音,竟至总共"不值一哂",真是可怜煞人。①

他这样做自然有其必要性:作为一个启蒙者,他不仅要高于被启蒙者,更重要的也许是取得对被启蒙者的代表权。于是,充满了种种隔阂与断裂的"四万万中国人"说的白话(方言、土语)被强制性地纯化以反对实际上在四万万人中更具现实普遍性的文言。然而,这种做法也可能给他作品中的自我身份认同带来一些问题:他一直是以深刻批判国民性著称的。

《论雷峰塔的倒掉》的姊妹篇《再论雷峰塔的倒掉》就是这样一篇批判国民性的作品。在这篇发表于1925年2月23日《语丝》周刊第15期的文章中,鲁迅从《京报副刊》上的一则通信谈起,主要批评了两种人:一是"十景病"或"八景病"患者——那种力图保持或修补、恢复"完美的传统"的人;二是那些只知破坏而无建设的、奴才式的自私自利的人。

这篇文章借雷峰塔的倒掉来批判国民性未免有点引喻失义。鲁迅将偷盗雷峰塔塔砖的乡下人痛斥为"奴才"式的破坏者已属不当:"奴才"一词一般被用来指称那些毫无个人主见与平等观念,自动屈从于强权的依附性人格所有者,而乡下人偷盗塔砖不过是一种因为愚昧而产生的损公而实不利己的行为罢了,和"奴才"无干。他在批判"十景病""八景病"患者时,同样表现出了思维逻

---

① 鲁迅:《五十七 现在的屠杀者》,《鲁迅全集》第1卷,人民文学出版社2005年版,第366页。

辑性的欠缺：对地理景观的消失表示遗憾乃至力图恢复其完美状态，和墨守传统、拒绝改革并无必然的联系。如果我们尝试问这样一个问题，或者能更清楚地看到这篇文章中存在的悖论：雷峰塔只有一座，它究竟是诱发了"十景病"的应该被破坏掉的传统还是被"奴才"式的自私自利者所破坏的"完整的大物"？

也许鲁迅没有意识到，也许他并不太在意这样的问题。对他这样的杂文家来说，只要雷峰塔能够提供一个话题，让他发表议论就够了。但对于一个读者，尤其是专业型的读者（研究者），接下来一个自然而然的问题是：造成《再论雷峰塔的倒掉》中逻辑悖论的原因究竟何在？

悖论主要是由于对另一种"纯化"——更准确地说是"类型化"——的不恰当运用造成的。鲁迅将具体的人物和行为在未经理性充分审验的情况下不恰当地上升为群体性特征：旅客叹息"西湖十景"的消失被讥讽为主张恢复传统、顽固保守的"十景病""八景病"，偷盗塔砖的乡下人被命名为"奴才"式的破坏者，都是不恰当的类型化的结果。鲁迅在1933年7月19日夜写的《伪自由书·前记》中云，自己的坏处是"论时事不留面子，砭锢弊常取类型"，[①] 尤其因为后者，经常招致有某个类型特点的人的攻击。就以上分析来看，他的"取类型"的批判方式确实是一种坏处，不过不是因为其批判锋芒所涉及之面太广、易招人怨，而是因为他将具体的人与事上升为类型时往往忽视两者之间必要的内在逻辑关联性，并用过度的伦理标准审视对象——这使得他对很多"类型"的攻击最终变成了一种偏见。

---

① 鲁迅：《伪自由书·前记》，《鲁迅全集》第5卷，人民文学出版社2005年版，第4页。

平淡背后的葛藤

——周作人《喝茶》解

周作人的《喝茶》创作于 1924 年 12 月，刊载于当月 29 日出版的《语丝》第 7 期。周氏 1925 年 11 月 13 日在病中为自己的散文集《雨天的书》写序，其中云己作"满口柴胡，殊少敦厚温和之气"，又说"近来作文极慕平淡自然的景地"，称自己这样有"褊急的脾气的人"生在中国那样一个时代，实在难于"从容镇静地做出平和冲淡的文章来"。① 观《喝茶》一文，所谈不过中外茶道兼及茶食，不惟内容清雅，行文也从容淡定、平易晓畅，若说其早就在某种程度上实现了周作人的散文理想，当不为过。但对于读者而言，若仅能体会到《喝茶》的以上特点，也只能说是见其皮相而已。

周作人的文章并不易解。他自云其文"貌似闲适"并因此"往往误人"；② 钱钟书在给黄裳的一封信中则谓周氏文章有"骨董葛藤酸馅诸病"。③ 所谓"骨董"，主要有两层意思：一曰陈旧，

---

① 周作人：《雨天的书序》，《语丝》1925 年第 55 期。
② 周作人：《〈药味集〉序》，钟叔河编：《周作人文类编·本色》，湖南文艺出版社 1998 年版，第 350 页。
③ 黄裳：《故人书简》，海豚出版社 2012 年版，第 163 页。

二曰碎杂。"酸馅"应来自苏东坡《赠诗僧道通》诗自注"酸馅气"一语，一开始被用来讥嘲僧人诗之酸腐格调，后来逐渐被移用到对世俗文人、作品的评价之中，成为一般的文艺批评范畴。"葛藤"本是一种植物，也许是因为其外形，钱钟书常用它表达牵扯、纠结、缠绕，不直接、不爽利之意。① "骨董""酸馅"且置而不论，钱钟书的"葛藤"一语也可以从侧面说明周氏作品并非那么容易被人一眼看穿的。

周作人在《喝茶》一开头就交代，他写作该文和徐志摩在平民中学讲"吃茶"有关。关于徐志摩这次演讲的内容，徐为自己的散文集《落叶》所写的序言中提到，他曾经想把在平民中学的演讲稿《吃茶》也编入该集，但是因为原稿本来不全，又加上几次搬家的缘故，稿子最后遗失，因此未能如愿。② 也就是说，连徐志摩自己都未能提供确切的演讲内容，周作人就更无从得知了。但是周作人对徐志摩的演讲肯定也不是一无所知——否则他就不会写这篇文章了。至于徐志摩演讲的时间，现有的各种材料中也都语焉不详。根据周作人文中所说，徐志摩演讲的是日本的茶道。当年5月29日徐曾陪印度诗人泰戈尔去日本，7月才从日本离开，那么他在平民中学的演讲应该发生在从日本归来后到12月周作人创作《喝茶》之前的一段时间里。

---

① 钱钟书在小说《围城》第三章中写方鸿渐拒绝了苏文纨的爱情，准备向唐晓芙求爱，又得到三闾大学的聘书时有句云"绝了旧葛藤，添了新机会"。在《谈艺录》（补订本）（中华书局1984年版，第581页）中论诗禅异趣分途时，他则引宋人刘克庄《题何秀才诗禅方丈》中"能将铅椠事，止作葛藤看"一句，谓元遗山《答俊书记学诗》中"禅是诗家切玉刀"与之相类，都说明诗对于禅客（佛家子弟）来说是葛藤一样应该被一刀斩断的东西。1985年6月4日在写给郑朝宗的信中，他谈及为自己的专著作索引之事时又说：无论中外，只作人名索引，不作书名索引，外国人的名字另成一项，"逑书原文（依字母排次），省去葛藤"。参看《郑朝宗纪念文集》，鹭江出版社2000年版，第291页。

② 徐志摩：《落叶》，百花文艺出版社2005年版，第1页。

平淡背后的葛藤

如果说徐志摩关于"吃茶"的演讲引发了周作人写《吃茶》的兴致，听起来也很平常。然而如果了解了在《喝茶》发表之前徐志摩和以鲁迅、周作人兄弟为旗帜的《语丝》刚刚发生的一场不大不小的风波，事情就显得不那么简单了。

1924年泰戈尔访问中国，对当时的中国文化界来说可谓一件大事。徐志摩作为泰戈尔的崇拜者与访问陪同者，对其难免有溢美之词。他在这一年5月12日在北京真光剧场发表演讲时，不仅将泰戈尔和托尔斯泰、米开朗基罗、苏格拉底、老子、歌德相提并论，还说泰戈尔"有时竟使我们唤起救主的心像"！① 徐志摩对泰戈尔过誉如此，当然很容易引起别人的反感。鲁迅在《骂杀与捧杀》中曾予以直接批评：

> 人近而事古的，我记起了泰戈尔。他到中国来了，开坛讲演，人给他摆出一张琴，烧上一炉香，左有林长民，右有徐志摩，各各头戴印度帽。徐诗人开始介绍了："唵！叽哩咕噜，白云清风，银磬……当！"说得他好像活神仙一样，于是我们的地上的青年们失望，离开了。②

不过鲁迅的这篇文章并非在泰戈尔访华时写成，而是在十年之后的1934年11月19日创作的。1924年鲁迅和徐志摩另有冲突：这一年徐从日本回国后，在11月13日译完了波特莱尔的诗《死尸》并为之作序，发表在了12月1日出版的《语丝》第3期上。徐志摩的这篇序言充分表现了他饱受欧风美雨洗礼、略带夸

---

① 徐志摩：《泰戈尔》，《晨报副镌》1924年5月19日。
② 鲁迅：《骂杀与捧杀》，《花边文学》，上海联华书局1936年版，第134页。引文中省略号为原文所有。

张又满含灵性的才子气。且看其中的几句：

> 我不仅会听有音的乐，我也会听无音的乐（其实也有音就是你听不见），我直认我是一个干脆的 Mystic。……你听不着就该怨你自己的耳轮太笨，或是皮粗，别怨我。①

鲁迅对徐志摩文章的这种风格非常反感，曾在半个月之后出版的《语丝》第5期发表《"音乐"?》一文予以冷嘲热讽，刘半农则在翌年3月2日的《语丝》第16期发表了《徐志摩先生的耳朵》，对徐加以调侃戏弄。《语丝》本是同人刊物，虽然他们声明语丝社中"个人的思想尽自不同"，但是也明言对"主张上相反的议论"不会"代为传布"。② 讨论徐志摩和鲁迅、刘半农思想之异同也许还有可转圜处，奈何鲁迅"不喜欢徐志摩那样的诗"。③

考虑到这个背景，作为当时《语丝》实际主持人的周作人在12月29日出版的该刊第7期上发表一篇与徐志摩在平民中学的演讲几乎同题的文章，意味深长。既然周作人在文章开头就点明徐志摩的"吃茶"不是"吃讲茶"——双方讲和，那么《喝茶》也就难免带有"战斗"的意味。

从表面来看，周作人文中对徐志摩的演讲多有称赞——譬如说徐志摩演讲时有"精心结构的讲稿"，"一定说得很好"，对于茶道艺术"一定已有透彻巧妙的解说"，等等。但很明显这是一种无来由的客套与恭维。徐志摩的文章恰恰是不太讲究什么结构

---

① 引文中省略号系张传敏所加。
② 《发刊辞》，《语丝》1924年第1期。
③ 鲁迅：《序言》，鲁迅著、杨霁云编：《集外集》，群众图书公司1935年版，第3页。

的，且看本文前面提到的他为《死尸》写的序以及1924年秋他在北京师范大学所作演讲的稿子《落叶》即可知道。另外，这一年徐志摩也不过是陪泰戈尔去日本盘桓了月余，对日本茶道肯定也不会比周作人更了解，很难有什么"透彻巧妙的解说"。

日本画家水野年方（1866—1908）作茶画集《茶礼》（《茶の湯日々草》）中的《料理菜谱图》（《料理献立の図》）。该图于1896年10月1日印制、25日发行。

周作人的这些恭维之词是"反语"——说话者故意把对象的缺陷的对立面作为其优点来加以称赞，譬如见了侏儒故意夸他伟岸即是一例。如果听者未能察觉其中的讽刺意味，那说话者即可暗暗宣布自己智商的优胜并嘲笑对方的愚笨；听者即便察觉了对方说的是反话，也常常无法张口回击。常年浸淫于文字之中者，不能不明白这种小技巧。

再看下文，周作人的不屑之意愈加明显。所谓"喝茶以绿茶为正宗，红茶已经没有什么意味"，很明显是在鄙夷徐志摩曾留学的英国的文化——西方世界以喜喝红茶闻名者，非英国人莫属；而加方糖与牛奶，也正是英式下午茶的习惯。曾居留英伦数年的徐志摩在文章中难免提及英国茶。例如：

> 在康桥我忙的是散步，划船，骑自转车，抽烟，闲谈，吃五点钟茶牛油烤饼，看闲书。①
>
> 有一个老村子叫格兰骞斯德，有一个果子园，你可以躺在累累的桃李树荫下吃茶，花果会吊（掉）入你的茶杯，小雀子会到你桌上来啄食，那真是别有一番天地。②

美国画家朱利叶斯·勒布朗－斯图尔特（Julius LeBlanc-Stewart, 1855—1919）的作品《五点钟茶》（*Five O'clock Tea*, 1884）中所描绘的下午茶场景。这位画家虽然出生在美国宾夕法尼亚州费城，但职业生涯却主要在巴黎度过，曾被戏称为"来自费城的巴黎人"。

但是徐志摩记述喝英国茶的这两篇文章都发表在 1926 年。也许徐志摩在 1924 年关于喝茶的演讲中夸赞过英国茶而对日本茶表

---

① 志摩：《吸烟与文化》，《晨报副刊》1926 年 1 月 14 日。
② 志摩：《我所知道的康桥》，《晨报副刊》1926 年 1 月 16 日。

示过某种程度的不恭，偏巧又被周作人听到了一点风声——只有这样才能合理地解释周作人为什么要在《喝茶》中批评英国茶。

周作人讥嘲的锋芒甚至波及了19世纪英国小说家乔治·吉辛（即周作人文中所说的"葛辛"，George Gissing，1857—1903）。这位作家所热爱的红茶与黄油面包只被周作人看作充饥之物，徐志摩的五点钟茶、牛油烤饼看来也不会幸免，应该遭到周作人的鄙视了：它们哪里有日本茶的雅致而离于实用的艺术气息呢？接下来周作人批评中国茶时也不忘捎带着讽刺一下"西洋"——他所谓中国式的喝茶"近来太是洋场化，失了本意"就是这个意思。甚至连豆腐也被周作人认为如茶一般是在"西洋不会被领解"的东西。

喝茶本是相当私人化的事情。喜爱英国茶也罢、日本茶也罢，其实都不能证明喝茶者品味的优劣，周作人不会不明白这个道理。他之所以贬英崇日，除了徐志摩可能在演讲中轻慢了日本茶道之外，也和两人当时分属的不同文化阵营有关。"五四"前后，北京教育界内有以原英、美等国留学生构成的"英美派"以及原法国、日本等国留学生构成的"法日派"等。[①] 这些派系之间互相对立、缠绕、混杂，其界限虽然并非"刀切断了一样地分明"（郭沫若诗《日出》中语），但确实存在。若论归属，周作人当属法日派，徐志摩则属英美派。当徐志摩在《语丝》上发表《死尸》引发和鲁迅的冲突，又在平民中学演讲他并不精通的日本茶道后，周作人写《喝茶》对其进行贬抑与讽刺，不是一种合

[①] 陈翰笙称当年北京大学教师分为两派，一派是英、美、德留学生，以胡适为首；另一派是日、法留学生，领头的是李石曾。这两派明争暗斗、互不相容。参看陈翰笙《四个时代的我》，中国文史出版社1988年版，第28页。顾颉刚则认为法日派应该是法日德派。他说，在当时的北京大学派系斗争中，因为曾经留学法国、德国者人少，所以与曾留学日本者合为一体。参看顾潮《历劫终教志不灰·我的父亲顾颉刚》，华东师范大学出版社1997年版，第100页。

情合理的举动吗？

当然，如果完全从文化派系的角度来解释这篇文章是武断的。学缘、地缘并不是文学派别的必然性成分，更亲密的兄弟关系也不是。如果说周作人写《喝茶》是自觉与鲁迅保持同调，还不如说是故意显示与鲁迅的分歧。1923年7月鲁迅和周作人兄弟失和，1924年6月11日鲁迅回八道湾老宅欲取当初未带走的书籍物品时，又和周作人及其妻羽太信子发生了冲突。若说数月之后周作人对鲁迅的态度发生了变化并撰文支持，令人难以信服。就此再反观《喝茶》一文，能更深入地理解周作人对待徐志摩的方式：鲁迅以尖锐而周作人则以温和。

周作人对徐志摩的批评可以说太委婉了，委婉到也许连徐自己都没有察觉的地步：目前尚未发现他回击《喝茶》的文字，倒是有不少称道周作人处。1925年12月18日周作人给徐志摩写信，谈到《晨报副刊》上夏斧心的一篇关于接吻的翻译文章中的问题。徐志摩在回信中除表示感谢外还格外称赞了周作人：

> 我接手编辑以来也快三个月了，但这还是第一次作人先生给我们机会接近他温驯的文体，……我前天偶然翻看上年的副刊，那时的篇幅不仅比现在的着实有分量，有"淘成"并且有生动的光彩。那光彩便是作人先生的幽默与"爱伦内"——正象是镂空西瓜里点上了蜡烛发出来的光彩，亮晶晶，绿渋渋的讨人欢喜。啊！①

---

① 顾永棣：《徐志摩全集·书信卷》，浙江人民出版社2015年版，第219页。"淘成"一词原注：海宁土话，"有出息"的意思。"爱伦内"一词原注：英语"irony"的译音，意为"冷嘲"。引文中省略号系张传敏所加。

徐志摩在信中还表达了希望周作人继续向《晨报副刊》投稿的意思。也许是要回应徐志摩的好意，周作人也为《语丝》向徐志摩再次约稿，但是徐志摩在1926年1月26日的回信中并没有答应。他指出，不愿投稿的原因有三：一是《晨报副刊》编务太紧；二是上次在《语丝》发表稿子遭到鲁迅等人的批判；三是自己和《语丝》的文体不一致。①

此后周作人和徐志摩之间没有爆发激烈的冲突。即便是徐志摩卷入鲁迅、周作人等和陈西滢之间由"女师大风潮"而起的"闲话"风波的时候，他仍然对周作人的"温和的态度"表示了欣赏。当然，他对鲁迅仍然保持着戒备："令兄鲁迅先生脾气不易捉摸，怕不易调和"。② 1931年11月徐志摩遇难后，周作人还曾撰文纪念他。

虽然周作人的《喝茶》在当事人徐志摩那里并未引起明显的反响，在左翼阵营中却有人看不惯。鲁迅在1933年就曾写过与周作人之作同名的文章《喝茶》。王培元以为，这是鲁迅与其弟的一场"潜对话"。③ 此见不无道理：鲁迅在文章中讽刺的那些"享清福、抱秋心的雅人"④ 虽未明指就是周作人，但他确应被归为雅人一类。不过，考虑到鲁迅文中的"粗人"等词语，说它也是和徐志摩的一场"潜对话"或继《"音乐"?》之后的"再对话"亦不为过。徐志摩除了在《死尸》的序中鄙夷过别人的"皮粗"，在《印度洋上的秋思》⑤ 中显示过自己的"秋心"外，"清福"

---

① 顾永棣：《徐志摩全集·书信卷》，浙江人民出版社2015年版，第221—222页。
② 同上书，第223页。
③ 王培元：《"隐士"与猛士》，《读书》2004年第1期。
④ 丰之余（鲁迅）：《喝茶》，《准风月谈》，上海联华书局1936年版，第124页。
⑤ 徐志摩：《印度洋上的秋思》，顾永棣：《徐志摩全集·散文卷》，浙江人民出版社2015年版，第311—316页。

更是他经常表示歆慕的人生境遇。在1923年9月7日给胡适的信中，他就艳羡胡和曹诚英"山中神仙似的清福"。① 当然，如牧童一般"舒舒服服的选一个阴凉的树荫下做好梦去，或是坐在一块石头上掏出芦笛来吹他的《梅花三弄》"② 在他心目中也是一种清福。1924年泰戈尔访华期间，他曾在北京真光剧场演讲时说泰戈尔想念少年时代在恒河"拍浮"的清福，也曾对泰戈尔在清华学校享了几天清福表示欣慰。③

细细数来，被徐志摩视为清福的事真不少：深夜无人时在西湖的平湖秋月与友人喝茶吃藕粉消磨时光是清福，④ 能够聆听林长民的妙语也是清福。⑤ 他还将济慈《夜莺歌》(Ode to a Nightingale，现通译为《夜莺颂》) 中的"'Tis not through envy of thy happy lot"译作"我不敢羡慕她的清福"。⑥ 不知是否是受徐志摩影响，陆小曼甚至连徐志摩的死亡都视作享清福！⑦

由此来看，鲁迅《喝茶》所批评的对象少不了徐志摩。如果再看鲁迅文末将有"细腻锐敏"感觉的"雅人"和破衣粗食的"粗人"相比较，认为这样就能明白"究竟是谁活得下去"，那"雅人"简直就是指已经逝世的徐志摩无疑了。

如果说鲁迅的《喝茶》讽刺周作人、徐志摩一类的"雅人"尚多含蓄或顾忌，那么阿英就不那么客气了。他曾点名批评徐志摩、周作人等的"喝茶"：

---

① 韩石山整理：《徐志摩给胡适的三十七封信》，安徽大学胡适研究中心编：《胡适研究》第3辑，安徽教育出版社2001年版，第456页。
② 顾永棣编注：《徐志摩全集·书信卷》，浙江人民出版社2015年版，第164页。
③ 参看徐志摩为自己翻译的《清华演讲——太戈尔讲》一文所写的"附述"，刊载于《小说月报》1924年10月10日第15卷第10号。
④ 志摩：《南行杂纪·（一）丑西湖》，《晨报副刊》1926年8月9日。
⑤ 志摩：《伤双栝老人》，《晨报副刊》1926年2月3日。
⑥ 徐志摩：《济慈的〈夜莺歌〉》，《小说月报》1925年2月10日第16卷第2号。
⑦ 小曼：《哭摩》，《新月》1933年第4卷第1期。

平淡背后的葛藤

　　新文人中，谈吃茶，写吃茶文学的，也不乏人。最先有死在"风不知向那一方面吹"的诗人徐志摩等，后有做吃茶文学运动，办吃茶杂志的孙福熙等，不过，徐诗人"吃茶论"已经成了他全集的佚稿，孙画家的杂志，也似乎好久不曾继续了，留下最好的一群，大概是只有"且到寒斋吃苦茶"的苦茶庵主周作人的一个系统。周作人从《雨天的书》时代（一九二五年）开始作"吃茶"到《看云集》出版（一九三三年），是还在"吃茶"，不过在《五十自寿》（一九三四年）的时候，他是指定人"吃苦茶"了。吃茶而到吃苦茶，其吃茶程度之高，是可知的，其不得已而吃茶，也是可知的，然而，我们不能不欣羡，不断的国内外炮火，竟没有把周作人的茶庵，茶壶，和茶碗打碎呢，特殊阶级的生活是多么稳定啊。[1]

阿英说周作人从《雨天的书》时代就开始做的"吃茶"，指的就是周作人的《喝茶》一文，因为此文在《语丝》发表之后曾被收入《雨天的书》。

阿英之后，唐弢又续作了《吃茶文学论补略》。不过他的用意倒不在于指责任何人，主要谈的是茶的起源以及历代茶文学的掌故："因为这问题很有趣，我也想来谈谈。为什么叫作补呢？那是说，我想谈一点阿英先生所不曾详谈——或者竟是他所鄙弃的渣滓。"[2]

其实阿英的文章中即便是指摘周作人，也已经很温婉了，远非他在20世纪20年代末"普罗文学"运动时期的疾言厉色可比。在

---

[1] 阿英：《吃茶文学论》，《夜航集》，良友图书印刷公司1935年版，第153—154页。
[2] 唐弢：《吃茶文学论补略》，《海天集》，新钟书局1936年版，第115页。

唐弢那里,甚至开始讲起了趣味。这似乎说明:人生并非只有战斗一途,革命者也不是一直都把阶级斗争当成日常生活的。

附录　关于日本茶道与英式下午茶的笔记

一

周作人在《喝茶》中暗讽徐志摩不懂日本茶道,自有其道理。因为即便是从被正式奉为开山祖师的村田珠光(1423—1502)算起,到20世纪20年代日本茶道也已经有几百年的历史了。其源既深,其流且广,派别众多而意味丰富,非仅为满足人们生理需要之日常饮茶可比,绝不是徐志摩这样一个日本文化的外来者短时间内就能够了解的。

日本茶道之核心与精髓,应该是一个"侘"字。村田珠光的茶汤,就已经被有些人称作"侘茶":它"是精神本位之茶,以尊重人的内心为宗旨"。[①] 日本战国时代晚期茶道名家武野绍鸥(1502—1555)则更明确地指出了"侘"之于茶道的重要意义:

> 一〇、数奇者,须有隐逸之心,第一须有"侘"。心不净,人则无格局;无"侘",则不清净。两者均需修炼,不可懈怠;[②]

[①] [日]桑田忠亲:《茶道六百年》,李炜译,北京十月文艺出版社2016年版,第29—30页。这里的"侘"字,也有人用"佗"字代替,当然前者似更恰当一些。

[②]《绍鸥侘之文》,[日]奥田正造、柳宗悦等:《日本茶味》,王向远选译,复旦大学出版社2018年版,第8页。文中的"数奇者",意为茶汤爱好者,"数奇"有爱好、喜欢之意。参看该书第7页对该词的注释。

中国学者徐静波曾这样解释"侘":

"侘"在日文中的解释有三种,一是"烦恼、沮丧";二是"闲居的乐趣";三是"闲寂的风趣"。茶中的"侘",主要取第三种释义。"侘"字古汉语中也有,意为"失意的样子",现已不用了。在日语中,该字原本也是失意、沮丧的意思,后来在连歌中渐渐演变为一种闲寂的美,与茶联系在一起,就使茶上升到了一种空灵的哲学境界。那么顾名思义,"侘茶"应该是一种具有闲寂情趣的饮茶文化。①

日人桑田忠亲的看法与此解释稍有差异,或者说是更细腻一些。据说珠光曾经说过一句话:"皎月无云令人厌。"这句话被人广泛引用、称赞,认为它道出了珠光茶道的"茶味",也就是"侘茶"的精神。桑田忠亲认为,就这句话来说,"侘"和"寂"的含义是有区别的:"如果没有云雾只有月亮就缺乏茶味,阴云导致的朦胧状态即为'侘',云雾间的月亮则是'寂'。"

桑田忠亲进一步解释了珠光的茶汤之道。他认为,珠光主张的是人的平等,将之前喝茶礼仪中的尊卑等级逐渐消除:所有人都必须从低矮的"窝身门"爬进茶室,都使用具有龌龊名称的"下腹雪隐"(即下人们的厕所),都用需要蹲下才能用的洗手池。珠光甚至在《珠光一纸目录》中提出"应对上怠慢,对下礼遇",指出学习茶道时要处处用心、留意,绝对不能只考虑自己,要"真心爱洁净",要"节制酒色"。他在其他茶道秘籍中还强调任性和自以为是最不可取,每一次茶事客人们都要带着这是今生唯

---

① 徐静波:《和食:日本文化的另一种形态》(修订版),北京联合出版公司2017年版,第558页。在该书中,徐静波似更喜欢用"佗茶"而不是"侘茶"一词。

一的一次相会，也就是"一期一会"的心情参加，主人则要"诚心敬客"。所有人参与茶事时动作都应该自然而不引人注目，在茶厅要摆放与之相称的插花，等等。桑田忠亲认为，以上这些共同构成了珠光茶道的精神。①

日本茶道中不应该被忽视的还有它和佛教（禅宗）的关联。村田珠光的茶道已经和佛教思想契合，据说他还曾经跟随著名的京都大德寺一休和尚（1394—1481，即日本动画片《聪明的一休》中主人公的原型）学禅。此后的武野绍鸥曾到和泉南宗寺跟随大林宗套（1479—1568）学习参禅并开创了茶人参禅之风，现在流行的"茶禅一味"说，就是他提出来的。绍鸥之后的茶道集大成者千利休（1522—1591，绍鸥之弟子）则更明确提出，自己提倡的草庵小茶室茶汤的第一目的是"依佛法修行得道"，"以排场的家居、美味的饮食为乐，是世俗之事"，对于一个以茶汤为修行方式的人来说，"屋不漏雨、食可果腹，足矣！此乃佛之教，也是茶汤的本意"。② 千利休的继承者们后来形成了表千家、里千家和武者小路千家（官休庵）等流派，他们直到现在一直处于日本茶道的核心位置，提倡所谓"敬、静、寂、和"的茶道精神——这四个字其实也未出传统的"侘""禅"范畴。此外，日本茶道名著中有寂庵宗泽的《禅茶录》，铃木大拙的《禅与茶道》，都直接把禅和茶并作一谈。如此种种甚多，不必赘述。

日本茶道与佛教密切相关，但是让世俗中人将喝茶完全视为一种修行方式，恐怕是做不到的。桑田忠亲认为，茶道真正的精髓就在于：真心待客并以己之诚心营造出主客之间彼此关

---

① 以上关于珠光的茶汤之道，参见［日］桑田忠亲《茶道六百年》，李炜译，北京十月文艺出版社2016年版，第33—40页。

② 以上千利休的言谈，参看《南坊录·觉书》，［日］奥田正造、柳宗悦等：《日本茶味》，王向远选译，复旦大学出版社2018年版，第12页。

爱的和谐氛围。① 这说明了茶道对于一般日本人来说可能更为真切的意味。

二

周作人《喝茶》中还讲到了茶食——喝茶时所食小吃。日本茶道中比较郑重的茶食是所谓"怀石料理",其名首次出现于《南坊录》中。虽然现在它经常被视为一种高级料理,但其源头不过是举办茶道活动时供给客人的简单食物而已——这个意义上的料理,现在一般被称为"茶怀石"。此料理之所以名为"怀石",是因为日本僧人在坐禅时,往往以暖石置腹上抵抗饥饿,茶人既以茶参禅,所食之物也就等同于僧人暖腹之石。传统上怀石料理的基本菜式应该包括"一汁三菜"(三菜一汤),但实际生活中似并不以此为限——哪怕是专为茶会准备的料理。徐静波根据1837年出版的《茶式花月集》和《茶汤一会集》中的记载,整理了江户时代中后期怀石料理的具体内容和上菜方式:

> 首先端出的是放有汤碗、饭碗和盛有鲙或刺身的小碗碟的膳(也就是食盘),然后呈上米饭和汤,之后拿出用碟子盛放的下酒菜和酒,斟酒三次,此谓第一次献酒;接下来是端上烧烤的鱼或飞禽,用酒壶再斟酒三次,此谓"二献";然后将汤碗和饭碗撤下,送上高级清汤(日语称为"吸物"),再斟酒三次,即"三献"。然后上酱菜和热水桶等,

---

① [日]桑田忠亲:《茶道六百年》,李炜译,北京十月文艺出版社2016年版,第96—97页。

将碗擦拭干净。吃完最后上来的果子后,客人到外面的茶庭稍事休息,之后到茶室喝浓茶。①

日人千澄子、后藤加寿子所著的《京料理》(意即京都的料理)中所述为衬托浓茶之美味而准备的怀石料理,应该是现在京都一带比较常见的,但其中并无喝酒的环节。该书所描述的料理上菜顺序是这样的:

一、小菜、汤、米饭 最先上的一套菜,米饭不必多,意在请客人先吃一点。

二、煮物 可说是怀石料理中的主菜,最为华丽。它是带高汤的一碗菜,又称椀盛。

三、烤物 根据客人人数,盛在一个大碗中。

四、清汤 也叫筷洗,用清汤爽口,准备吃下一道八寸。

五、八寸 取山珍海味搭配,通常有两到三种食材。

六、香物 这是一餐郑重的总结,又叫早茶。如果茶事在早上进行会省略烧物②,而将五种腌菜拼盘满满地盛上来。

七、汤 用这最后的一道汤(里面放入炒过的米)涮一下食器,同时让客人口中清爽,就此给这一餐饭画上句点。③

---

① 徐静波:《和食:日本文化的另一种形态》(修订版),北京联合出版公司2017年版,第181页。

② 日本料理中的烤物、烧物,大概是同一类菜品而名称可以互换;香物,似是腌菜一类。

③ [日]千澄子、后藤加寿子:《京料理》,烨伊译,新星出版社2016年版,第110—111页。

这显然也已经大大超出了传统怀石"一汁三菜"的基本菜谱了。

三

论名气，英式下午茶也许并不比日本茶道逊色；但论历史，它就显得简单多了：大约17世纪初期，中国的茶叶才经由荷兰进入英国。直到1840年，英国维多利亚女王（Alexandrina Victoria，1819—1901）的好友贝德芙公爵夫人安娜（Anna Maria Russell，Duchess of Bedford，1783—1857）才偶然地（只是因为有一天下午她饿了，却又未到正式晚餐时间）开创了"维多利亚下午茶"的传统（当然，这只是众多英国下午茶源头的说法之一）。而且，英国的下午茶即便再高级，也只能说是一种饮食风俗或社交方式，从中并未发展出像日本茶道那样的具有哲学或者审美意味的理论来。

英国的下午茶一开始是带有浓重的贵族气息的，也形成了一套基本的礼仪。马晓俐所著关于英国茶文化的博士学位论文中曾这样描述：

> 首先，在维多利亚时代，喝下午茶时，男士是着燕尾服，女士则着长袍。现在每年在白金汉宫的正式下午茶会，男性来宾则仍着燕尾服，戴高帽及手持雨伞；女性则穿白天洋装，且一定要戴帽子。
> 其次，喝茶时通常是由女主人着正式服装亲自为客人服务。非不得已，才请女佣协助以表示对来宾的尊重。
> 最后，正统的英式下午茶的点心是用三层点心瓷盘装

盛，由下往上吃。特别注意的是，松饼的吃法是先涂果酱，再涂奶油，吃完一口，再涂下一口。①

镶白色蕾丝的绸缎茶裙（1899），纽约公共图书馆电子藏品。②

按马晓俐文中所述，维多利亚时代的女士们参加下午茶会时所着为长袍。在后文中她又将这种袍子描述为"透明飘逸的长

---

① 马晓俐：《茶的多维魅力——英国茶文化研究》，博士学位论文，浙江大学，2008年，第60页。
② The Miriam and Ira D. Wallach Division of Art, Prints and Photographs: Picture Collection, The New York Public Library, "Tea-Gown of White Lace And Satin", New York Public Library Digital Collections, Accessed December 17, 2019, http://digitalcollections.nypl.org/items/510d47e0 - eb86 - a3d9 - e040 - e00a18064a99.

袍",并云这些"缀以大量花边的松身长袍"的名字叫"茶袍"。此说不确。马晓俐所言,应为 Tea Gown,或可译为"茶裙"。有一种说法认为,它流行于19世纪70年代中期至20世纪30年代早期,是介于浴袍和舞会长礼服之间的一种女装,女士穿着时不用穿紧身内衣,也不用女佣帮忙就能穿上,但一般只会在自己家或者非常亲密的朋友家才会穿它。① 当然,即便是一种居家服装,它也不可能是透明的。

马晓俐的论文中还提到了剑桥大学卡文迪许实验室(Cavendish Laboratory, Cambridge University)的下午茶——"剑桥学术下午茶"——这当然是身为诗人的徐志摩无缘参加的。根据马晓俐的叙述,该实验室成立于1871年,每两周组织研讨一次,讨论时备有茶点,这就是下午茶作为一种学术活动的雏形。后来随着规模的扩大,实验室根据他人的建议决定在每天英国人习惯的午后茶时,在教授的房间里举行茶时漫谈。所有参加漫谈的人员不论职务高低一律平等相处,气氛轻松自由,在相互交流的过程中很多人"迸发了智慧的火花,诱发了重要发现的思想萌芽"。后来卡文迪许实验室的"午后茶时漫谈制",逐渐成为活跃科学思想的一个典范。②

马晓俐在文中还赞扬了约瑟夫·约翰·汤姆逊对卡文迪许实验室下午茶制度的贡献。这位先生的英文名字是 Joseph John Thomson(1856—1940),他是卡文迪许实验室第三任教授(或曰主任)。虽然他在实验室期间贡献极大,确实也每天在自己的房间里为所有搞研究的学生们提供下午茶以促进交流,但卡文迪许

---

① "Terminology: What is a tea gown?", The Dreamstress, June 14, 2012, Accessed December 17, 2019, http://thedreamstress.com/2012/06/terminology-what-is-a-tea-gown/.
② 马晓俐:《茶的多维魅力——英国茶文化研究》,博士学位论文,浙江大学,2008年,第56页。

实验室的下午茶时非正式讨论，实际是他的前任约翰·威廉·斯特拉特（John William Strutt，1842—1919），也就是雷利男爵三世（Third Baron Rayleigh）正式确立的：为在卡文迪许研究者中间树立团结意识与合作精神，雷利男爵设立了每天下午的"茶会时间"，以便为大家就共同感兴趣的话题展开非正式讨论提供机会。

也许说卡文迪许实验室的下午茶造就了大量的诺贝尔奖获得者有点儿过甚其辞，但是如果徐志摩和周作人都活到今天，徐也应该有足够的底气来回应周对英式下午茶的讥嘲了：无论如何，卡文迪许实验室的研究者们确实建立过和下午茶相关的学术制度，他们可不是喝着日本茶获得几十项诺贝尔奖的！

假意还是真情？

——朱自清《"月朦胧，鸟朦胧，帘卷海棠红"》解

古人说"修辞立其诚"，[①] 在后来的中国文学史上从这句话又派生出许多强调创作主体必须有真情实感的为文之道来。许多人从开始学写作文时就被谆谆教导过：靠虚情假意是不可能创作出好文章的。然而不幸的是，有些还算著名的作品却有不真诚的嫌疑，朱自清的《"月朦胧，鸟朦胧，帘卷海棠红"》就是一个例子。

1923年2月，朱自清携家眷赴温州浙江省立第十中学任教。[②] 据朱自清之子朱闰生说，他父亲在温州期间情谊最深、交往最密的是同事美术教员马孟容和马公愚兄弟二人。当时朱家和马家相距只有百步之遥，往来极为方便。在1924年2月下旬离开浙江省立第十中学之前，朱自清曾向马孟容索画，马乃以朱所喜欢的海棠月夜为题材作画相赠。朱自清后来为此画写了一篇散文，于是才有了《"月朦胧，鸟朦胧，帘卷海棠红"》这

[①] （宋）朱熹注：《周易》，上海古籍出版社1987年版，第3页。
[②] 朱自清同时也在浙江省立第十师范学校任教。该校于1923年8月被并入第十中学，成为第十中学师范部。

篇名作。①

　　之所以说朱自清这篇作品感情不真挚，是因为他并不喜欢马孟容画的海棠。朱自清确实爱海棠，尤其是西府海棠，还以未曾在月下看过为憾，对此他在1930年4月所写的《看花》②一文中曾有明确交代。朱自清强调，自己喜欢海棠是因为"海棠的花繁得好，也淡得好；艳极了，却没有一丝荡意。疏疏的高干子，英气隐隐逼人"。再看《"月朦胧，鸟朦胧，帘卷海棠红"》中描述的马孟容所绘海棠，虽然花叶扶疏、上下错落、或散或密、玲珑有致、花正盛开、红艳欲流，但最后造成的效果却是格外"妖娆""妩媚而嫣润"，这就和朱自清所喜欢的"英气"相差甚远了。

　　朱自清另有诗《晴日乍暄，海棠盛放》描写他喜欢的西府海棠：

　　　　朱唇翠靥微含晕，高节幽姿总有情。

在《忆旧京西府海棠，次公权韵》中他又写道：

　　　　长条脱颖穿云去，锦幄珠辉映日开。③

　　这些诗句亦可说明朱自清所欣赏的海棠花的"高节"以及英气勃发的样子。他在《看花》中还引晚清王鹏运的两句词说明他想象中的月下海棠："只愁淡月朦胧影，难验微波上下潮。"由这

---

① 朱闰生：《追寻父亲朱自清在温州的踪迹》，《山西教育管理》2010年第7期。
② 朱自清：《你我》，百花文艺出版社2004年版，第55页。
③ 这两首诗分别见于朱自清《敝帚集》《犹贤博弈斋诗钞》，载于朱乔森编《朱自清全集》第5卷，江苏教育出版社1990年版，第195、298页。

· 140 ·

两句可以知道，他最想看的是在明亮的月光下海棠花如潮水一般随风摇摆的景象，而不是马孟容笔下的娇媚之态。同时就此也可以明白为什么朱自清在《看花》中说了那么多花（包括海棠），对马孟容专门为他创作的画却只字未提了——马氏的画技也许不错，但他画的东西根本不是朱自清所乐见者。

马孟容（1892—1932）1932 年作《风树八哥图》。其上题诗曰：
红叶衬斜晖，山禽结阵归。莫寻高处宿，风树带霜威。

但如果据此判定朱自清写作《"月朦胧，鸟朦胧，帘卷海棠红"》完全是出于虚情假意或者是为文造情，也是过甚之言。这倒不是说朱自清的文章像当下的"后情感文学"[①]一样，创作主体情感的独特性与真假根本没那么重要。友人赠画，受赠者即便不喜欢，也会感受到其中蕴含的情谊，写文章致谢正是受赠者回馈这种情谊的等价物。如果说马孟容对朱自清的友情为真，就不能说朱对马的友情为假。朱自清文章中的真情，不是表现在他对于画作的夸赞，而是表现在他对于马孟容的调侃上。

在文章的第二段中，朱自清没有继续描述画面，而是展开了联想。如果说文章的前一段是工笔画，那么这一段就只能算是写意了。因为是写意，就难免有令人费解之处：作者上一段描述画面结构时并未提及帘下有人，这一段中却平添了一个"他"，一个"情韵风怀"如月、鸟一样朦胧的卷帘人。更令人惊奇的是，朱自清竟然用第一人称"我"表达了对这个近在咫尺的"他""如何耐得"的心情，呼唤这个"他"出来。"他"是谁？

要了解这个"他"，须参看发表在1984年《浙江学刊》第6期上张如元的《朱自清先生在温州》一文。张如元（1946—），浙江温州人，发表该文时系浙江省温州师专中文系教师。1964年张如元曾师从温州籍著名篆刻家方介堪学习书法篆刻，可能正是这段经历使他和马孟容的弟弟马公愚产生了交集——马公愚和其兄都是幼承家学，以金石、书画闻名。张如元在文章中对朱自清和马孟容之间交往的描述很可能出自马公愚之口，有较强的可信性。[②] 据张的文章记载，当年朱自清接受了马孟容所赠之

[①] 参看左其福《祛魅与重构——后现代语境中的文学情感研究》中的第三章"后情感主义与文学话语方式的转变"，南开大学出版社2016年版，第74—100页。

[②] 张如元在另一个版本的《朱自清先生在温州》中写道："据马公愚1964年回忆，……"由此可知他可能听过马公愚亲口回忆马孟容和朱自清的交往。参看潘善耕主编《历史人物与温州》，作家出版社1998年版，第236页。

画后说:

> 日间端详大作,越看越可爱,夜间又仔细领略画中情韵,因忆唐明皇将美人喻花,而东坡咏海棠有"只恐夜深花睡去,故烧高烛照红妆"之句,乃反其意而以花比美人,始悟得大作中之海棠于月色中开得如许妩媚,鸟儿不肯睡去,原来皆为画中另有一玉人在哪!

张如元在文章中还说,朱自清和马孟容有通家之好,有时会偕夫人、子女到马家。如此说来,《"月朦胧,鸟朦胧,帘卷海棠红"》中的"他"("玉人")只能是指马孟容的夫人。朱自清对"他"的"呼唤"以及对自己"耐不得"的心态的描述,都反映出朱、马二人的交情确实深厚——朱肯定不会担心马因为文章中的"轻薄"而生气。这种写法也使朱文平添了一丝轻快的调笑色彩,与朱氏一贯的老成持重的为人风格可谓相映成趣。

总之,朱自清对马孟容的画固然不喜欢,和马本人还是有真交情的。此外,朱自清回馈马孟容画作时对文体的选择,也依稀透露出朱情感的真挚之处。

还是据张如元《朱自清先生在温州》一文记载,朱自清曾谈及没有为马孟容的画作题诗而是作文相酬的原因:

> 先生嘱为题诗,实不敢承命,今姑以小文塞责,以文换画亦一风雅事,只是大作乃传神妙品,可意会而不可言传,我仅得其万一罢了。

刘文起在《朱自清的温州踪迹》中的记载稍有不同:

朱自清曾向马孟容先生讨过画。并说，你是画家，能把花的可爱处画出来，几时我也写篇文章，把花、把你画的情趣写出来。①

关于朱自清著文而未题诗的原因，这两种说法的主要差别就在于，一个强调朱自清"不敢"题诗，另一个则说朱自清早有为画作写文章的打算。对于朱自清来说，这两种想法也许是同时存在的：一方面，他作为新文学家正热心于散文创作，著文的冲动比较强烈；另一方面，他旧诗的根底不深，所以不敢题诗。

然而朱自清并非完全不通旧诗词者，《"月朦胧，鸟朦胧，帘卷海棠红"》一文的题目大约即是他自己的手笔。② 他在温州期间还曾与人唱和。1923 年 5 月 18 日，浙江省立第十中学的张棡曾作七律《赠十中国文同事朱佩弦先生》："有道真欣德不孤，照人丰采小长芦。语翻科臼宋儒录，理证禅灯古佛图。罗列典故徵十事，安排笔砚陋三都。名山著述吾衰矣，鹿洞从君学步趋。"③ 张棡（1860—1942），浙江瑞安人，字震轩，晚年号杜隐主人，原是清末一位不得意的文人，曾在科举道路上奋斗近三十年，结果仅以廪贡生身份终老。表面来看，张棡写给朱自清的诗全是自谦：他把朱自清和朱彝尊、朱熹等人相比，并表示自己已经落伍，要向朱自清亦步亦趋地学习。但读者对此千万不能当真：一个浸淫"国粹"几十年的旧文人，实际上是很难突破传统文化的樊篱下决心向新文学家学习的。张棡在 1920 年 5 月 1 日的日记中写道：

---

① 刘文起：《朱自清的温州踪迹》，《古今谈》2009 年第 1 期。
② 因为文章标题下原有"画题、系旧句"的注释，很多人以为古代曾经有包含"月朦胧，鸟朦胧，帘卷海棠红"之句的词，但笔者遍查前人作品，均不见此句。由此推测，若真存在这样一首词的话，作者也只能是朱自清。
③ 张棡的这首诗转引自刘文起《朱自清的温州踪迹》，《古今谈》2009 年第 1 期。

假意还是真情？

旋赴府前日新书局看《新青年》报，按此报皆陈独秀、刘半农、胡适之、钱玄同各位笔墨居多，中间论文学处颇有新颖之语。然抹煞国粹，专向白话，自谓特识，而按之实际究仍是依旁洋文，鄙薄前哲，此殆世运使然，所以生此种怪物令其扰乱文学界也。阅毕不禁废书三叹。①

在1922年3月13日的日记中，张棡看到《教育杂志》上自己的同乡——浙江瑞安人周予同的一篇论国文的文章后又开始叹息：

此等少年略拾胡适之、陈独秀唾余，便自矜贯通教科，而语章总不免蹈轻薄之病，且崇奉胡、陈二人学说如金科玉律。噫！学风之坏，出此厄言，亦吾国文教之厄也。②

同年10月17日下午，张棡见到《文哲学报》中有驳斥白话文及新标点、注音字母的内容，还"亟携回录之，作好趋新者对症之药"。③

朱自清是新文学家，和周予同是北大同学，朱到浙江省立第十中学任教就是周介绍的，周也是朱自清在日记中连赞"大佳"④的朋友。由此可知，张棡写诗赞美新文学家朱自清是多么不靠谱。

再看朱自清依张棡诗韵回赠的和诗，大抵也是这种路数："落拓江湖义气孤，敢将心事托菰芦。逢君悦见百间屋，入洛追怀九老图。燕国文章惊一代，草堂风韵照东都。从今大道凭宗匠，勿向时人问指趋。"该诗尾联中称张棡为"宗匠"，认为他不必向时人问指

---

① 俞雄选编，张棡著：《张棡日记》，上海社会科学院出版社2003年版，第277页。
② 同上书，第302页。
③ 同上书，第316页。
④ 朱乔森编：《朱自清全集》第9卷，江苏教育出版社1998年版，第13页。

趋等语，表面上是对张楳的赞美，实际是在暗示作者自己的立场和他并不一样，万不可以为朱自清真将张楳视为宗师巨匠。

　　张楳和朱自清的唱和还透露出旧诗写作的一个小秘密。冯文炳在《谈新诗》中指出："旧诗是情生文文生情的。"[①] 也就是说，旧诗的创作并不十分依赖作者完整而饱满的诗情，仅仅一点由头，也可以被敷衍成篇——因为有起承转合之类的诗法、平仄对仗之类的规矩，都可以使得这一点由头，被作者随意渲染、扩大，诗人还可以随时将自己的或别人的经验、典故等整合进作品中，所以旧体诗的末流就未免堕落为一种程式，所谓的诗情的多寡倒显得没有那么重要了。

　　由此再揣度朱自清为马孟容画作著文时的心态，也许能更进一步理解他为什么作如此选择了：自己本不喜欢马氏画作，若再加以陈词滥调的旧诗，无论于人于己，未免都太不诚恳，反不如做一篇以说明性文字为主的散文，更能传达自己所珍重的友情。就此来说，《"月朦胧，鸟朦胧，帘卷海棠红"》不仅不是虚情假意的作品，反而成了朱、马二人深情厚谊的见证。这个结论当然不是什么新创见，但也许比"朱自清的散文感情虚伪"这样的新创见要好——文学中的情感失去了主体的支撑并沦为符号化的消费品，是十足令人恐惧的。

---

① 冯文炳：《谈新诗》，人民文学出版社 1984 年版，第 135 页。

儒耶佛耶基督耶　一入中华并一谈

——丰子恺《缘》解

历来讨论中国文化者，大抵皆承认其同化作用之强：不仅异族文化来到中国后就会被国人拿来为我所用，失去原来的味道，即便以武力征服中国者，最后也难免被中国文化所同化，成为中华民族的一部分。之所以如此，梁漱溟认为原因有二：一是中国人"宽宏仁让，与人相处易得融合"；二是中国人"开明通达，没有什么迷信固执"。[①] 这种判断不仅看起来与中国的历史进程相吻合，更能满足国人的自尊自信之心，极富说服力。

但是，此类命题也极易引来质疑：纷繁复杂的历史文化现象被归纳成一句或几句笼而统之的宏大价值评判，未免流于空洞。对于这种不和谐的声音，信仰中国文化之伟力者其实无须过度担心：若其同化作用确实不仅仅是一种建立在充满文化自豪感的历史想象之上的自我演绎，还担心找不到它的实际例证吗？丰子恺散文《缘》中所述弘一法师（俗家名李叔同）和谢颂羔的事迹，就可以作为梁漱溟所谓中国人不"迷信固执"的一个好例子。按

---

① 梁漱溟：《中国文化要义》，上海书店出版社1989年影印版，第340—341页。

照梁的逻辑，甚至可以进一步说，它还在某种程度上揭示了中国文化具有强大同化作用的原因。

丰子恺的散文《缘》创作于1929年5月1日，首次发表于1929年6月出版的《小说月报》第20卷第6号，后被收入上海开明书店1931年1月出版的《缘缘堂随笔》中。被丰子恺用作文章题目的"缘"，是一个在佛教典籍中经常可以见到的词。各家对它的解释虽然有别，但大意相似：它是万事万物（包括佛性、佛法）相待而起的条件。在佛家看来，世间事物处于因果联系之中，有果必有因，因与缘相连。如果说在"果"的产生过程中起决定性作用的是"因"，那么助此"因"向"果"转化的辅助性条件就是"缘"。正如《维摩诘经·弟子品第三》中僧肇注所云："前后相生，因也；现相助成，缘也。"[1] 丰子恺文中的"缘"当然也不离此义。更具体一点来说，这里的"缘"就是指弘一法师在丰子恺家暂住时对读到的谢颂羔的小说《理想中人》大加赞赏，而后丰子恺介绍两人相见之事。在丰子恺看来，弘一法师、谢颂羔的"良会"就是由许多看似偶然的"缘"促成的。当然，这一系列"缘"所达成的弘一法师和谢颂羔的良会不仅是果，也可以被视为助成其他果的缘。

丰子恺说弘一法师和谢颂羔之间的相遇是"良会"，当然不难理解。问题是弘一法师是佛教徒而谢颂羔是基督教徒。据赵晓晖《将天国建在人间：谢颂羔》（上）[2] 中所述，谢颂羔（1895—1974），笔名济泽，英文名 Z. K. Zia，出生于浙江杭州，祖、父两辈都是基督教牧师。谢1917年毕业于东吴大学（教会大学），1918年夏得到父亲的友人经馥兰（Frank W. Bible）资助，赴美求

---

[1] （后秦）僧肇等注：《注维摩诘所说经》，上海古籍出版社1990年版，第43页。
[2] 赵晓晖：《将天国建在人间：谢颂羔》（上），《天风》2017年第3期。

学，先在奥朋神学院（Auburn Seminary）读书，毕业后又入波士顿大学（Boston University）攻读硕士学位，1921年12月30日被按立为牧师，1922年以一篇讨论儒家文明的文章获得波士顿大学硕士学位，然后回国。回国后谢颂羔先在金陵神学院教书，后任监理（公）会东吴大学法科教授，不久又供职于美以美会书报部。1924—1926年间谢颂羔著述颇丰，翻译出版了《近代宣道学大纲》《儿童教育学》《宗教教育概论》《泰西名人小说集》《甘地小传》《科学的基督化思想》《家庭的研究》等。在这一时期他还将自己20岁时开始创作，在美国神学院毕业时完成的《理想中人》在《通问报》上发表，后来又出专册，另外还自费出版了散文集《游美短篇轶事》。1926年，谢颂羔受季理斐（D. MacGillivray）邀请，正式加入了广学会。

弘一法师和谢颂羔得以结缘，主要就是因为后者的《理想中人》。该书叙述了主人公王八德（原名王六功）一生的传奇经历。他自幼贫寒，父亲亡故后与母亲相依为命，母亲病逝后流落到孤儿院，又因同伴诬陷偷窃而被逐，家产也被恶人强行廉价收买。就在他四处流浪感到绝望并拟绝食自杀时，他意外得到了一袋钻石，于是才继续生活下去。以后他读书、留学，虽然遭到众多坏人的谋害，却始终没有让他们得逞，他自己也一直未改善良本色。最后他和有恩于己的一位农家姑娘结了婚，幸福美满⋯⋯

这部小说的情节虽然跌宕起伏，或能引起一些读者的猎奇兴趣，但从"纯文学"的角度来看，并非佳构：作者为了传达自己的观念而编造故事的痕迹太重，人物语言也大多不符合人物年龄、身份，显得苍白而生硬。弘一法师作为原春柳社成员、历来现代文学史著中不可或缺的人物，不可能不明白其文学技术之低劣。

那么，弘一法师盛赞《理想中人》，难道是因为它宣扬了佛教思想？表面来看，确实如此——读者从主人公名字中的"功""德"二字即不难察觉此种意味。小说中许多人物之间的关联更与佛家果报之说相符：

王八德在饥饿中曾蒙柏小姐赠饼之恩，后来被恶人投入江中几乎被淹死时，又得柏家父女二人相救，王最后娶柏女为妻。

王八德曾救过被马车撞倒的松小姐。虽然她最后并未嫁给八德，但是嫁给了当初医治八德之母的医生之子。

松小姐的哥哥松更生当年在孤儿院曾参与陷害八德。虽然他后来改恶从善和八德做了好朋友，最后还是在美国被本来要暗杀八德的"和尚"所误杀，替八德而死。

小说中的恶人如发财、汽车夫、和尚、阿毛等，最后都得到了应有的惩罚：和尚暗杀八德未成功，自己进了牢房；发财在恐惧中死去；汽车夫和阿毛想在杭州谋害八德，但是被抓获。

然而，即便《理想中人》中有与佛家学说相合之处，由此断定谢颂羔是在有意宣扬佛教，仍然是极为武断的：他究竟是一个主张一神论的基督徒。在小说中当然也不难发现能体现作者的基督教信仰的描写：和尚在美国的监狱里因为信仰了基督教而终获赦免；汽车夫和阿毛谋害八德，八德也从未想过要报复。后来阿毛出狱流浪街头时求助于八德，八德还施以援手——八德的做法，正可谓基督教"爱敌人"精神的体现。

但如果说《理想中人》体现了纯粹的基督教理想，似亦不然。谢颂羔在该书卷下第十二节一开头说："善恶的报应虽有迟早，然迟早终是要见分晓的。人若依真理做人，终能得着美好的结果。"这种价值标准与其说来自基督教，毋宁说来自儒佛道等各种因素混杂的中国传统文化。《增广贤文》中就录有与之意思相近的谣谚：

> 人恶人怕天不怕，人善人欺天不欺。
> 善恶到头终有报，只争来早与来迟。①

这当然和基督教的善恶观大异其趣：若强调在现实生活中行善则有善报，行恶则有恶果，则置上帝、末日审判于何处？

谢颂羔在书中并没有特意宣扬上帝的伟力，上帝、耶稣、福音等词语也只是出现过寥寥数次而已。他笔下的小说主人公王八德自尊自强、不甘堕落，不仅没有一点原罪、救赎意识，还被明确判定为生性如此——这个人物简直成了儒家性善论的载体。读者甚至可以怀疑王八德是否信仰基督教：除了他母亲要他敬畏上帝，小说中并无他是教徒或者加入基督教的任何描写与暗示。

由此再反观书中主人公的行为，就显得与中国传统儒家伦理更契合了：王八德小小年纪就能侍奉瘫痪的母亲，是"孝"；在孤儿院中虽被同学陷害但愿意一身承担三人的罪过，是"恕道"；偶尔得了两角钱还要买香蕉糖请小朋友一起吃，是"悌"；和小朋友一起玩耍，弄坏了家里的凳子后能反思自己的过错，可谓"知耻"；在松小姐被马车撞倒的危险关头出手相救，可谓"勇"；见到濒死的老妇人拿出最后一角钱相赠，使她免于死卧路旁，可谓"义"；得到了钻石去售卖时先是把名字由"王六功"改为"王八德"，后来被侦探跟踪时半夜从旅馆窗户跳出，然后游泳过江，最后摆脱，可谓"智"……

当然，《理想中人》中这些与基督教背离而与儒家相合的伦理观念并不能证明谢颂羔不是一个虔敬的基督徒：一个人的思想

---

① 俞岳衡主编：《增广贤文·弟子规·朱子家训》，岳麓书社2005年版，第53—54页。

和他对自己思想的认知之间难免有距离。相似的判断也可以应用到弘一法师身上：他对谢颂羔的称颂也不能证明他不是一个虔诚的佛教徒。但二人之间的艮会，至少可以说明他们确实不"迷信固执"。

除此之外，他们的种种言行还透露出中国人的某些思维特点：不擅长划分不同信仰、文化的边界，而是习惯于"求同"，喜欢对不同的事物"一以贯之"。可以说，正是中国人的这些思维特点，使得中国文化变成了一个似乎无所不包、具有强烈同化作用的文化混合体——既能无所不包，将任何异端都视为自己的一部分，当然也就可以说中国文化同化作用强大，甚至能不战而屈人之兵了。

如此看来，谢颂羔作为一个基督教徒却宣扬儒、佛混杂的伦理思想，弘一法师又以律宗高僧身份对谢颂羔大加称赞，甚至为其题写"慈良清直"的横额，看似中外宗教史上不可多见的奇观，实则平常得很：他们都是中国人，具有一般中国人的思维与行为方式，他们的所作所为只不过是为中国文化伟大同化作用的命题又添加了一个小小的证据而已。

附录 关于"慈良清直"的笔记

弘一法师为谢颂羔所书"慈良清直"，难见其状貌究竟，唯知其辞播布可称为广。

1948年11月，丰子恺带着女儿丰一吟由台湾到福建厦门，后到泉州并为当地的开元儿童教养院院长伍泽旭（1916—2012）题"慈良清直"四字（见下图）。虽然丰子恺研究者们对此多语焉不详，但是伍泽旭逝世后民盟泉州市委员会编著的《慈良清直——伍泽旭先生追思纪念文集》（中国文联出版社2016年版）直接用此四字作为纪念这位泉州花桥宫董事会原董事长、泉州通淮关岳庙董事会董事长、知名慈善家、泉州民盟老盟员的图书的书名，其事应该不会有假。

图片来自2018年7月23日鲤城新闻网："家在鲤城"第99期《慈良清直伍泽旭，一生俭朴做慈善》，http://www.qzlcxww.com/content/2018-07/23/content_5846257.htm。

互联网上还出现过另外一张落款也是丰子恺的"慈良清直"横额，其书写时间也标注为1948年冬天（戊子孟冬）。这幅作品就不一定是丰子恺的真迹了——根据落款所示，这幅横额是写给广洽法师（1901—1994）的（见下图）。

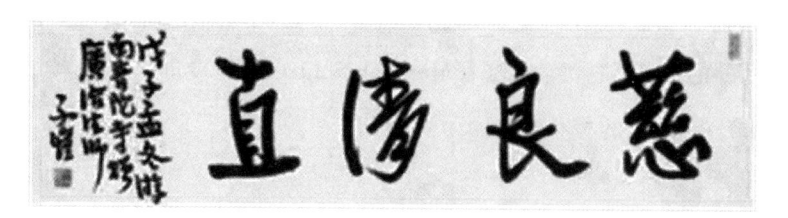

此横额似为某拍卖机构的拍品，http://www.artnet.com/artists/feng-zikai/xingshuciliangqingzhi-jingkuang-zhiben-R7jJ1mn4DLKnH460ugu6FA2。

据释传发编撰、丰一吟整理之《广洽法师传略及其演讲文集》（非卖品，1994年出版），法师俗姓黄，名润智，福建南安人。1928年弘一法师初次到福建时即与其结法侣，广洽以师礼事弘一。1932年农历十一月，弘一法师三度南下并在闽南定居下来。时广洽法师与瑞今法师居太平岩，他们经常一起去拜访弘一，颇相投契。

广洽法师与丰子恺结缘，当然也是因为弘一法师。1935年丰子恺就想去厦门访谒弘一和广洽，但因福建时疫流行，未能成行。嗣后1937年卢沟桥事变爆发，广洽法师到新加坡居住，两人更无缘得见。直到1948年（戊子）农历九月，广洽法师因为参加南普陀传戒大会回到厦门，十一月才得以和丰子恺见面。见面后丰子恺曾经作画《今日我来师已去，摩挲杨柳立多时》赠广洽法师，临别时又赠以《弘一法师遗像》（以上关于广洽法师和弘一法师、丰子恺的交往，参看《广洽法师传略及其演讲文集》，第6—19页）。

但《广洽法师传略及其演讲文集》中并未提到丰子恺为广洽法师书写"慈良清直"一事。在该书第42页倒是记载，1987年法师到中国观光时，曾为峨眉山报国寺题写这四个字。

不管丰子恺是否给广洽题写过"慈良清直"，这四个字都已经不仅仅是一个书法横额的内容了——它们现在已经成为广洽法师创办的新加坡弥陀学校（Mee Toh School）的校训。在该校的主页上，有简单的校史介绍：

> 以前的新加坡，有很多穷人家的孩子没钱读书。为了让龙山寺附近的平民子弟有受教育的机会，广洽老法师在龙山寺里开办了龙山学校。很快的，龙山学校的四间教室里，挤满了渴求知识的孩子。面对教室不足的问题，广洽老法师做

出了重要的决定。

当时龙山寺旁边有一块土地，原来是打算用来建弥陀寺的。但为了能让更多的孩子上学读书，广洽老法师把这片土地捐出来，兴建弥陀学校。弥陀的意思是：永恒的光明。1954年，弥陀学校破土动工了。弥陀学校起初是一所自主华校，1957年，弥陀学校成为政府辅助学校。

慈 良 清 直
COMPASSION　CONSCIENCE　PURITY　RIGHTEOUSNESS

图为现在的新加坡弥陀学校校训。

虽然不知道弥陀学校的校训是否系广洽法师由丰子恺处得来，但该校的校歌确实是丰子恺作词的。其辞曰：

南国风光月月春　南国青年日日新
三宝庄严垂万古　弥陀慧业无等伦
人人勤修世间法　习劳敬业而乐群
琢磨道德光祖国　研究学问利群生
今日门庭桃李花　他年松柏永青青
南国风光月月春　南国青年日日新①

当年弘一法师经丰子恺介绍认识了谢颂羔，为谢写了"慈良清直"的横额，结果这横额的内容竟然变成了新加坡一所学校的校

---

① 该校歌由杨民望作曲，https://sgschoolmemories.blogspot.com/2013/07/mee-toh-school.html，2019年12月17日。

训！如果法师在天有灵，大概仍旧会说"这是很奇妙的'缘'"，或者改说"这是很奇妙的'果'"吧。不过，这个校训和佛教的基本教义似乎已经相去甚远了——学校虽名"弥陀"，但是并不培养和尚。

"好气势"与"世故人情"

——梁遇春《"还我头来"及其他》解

在一般人看来，散文家梁遇春确实堪称才子。虽然在26岁时即因患急性猩红热猝然离世，但是在短短六年的创作生涯中，他就给世间留下了两部虽然并不厚重却极有才气的集子《春醪集》《泪与笑》以及其他一些外文译著。这足以让人在痛悼其英年早逝之余，发出赞叹。然而令人颇感意外的是，他生前的一些好友却并不太欣赏他。《泪与笑》是他去世后朋友们为他结集出版的，废名在该书的序中对他有这样的评价：

> 他并没有多大的成绩，他的成绩不大看得见，只有几个相知者知道他酝酿了一个好气势而已。①

刘国平甚至对他的"人品"不无微词："十年都市的生活，把这位'好孩子'的洁白心灵染上世故人情的颜色。"② 这样的批评，在一个向来有尊重死者的传统的国度中是很少见的，也是很

---

① 废名：《序一》，梁遇春：《泪与笑》，开明书店1934年版，第3页。
② 刘国平：《序二》，梁遇春：《泪与笑》，开明书店1934年版，第5页。

严重的。但仔细揣摩梁遇春的文字就会发现，他朋友们的这些意见绝非故意诋毁——其名文《"还我头来"及其他》就是一个极好的例证。

这篇文章最初发表于《语丝》周刊1927年8月第146期，后来被收入《春醪集》中。其内容可以分为两大部分：一是较长的"还我头来"，二是"其他"——几则较短的随感。在"其他"中，第一则随感主要批评中国假名士们的恶习与中国人的缺乏热情（enthusiasm）和真诚的"生活术"。第二则主要说明人与人交往过程中"相反相吸"的现象：好朋友往往在很多方面都是"互补"而非"志同道合"的。第三则批评"出身纨绔"者所描写的下层社会，第四则提出小说家应该"少顾些结构，多注意点性格"。

"还我头来"无疑是文章的重点，其核心观点是提倡思想自由。梁遇春在这一部分对社会文化中妨碍人们自由思想的独断主义进行了批判。他以反讽的口吻列举了当时知识界的一些流行说法："宗教是应当'非'的""孔丘是要打倒的""东方文化根本要不得""文学是苏俄最高明""小中大学都非专教白话文不可，文学是进化的（因为胡适先生有一篇文学进化论）""行为派心理学是唯一的心理学""哲学是要立在科学上面的""新的一定是好，一切旧的总该打倒"。除了以上说法外，梁遇春还对1925年《京报副刊》[①]征求"青年必读书十部"活动提出了批评，对1923年梁启超的《国学入门书要目及其读法》一文附录的《最低限度之必读书目》以及胡适提出的中国哲学史"惟一不二"的治学方法也表示了异议。

毫无疑问，上述梁遇春所批评的命题，每一个扩展开来都是

---

① 梁遇春在文中将《京报副刊》误作《晨报附刊》。

一篇大文章。限于篇幅，本文以下只对它们略加考订，即可知其所涉之深广。

1."宗教是应当'非'的"。这句话针对的是20世纪20年代中国的非宗教（主要是基督教）运动。基督教在近代中国产生过不小影响，义和团运动之后的20年是它发展的黄金时期。1913年，在美国传道士穆德（John R. Mott，1865—1955）推动下，由全国基督教会议组成的中华续行委办会着手对基督教在华各项事业进行调查并在1922年出版了调查资料集成《中华归主》（*The Christian Occupation of China*），引起舆论的一片哗然。其实此前已有不少人如朱执信、陈独秀等批判过基督教，此书的出版引发了知识界的更大反感。当穆德发起的世界基督教学生同盟宣布拟于1922年4月在北京清华学校举行第11届大会时，这一年的2月26日就有一些青年学生在上海筹备成立了非基督教学生同盟。在社会主义中国青年团的机关报《先驱》1922年第4号上还出现了《非基督教学生同盟宣言》，宣言将基督教视为资本主义的帮凶而反对之。非基督教学生同盟还向很多学校发出通电，号召全体学生抵制基督教。1922年3月11日，北京大学的一批学生又宣布成立"非宗教大同盟"并于当月20日发表李大钊、刘仁静、何孟雄、李石曾、萧子升、缪伯英等79人联合签名的《北京各学校非宗教同人霰电》以及宣言，称"宗教与人类不能两立"。1922年4月4日世界基督教学生同盟第11届大会开幕的当天，李大钊、邓中夏等在《晨报》发表了《非宗教者宣言》，4月9日非宗教大同盟在北京大学召开了非宗教大会……

在这次非宗教运动中，李大钊、邓中夏、陈独秀、蔡元培、李石曾、王星拱、吴虞等人都曾积极参与，但也有一些新派知识分子表示了不同意见。周作人、钱玄同、沈兼士、沈士远、马裕藻5人曾在1922年3月31日的《晨报》发表《主张信教自由宣言》，从信仰自由的原则出发，旗帜鲜明地反对非宗教运动。[①] 一般认为，这场运动直到1927年才告结束。

2. "孔丘是要打倒的"。这句话主要针对的是"五四"以来的"打（倒）孔家店"运动。民国初年，在蔡元培等人的倡议下，孔子的儒教"教主"地位被废除，后来的《新青年》又发表了不少重新评价孔子及其学说的文章。1921年6月16日胡适在给《吴虞文录》所作的序中首次出现了"打孔家店"的说法。

3. "东方文化根本要不得"。自晚清西学东渐以来，东西方文化之间的碰撞与冲突在中国未曾稍歇。"五四"时期的《新青年》大致可以被视为西方文化派的代表，而与之相对立的主张固守中国以及东方文化传统者，皆可被视为东方文化派。必须强调指出的是，无论东方文化派还是西方文化派，都只是泛称，并无清晰的边界。20世纪20年代提倡西方文化较著名者还有一位陈序经。此君1928年在岭南大学作演讲时提出了中国要全盘采纳西洋文化的主张，后来得到胡适的支持。不过陈序经提出西化主张是在梁遇春写作《"还我头来"及其他》之后，故梁所列言论指涉的主体应当还是《新青年》派。

4. "文学是苏俄最高明"。"五四"时期新文化阵营中的李大钊、茅盾等人就已经关注俄国文学并多有溢美之词。瞿秋白、耿济之直接从俄文翻译文学作品，贡献尤其突出。此外，1919年田汉发表的长篇论文《俄罗斯文学思潮之一瞥》、1924年商务印书馆出版的《俄国文学史略》（郑振铎编），都是当时介绍俄国文学

[①] 以上关于20世纪20年代的非宗教（基督教）运动的描述，参考了罗伟虹主编的《中国基督教（新教）史》（上海人民出版社2014年版）以及耿宝强的《周作人与陈独秀：〈主张信教自由宣言〉》（载于《中国现代文人的唱和与辩驳》，中国文史出版社2013年版）中的相关内容。

的重要著作。郑振铎的著作对俄罗斯文学的溢美之意明显。其第一章"绪言"中即云：

> 俄国的文学，和先进的英国、德国及法国及其他各国的文学比较起来，确是一个很年轻的后进；然而她的精神却是非常老成，她的内容却是非常丰实。她的全部的繁盛的历史至今仅有一世纪，而其光芒却在天空炯耀着，几欲掩蔽一切同时代的文学之星，而使之暗然无光。①

梁遇春所说"文学是苏俄最高明"，或即指郑振铎的著作而言。

5. "小中大学都非专教白话文不可，文学是进化的（因为胡适先生有一篇文学进化论）"。"五四"时期新文化运动的倡导者们在晚清以来国语运动的基础上，进一步提出了在各级学校中推行白话教育的主张。1920年北洋政府教育部颁布法令，规定从当年秋季起，国民小学的国文教科书改用国语（白话），此潮流以后逐渐波及中学、大学，不必细述。"五四"时期持文学进化论主张者当然以胡适最为著名，其观点成为当时反对旧文学、提倡新文学的有力理论武器，也不必多说。白话和文学进化论可谓"五四"新文学运动的基本价值立场所在。

6. "行为派心理学是唯一的心理学"。这句话针对的应该是中国现代行为主义心理学家郭任远（1898—1970）。郭任远是广东揭阳人，1918年赴美，后专攻心理学，1921年在美国《哲学杂志》（*Journal of Philosophy*）上发表了《取消心理学上的本能说》

---

① 郑振铎：《俄国文学史略》，商务印书馆1924年版，第1页。

(*Giving Up Instincts in Psychology*),引起学界轰动。他发表于1927年3月10日出版的《东方杂志》第24卷第5号上的《一个心理学革命者的口供》中写道:

> 最近十余年来,美国心理学界有个革命的运动,名叫"行为主义的运动"(the behavioristic movement)。它的目的在取消旧式的心理学而以"行为学"来替他。

另外,现代著名心理学家、文学家汪敬熙亦属行为主义心理学派。①

7. "哲学是要立在科学上面的"。这种说法的具体出处遽难考订——它或与1923年爆发的科学与人生观论战有关。因为当时的"人生观"一词也有"哲学"的含义,所以梁遇春所列观点对于"科学"的强调,有论战中"科学派"的色彩。但是在这次论战中,并非"科学派"的王平陵,却发表过与梁氏所举很相似的言论。他在《科哲之战的尾声》一文中说:"科学是哲学的基础,哲学是科学的综合。"但是他并没有贬低哲学的作用:"哲学必俟科学而得完全,科学亦必俟哲学而始得正确。"②

8. "新的一定是好,一切旧的总该打倒"。"五四"新文化运动有强烈的求新求变的倾向,但是发表如上断言者并不多见。即

---

① 汪敬熙(1893—1968),出生于山东济南,1919年毕业于北京大学经济系,1920年赴美留学,1923年获博士学位,次年回国任河南省立中州大学心理学教授,自民国23年(1934)起任中央研究院心理学研究所所长。朱自清散文《飘零》(1926)中的主人公之一 W 应该就是汪敬熙,"波定谟约翰郝勃金医院"则是汪曾经留学的美国约翰·霍普金斯大学医学院,汪敬熙曾在此师从 Adolf Meyer 教授并与 C. P. Richter 博士共同展开实验研究,1925年他一度从中州大学又回到该校继续跟 Richter 博士合作。《飘零》中的"C 大学"应该是指中州大学。

② 王平陵:《科哲之战的尾声》,郭梦良编:《人生观之论战》,泰东图书局1925年版,第2、3页。

"好气势"与"世故人情"

或有之,也大多出自类似郭沫若这样思想激进又充满浪漫情怀的知识分子之口。郭沫若在《革命与文学》中曾说:"在社会的进展上我们可以得一个结论,就是凡是新的总就是好的,凡是革命的总就是合乎人类的要求,合乎社会构成的基调的。"[1]

以上就是对《"还我头来"及其他》中所讽刺的流行观点之出处的简略考察。若单看这些观点的数量,读者一定会对梁遇春的博学多闻佩服得五体投地。然而,梁遇春只不过是制造了一个"好气势"而已。他在文章中列出并批评了这些命题的话语霸权倾向之后就宣布自己的工作完成了。他似乎并不打算(当然也不可能)针对某个观点来一番彻底的清理——宗教为什么不能"非"?孔丘为什么不能打倒?东方文化又为什么"要得"?……于是他的睿智变成了蜻蜓点水似的肤浅,幽默也变成了轻薄的玩笑。废名说他"文思如星珠串天,处处闪眼,然而没有一个线索,稍纵即逝",又说他年龄尚轻,所以"容易有喜巧处,幼稚亦自所不免";[2] 叶公超也认为其文"往往兴到笔流,故文字上也不免偶有草率的痕迹"。[3] 这些都是对梁遇春的文章一针见血的评价。

然而,废名判定梁遇春为人幼稚,就未免是太小看他了。梁氏在《"还我头来"及其他》中两次指名批评胡适,即可见其成熟的一面:该文最初发表于周作人主编的《语丝》周刊,而"五四"时期胡适和鲁迅、周作人兄弟之间的分歧已人所共知。

或者有人认为,梁遇春批评胡适,主要是因为二人在思想上有分歧。这种说法确实足够冠冕堂皇。然而有证据证明,梁遇春

---

[1] 郭沫若:《革命与文学》,《"革命文学"论争资料选编》(上),人民文学出版社1981年版,第10页。
[2] 废名:《序一》,梁遇春:《泪与笑》,开明书店1934年版,第3页。
[3] 叶公超:《跋》,梁遇春:《泪与笑》,开明书店1934年版,第144页。

并不是像读者想象的那样完全按照某种"思想的原则"来写文章。《"还我头来"及其他》最初在《语丝》周刊上发表的版本和收入 1930 年《春醪集》的版本有多处不同，由其中两处修改不难发现梁遇春写作心态的微妙变化。

《语丝》周刊版本的《"还我头来"及其他》发表时的第二自然段是这样的：

> 但是我并非爱做古人的鹦鹉，实在有不得已的苦衷。在这口号盛行的时节，我未免心慌，也想做出一两个简单精炼的字句，闲时借它长啸一番。想了几个整晚。才得"还我头来"这四个字，放在口里尝试一下，也觉洪亮不错；所以冒抄袭之名，暂借来做口号，当题目。

在《春醪集》的版本中，这一段只保留了"但是我并非爱做古人的鹦鹉，实在有不得已的苦衷"，其他内容全被删除了。另外《春醪集》版本还删除了第六自然段中原位于"现在给胡先生这么当头棒喝，只好摆开梦想，摇一下头——看还在没有"之后的一句话：

> 此外还有人要我们学文学的人所读所做的都带了革命色彩，——到底什么叫做——"革命文学"我实在不懂。

"口号盛行"也罢，"革命文学"也罢，梁遇春删去的这两处内容针对的都是 20 世纪 20 年代中后期的革命文学运动。当时的蒋光慈、郭沫若、成仿吾等人正打出革命文学的旗帜，倡导"五四"之后又一场轰轰烈烈的文学变革。梁遇春的文章最初发表的

"好气势"与"世故人情"

时候，该运动还处于发轫阶段，至1930年《春醪集》出版时，它已经如火如荼地展开，革命文学的浪潮已经席卷文坛。梁遇春之所以在《春醪集》版本的《"还我头来"及其他》中删除有关革命文学的内容，明显是害怕招致激烈的回击——革命文学家们可不是胡适，不会讲什么宽容、自由。至于他为什么在新版本中保留了对胡适以及梁启超的批评，答案当然也很简单：他不必担心遭到报复。

岂止是不报复，胡适对梁遇春简直是以德报怨：当梁发愿要翻译英国作家康拉德（J. Conrad，1857—1924）的小说全集时，胡适还极力鼓励。梁死后，胡适又给予了他很高的评价：

> 不幸梁先生去年做了时疫的牺牲者，不但中国失去了一个极有文学兴趣与天才的少年作家，康拉德的小说也就失去了一个忠实而又热心的译者，这是我们最伤心的。[1]

胡适如此包容，更衬托出梁遇春的"世故"——年轻人往往比一般人想象得要成熟许多，虽然他们在某些方面仍然显得简单，有时还自相矛盾。梁遇春提倡独立思考，却不经意地成了自己所反对的人：他文章中的许多观点是从别人那里"拿来"的，他的"深刻"也大多是别人的深刻。叶公超认为他"从书本里所感觉到的经验似乎比他实际生活中的经验来得深刻"，[2] 说的就是这回事。

---

[1] 胡适：《编者附记》，[英] Joseph Conrad：《吉姆爷》，梁遇春译，商务印书馆1934年版，第1页。需要说明的是，梁遇春生前并未完成《吉姆爷》的翻译工作，他逝世后由其同学、朋友袁家骅续译完成了这部作品，但该书初版的版权页译者项未列出袁家骅的名字。

[2] 叶公超：《跋》，梁遇春：《泪与笑》，开明书店1934年版，第144页。

附录　艾夫伯里男爵的"书目一百种"

梁遇春在《"还我头来"及其他》中批评了开出国学"最低限度之必读书目"的梁启超，却对开书单的英国艾夫伯里男爵（Lord Avebury）表示了欣赏，令人不免要对男爵的书单产生兴趣。

男爵的全名是约翰·卢波克，艾夫伯里男爵一世（John Lubbock, 1st Baron Avebury, 1834—1913）。他是银行家，同时也是考古学、人种学（Ethnography）学者，其著作《人生乐趣》（The pleasures of life）两卷本最初由伦敦麦克米兰公司（Macmillan and Co. Ltd）于1887—1889年出版。他在该书中列出的不包括当时在世作者的作品的所谓"书目一百种"（梁遇春译为"百本书目表"）出自该书第四章"书籍的选择"（The Choice of Books）。因为现在该书已经有了谷歌公司根据美国哈佛大学所藏亨利·奥特姆斯（Henry Altemus）公司1894年版本制作的电子图书[①]，所以读者不难窥见这份书单的全貌（因为书目原文均未用斜体表示且很多书名不规范，故以下英文书名亦未用斜体）：

圣经（The Bible）

马可·奥勒留的《沉思录》（The Meditations of Marcus Aurelius）

爱比克泰德（Epictetus）

亚里士多德的《伦理学》（Aristotle's Ethics）

孔子的《论语》（Analects of Confucius）

圣伊莱尔的《佛陀及其宗教》（St. Hilaire's "Le Bouddha et sa religion"）

---

① http：//books. google. com/books? id = 4QsWAAAAYAAJ&oe = UTF - 8.

维克的《使徒教父著作》（Wake's Apostolic Fathers）

托马斯·肯皮斯的《效法基督》（Thos. à Kempis' Imitation of Christ）

圣奥古斯丁的《忏悔录》（蒲塞博士）［Confessions of St. Augustine（Dr. Pusey）］

《古兰经》（部分）［The Koran（portions of）］

斯宾诺莎的《神学政治论》（Spinoza's Tractatus Theologico-Politicus）

孔德的《实证主义哲学问答》（Comte's Catechism of Positive Philosophy）

帕斯卡的《思想录》（Pascal's Pensées）

巴特勒的《宗教的类比》（Butler's Analogy of Religion）

泰勒的《神圣的生与死》（Taylor's Holy Living and Dying）

班扬的《天路历程》（Bunyan's Pilgrim's Progress）

基布尔的《基督年圣诗集》（Keble's Christian Year）

——

柏拉图的《对话录》；至少是《申辩篇》《克里托篇》以及《斐多篇》（Plato's Dialogues; at any rate, the Apology, Crito, and Phædo）

色诺芬的《回忆苏格拉底》（Xenophon's Memorabilia）

德摩斯梯尼的《金冠辩》（Demosthenes' De Coronâ）

西塞罗的《论责任》《论友谊》以及《论老年》（Cicero's De Officiis, De Amicitiâ, and De Senectute）

普鲁塔克的《名人传》（Plutarch's Lives）

贝克莱的《人类知识》（Berkeley's Human Knowledge）

笛卡儿的《方法论》（Descartes' Discours sur la Méthode）

洛克的《论理解的行为》（Locke's On the Conduct of the Understanding）

荷马 Homer

赫西俄德 Hesiod

维吉尔 Virgil

《摩诃婆罗多》《罗摩衍那》，经典的陶伯斯·威乐的《印度历史》第 1、2 卷（Maha Bharata, Ramayana, Epitomized in Talboys Wheeler's History of India, vols. i. and ii.）

《列王纪》（The Shahnameh）

《尼伯龙根之歌》（The Nibelungenlied）

马洛里的《亚瑟王之死》（Malory's Morte d'Arthur）

《诗经》（The Sheking）

迦梨陀娑的《沙恭达罗或丢失的戒指》（Kalidasa's Sakuntala or the Lost Ring）

埃斯库罗斯的《普罗米修斯》（Æschylus' Prometheus）

《俄瑞斯忒斯三部曲》（Trilogy of Orestes）

索福克勒斯的《俄狄浦斯王》（Sophocles' Œdipus）

欧里庇得斯的《美狄亚》（Euripides' Medea）

阿里斯托芬的《骑士》和《云》（Aristophanes' The Knights and Clouds）

贺拉斯 Horace

乔叟的《坎特伯雷故事集》（或者是莫里斯的版本，或者，如果是删节本，阅读 C. 克拉克的，或者是哈维斯夫人的版本）[Chaucer's Canterbury Tales (perhaps in Morris' edition; or, if expurgated, in C. Clarke's, or Mrs. Haweis')]

莎士比亚（Shakespeare）

弥尔顿的《失乐园》《利西达斯》《酒神》和比较短的诗（Milton's Paradise Lost, Lycidas, Comus, and the shorter poems）

但丁的《神曲》（Dante's Divina Commedia）

斯宾塞的《仙后》（Spenser's Faerie Queen）

德莱顿的诗（Dryden's Poems）

司各特的诗（Scott's Poems）

华兹华斯（阿诺德先生的选本）[Wordsworth（Mr. Arnold's selection）]

蒲柏的《批评论》（Pope's Essay on Criticism）

《人论》（Essay on Man）

《夺发记》（Rape of the Lock）

伯恩斯（Burns）

拜伦的《恰尔德·哈罗德游记》（Byron's Childe Harold）

格雷（Gray）

———

希罗多德（Herodotus）

色诺芬的《万人远征记》和《回忆苏格拉底》（Xenophon's Anabasis and Memorabilia）

修昔底德（Thucydides）

塔西佗的《日耳曼尼亚志》（Tacitus' Germania）

李维（Livy）

吉本的《罗马帝国衰亡史》（Gibbon's Decline and Fall）

休谟的《英格兰史》（Hume's History of England）

格罗特的《希腊史》（Grote's History of Greece）

卡莱尔的《法国革命》(Carlyle's French Revolution)

格林的《英格兰简史》(Green's Short History of England)①

刘易斯的《哲学史》(Lewes' History of Philosophy)②

《天方夜谭》(Arabian Nights)

斯威夫特的《格列佛游记》(Swift's Gulliver's Travels)

笛福的《鲁滨孙漂流记》(Defoe's Robinson Crusoe)

戈德史密斯的《维克菲尔德的牧师》(Goldsmith's Vicar of Wakefield)

塞万提斯的《堂·吉诃德》(Cervantes' Don Quixote)

博斯维尔的《约翰逊传》(Boswell's Life of Johnson)

莫里哀(Molière)

席勒的《威廉·退尔》(Schiller's William Tell)

谢里丹的《批评家》《造谣学校》和《情敌》(Sheridan's The Critic, School for Scandal, and The Rivals)

卡莱尔的《过去和现在》(Carlyle's Past and Present)

培根的《新工具》(Bacon's Novum Organum)

斯密的《国富论》(部分)[Smith's Wealth of Nations (Part of)]

穆勒的《政治经济学原理》(Mill's Political Economy)

库克的《航海志》(Cook's Voyages)

洪堡的《旅行记》(Humboldt's Travels)

怀特的《塞耳彭自然史》(White's Natural History of Selborne)

---

① 疑应为格林的《英国人民简史》(Green's *Short History of English People*, 1874)。

② 疑应为刘易斯的《哲学传记史》(Lewes' *The Biographical History of Philosophy*, 1846)。

达尔文的《物种起源》（Darwin's Origin of Species）

《博物学家的航行》（Naturalist's Voyage）

穆勒的《逻辑学》（Mill's Logic）

———

培根的随笔（Bacon's Essays）

蒙田的随笔（Montaigne's Essays）

休谟的随笔（Hume's Essays）

麦考利的随笔（Macaulay's Essays）

艾迪生的随笔（Addison's Essays）

伯克的作品选（Burke's Select Works）

斯迈尔斯的《自助论》（Smiles' Self-Help）

———

伏尔泰的《查第格》和《微型巨人》（Voltaire's Zadig and Micromegas）

歌德的《浮士德》以及自传（Goethe's Faust，and Autobiography）

萨克雷的《名利场》（Thackeray's Vanity Fair）

《潘登尼斯》（Pendennis）

狄更斯的《匹克威克传》（Dickens' Pickwick）

《大卫·科波菲尔》（David Copperfield）

李顿的《庞贝的末日》（Lytton's Last Days of Pompeii）

乔治·艾略特的《亚当·比德》（George Eliot's Adam Bede）

金斯利的《往西去啊！》（Kingsley's Westward Ho！）

司各特的小说（Scott's Novels）

以上就是艾夫伯里男爵所列书单，远不止一百本。这其中或许有翻译者的误译——因为男爵给出的有些书目用的是很随意的简称。当然，这不会妨碍读者大致了解19世纪晚期至20世纪初期一个英国贵族的阅读趣味。对国人来说,这份书单最令人惊奇的也许是其中所列的中国经典——《论语》《诗经》。如果说《论语》的英文译本即便不能完全传达原作神采,也不妨碍英国人对它的理解与欣赏;对于《诗经》这样的集子,连一般的中国人都觉得艰深,欣赏更不易,真不知道当年男爵是怎样感受从遥远的中国古代传来的诗歌之美的。但他肯定见过 *The Sheking*,这是毋庸置疑的。对于一个长书单的开列者来说,也许这就足够了。

从个体心理学的角度看

——丁玲《莎菲女士的日记》新解

丁玲的《莎菲女士的日记》在 1928 年第 19 卷第 2 号《小说月报》上刊出后,一直受到众多研究者们的关注。在该作品的研究史中,备受争议的同时也是构成小说情节主要推动力量的,是主人公莎菲女士的心理,尤其是性心理。力图将莎菲的心理和宏大叙事相衔接或者把宏大叙事作为一个不言自明的讨论前提,是研究中一个极为普遍的做法——不管这种宏大叙事是来自左翼阶级论还是启蒙主义话语,也不管在这些叙事框架中她是受到赞扬还是批评。[①] 这些做法自有其道理。一方面,莎菲确实极具和宏大叙事相适应的品格。她可以被视为一个标志物:在她出现之前还没有一个女性角色的性心理被一个女作家如此大胆而酣畅淋漓地暴露过。她是那么尖锐而强烈地刺激着读者的神经,具有宏大叙事所偏爱的典型性。另一方面,如果莎菲的性心理不和具有更高等级的范畴相联结,她就会遭到质疑、贬损,甚至

[①] 关于《莎菲女士的日记》的研究史,参看周颖《〈莎菲女士的日记〉研究综述》,《广东开放大学学报》2016 年第 2 期。

可能不会被关注：在宏大叙事中，一个对象即便遭到批判，也必须是因为它有某种"类"的价值，纯粹的个体在这种叙事中一般是不存在的。

然而，任何试图用一个或几个更高等级的概念来概括莎菲者都无法否认的是：他们所得出的结论都不可避免地是一种简化、抽象与剥离的结果——混乱、丰富对于这些研究者来说是不可想象的。这种从某种抽象的原则、框架而不是从对象本身出发进行的研究，对对象来说是不公平的，因为它个体的尊严被漠视了——尽管研究者可以利用将共性与个性合二为一的典型论来进行辩解。当然，本文不是要一般性地反对宏大叙事，而是强调只有在充分承认并尊重生命个体的自足性的前提下，才能考虑如何将其纳入宏大叙事体系。本文接下来的讨论就从这里开始：莎菲首先是一个独立存在的生命个体。

这个陈述仍然可能招致诘问：莎菲只是作品中的一个虚拟角色，她有何权力要求自身的现实性？对此我们可以这样回答：《莎菲女士的日记》之所以受到关注，莎菲之所以成为莎菲，并不是因为这个人物的虚构性，而是因为她存在的现实可能性（当然，这并不意味着像有些研究者那样将她和丁玲画等号）。尽管将莎菲作为一个现实存在的人物加以讨论可能会产生材料的丰富性不足的问题，但仍然是可行的，由此所得出的结论即使不是唯一而确定的，至少也是具有现实可能性的。

从以上设定出发，莎菲在小说中所呈现的夸张、矛盾而激烈的性心理，就不能被先入为主地判定为是属于某个阶级、时代或者某种普遍性的心理结构的，而应该首先被视为她个体人格的组成部分。这样做的理论依据来自奥地利精神分析学家阿尔弗莱德·阿德勒（Alfred Adler，1870—1937）。

从个体心理学的角度看

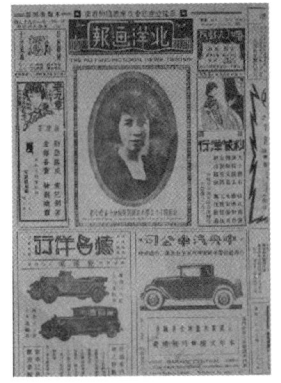

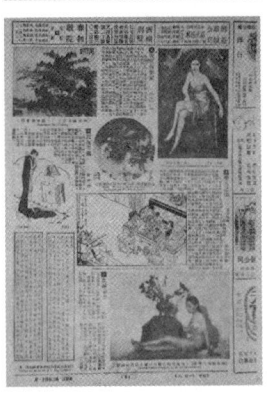

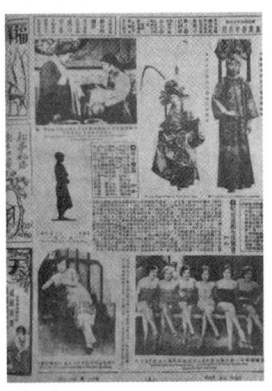

《莎菲女士的日记》发表于1928年，上图为同年《北洋画报》中的一些 Modern Girls（摩登女郎们）。左上方照片中的女士为陆小曼（1903—1965），该照片下方有说明云：上海交际明星徐夫人陆小曼女士。其下之英文更直接地点明了她和徐志摩的关系：Mrs Hsu Chih Mo, society star at Shanghai（上海交际明星，徐志摩的夫人）。右上方照片中的女士为吕碧城（1883—1943），照片下方的说明为：旅居瑞士之文学界名媛吕碧城女士最近小影。尽管学者们有种种理由将莎菲女士认定为一个"Modern Girl"，但从她那"从不知羞惭的破烂拖鞋""搜不出香水的抽屉"即可知，她不可能属于近现代都市消费文化中的摩登女郎们的圈子。

作为著名精神分析学家西格蒙德·弗洛伊德（Sigmund Freud，1856—1939）的学生与背叛者，阿德勒以倡导个体心理学（Individual Psychology，或译作个性心理学）闻名于世。他不像弗洛伊德那样强调性本能、潜意识，而是强调社会动机在心理分析以及

· 175 ·

人格塑造中的重要作用。本文之所以应用阿德勒而不是弗洛伊德的精神分析方法，是因为弗洛伊德理论所倚重的性本能等潜意识成分，在莎菲那里实际上已经上升为意识并充分表达出来，几乎是无须进行分析的。而对意识层面的自我进行分析是阿德勒的强项，并非弗洛伊德所擅长。

阿德勒认为，应该力求将"个人的生活看作一个整体"，"每一个单一的反应、每一运动和冲动都是个人生活态度的组成部分"，"抽象地研究肉体的活动和精神的状态，而不同整个的个人联系起来，是荒谬的"。① 也就是说，分析莎菲的性心理，一定要建立在分析她完整的生活态度的基础上。阿德勒所说的生活态度和他经常说的另一个术语"生活风格"（style of life）基本是同一个意思，都是指发端于一个人童年的生活困难和对"优越"（superiority）目标的追求，并在外部环境刺激的变化中保持稳定的个人思想、行为的倾向性。

用阿德勒的理论来解剖莎菲，她"现在"的症状就绝不能仅仅被视为"现在"的问题。尽管小说对她"过去"的叙述不多，但仍然提供了足以理解其生活风格的材料：她小时候在家里极受宠爱，甚至可以说是被溺爱——她的父亲、姊姊都曾经"盲目的爱惜"她。她就是阿德勒所说的那种被纵容的孩子，周围的人都以她为中心旋转就是她追求的目标。小说中她对于自己濒死场景的想象能够有力地说明她的这种生活风格：

> 我想我能睡在一间极精致的卧房的睡榻上，有我的姊姊们跪在榻前的熊皮氊子上为我祈祷，父亲悄悄地朝着窗外叹

---

① ［奥地利］阿尔弗莱德·阿德勒：《生活的科学》，苏克、周晓琪译，生活·读书·新知三联书店1987年版，第1—2页。

息，我读着许多封从那些爱我的人儿们寄来的长信，朋友们都记念我流着忠实的眼泪……

但仅仅把莎菲理解为一个处处以自我为中心的人仍然是不够的。她对于自己童年的记忆能够给读者提供对于她生活风格之来源的更深刻的理解：小时候她经常坐在姨妈的怀里听姨爹讲鬼故事。鬼故事具有一种两面性：小孩子们大都很爱听，却又很害怕。小时候的莎菲当然也不例外。在听鬼故事的活动中，一方面童年的她处于弱势地位，故事讲述者姨爹是活动的掌控者，同时也是对鬼怪无所畏惧的成人；另一方面她又是处于中心地位的"统治者"——姨妈怀抱着她给她提供安全感，姨爹则讲故事为她服务。

莎菲的这个记忆告诉我们，在导致她后来形成的生活风格的童年时代的原型中，她不仅处于中心地位，而且围绕她旋转的、宠爱她的，还应该是超过她的强者。她借由这些强者的宠爱与服务，实现自己的征服欲与优越感。

莎菲女士的这种生活风格（她的疾病恰好给这种生活风格推动的行为提供了某种方便——病人是弱者，需要被关爱）几乎可以被用来解释她和所有人，尤其是和苇弟、凌吉士这两个男人的关系。为什么她不爱苇弟，却又不断然拒绝苇弟的爱？因为他能，虽然只能部分地满足她自我中心人格的需求。她的人格不是类似领导者的自我中心型的。她不是通过强势地对别人发号施令，而是通过自己像弱者一样被照顾、被宠爱来达成自己的优越目标。如果她接受了性格软弱的苇弟的爱，不会帮助她在交际圈中获得更高地位，更不会让她产生成就感、优越感。苇弟虽然善良、忠实、真挚，但作为一个实际年龄大于莎菲的男人，却称莎菲为"姊姊",是非常失策的:无论是在家庭还是朋友圈子中,那些能让她感到满足的人全部是年龄比她大的人——父亲、姊姊、蕴姊等。苇弟以姊姊称呼她,隐含着要她承担强者与照顾者角色的意味,而这并不是她所擅长、所情愿的,于是他只能以一个空虚填补者的身份出现。

在和凌吉士的关系中,虽然莎菲反复交代自己受到其美色的引诱,但这种引诱仍然敌不过她的生活风格的力量。她对凌吉士的态度仍然是要"征服":

> 我要着那样东西,我还不愿去取得,我务必想方设计的让他自己送来。是的,我了解我自己,不过是一个女性十足的女人,女人是只把心思放到她要征服的男人们身上。我要占有他,我要他无条件地献上他的心,跪着求我赐给他的吻呢。

莎菲明确地要自己的性欲服从于人格,这也说明以弗洛伊德式的唯性论来解释她是不可能准确的。当然,由此并不能推断说,她最终离开凌吉士是因为"灵"的召唤——她在小说中从未表现出对于任何属灵的生活方式的追求。她最后进行自我放逐是因为凌吉士不仅没有能够满足她的生活风格的要求,还和它发生了严重冲突。

莎菲对凌吉士的态度从爱慕到厌恶的转折点出现在三月十三日。她在这一天的日记中记述了两人当日的交往,称自己发现了凌的"可怜的思想""卑劣灵魂"。其中让她最难接受的部分应该是凌吉士的妓院经验:被人所宠爱、纵容的女王般的她怎么可能和一个嫖客产生关联?小说中这样描写她当时的心理:

这亲密自然是还值不了在他从妓院中挥霍里剩余下的一半多！想起那落在我发际的吻来，真又使我悔恨到想哭了！我岂不是把我献给他任他来玩弄我来比拟到卖笑的姊妹中去！

虽然莎菲此后仍不停地受到凌吉士色相的诱惑，但是她已经不可能再和他走到一起了。这也就是说，与其说这篇小说描写了"五四"之后女性欲望的解放，倒不如说描写了它如何被人格力量所压抑。

但以上分析并不是要否定《莎菲女士的日记》关于现代女性性心理描写的开创性地位。即便仍然处于被压抑的状态，它也是首次被如此赤裸裸地呈现出来。它是"稀缺"的。恰恰是这种稀缺性，而非文字技巧等，才使得小说在发表后迅速被关注、评价，并最终成为经典。毅真作为小说最初的评价者之一，不像后来的研究者一样往往要受到众多文学史家们对丁玲及其作品的评价的影响。毅真指出：这部小说的"绝对真实"是让人感到震撼的，这是一种率真的、不加任何修饰的女性心理的自我暴露，但是它的文字是"不熟练"的，有时"写得颇不漂亮"。[①]

当然，赤裸裸的女性性心理的稀缺性并不是这部小说成功的唯一原因。应该承认，小说对于这种性心理被抑制的过程的强调也是它后来被经典化的一个必不可少的条件。可以设想，如果丁玲只是肆无忌惮地描写莎菲的性意识而不附加任何压抑性因素，在一个虽然号称解放，但道德感仍然极为强烈的社会中将会遭到怎样的口诛笔伐。这方面的例子很多，毋庸赘述。

然而，对女性性心理的暴露与压抑仍然不足以使这部作品传

---

① 毅真：《几位当代中国女小说家·新女性派的作家——沅君女士和丁玲女士》，《妇女杂志》1930年第16卷第7号。

世。正如本文前面所谈到的,在宏大叙事的框架中,纯粹的个体性很难获得出场机会,稀缺性也可能导致作品被漠视。如果一部小说完全没有"代表性",它在有些读者那里只能意味着无足轻重。但《莎菲女士的日记》确实成了经典,因为批评家们用一种神奇的概念使它具有了代表性。这个概念就是"时代"。丁玲创作的时间节点被提升为意义范畴,它和莎菲成为互相证明的东西:作品中人物的痛苦不再是一个亟待解决的个人问题,而成为一个光华夺目的大时代的象征。至少到20世纪五六十年代,批评家们一直习惯于将《莎菲女士的日记》和时代相关联来审视其意义而鲜见对此提出异议者。在这些评论中虽然也可以找到不少关于莎菲的"自我中心主义"①之类的命题,但这种命题也是在时代的框架中被展开并被批判的——批评她不属于某个时代,不过是对于那个时代的另一种认同方式而已。

当然,本文并不是要彻底否定莎菲的时代性,而只是想强调她的时代性主要体现在被书写的稀缺性上,不应该在未加详细审查之前就将她作为某个特定时空的代言者,因为那并不会解决作为具有现实可能性的她的问题。而不解决她的问题,也就不会真正解决其他有类似问题的人的问题——如果她真的代表了时代的话。

自20世纪80年代以来,研究者们逐渐摆脱特定意识形态的影响,开始转向莎菲这个个体,转向她的心理。然而,在这种努力中很多人又陷入了某些程式化的心理结构的泥淖。也许在他们看来,只有从这样的结构来审视莎菲,她才是有"意义"的,于是她又成为一系列新名词的代言人:恋父情结、死亡欲望、反男

---

① 张天翼:《关于莎菲女士》,《人民日报》1957年10月15日第7版。

权主义、女性意识、主体精神……。从某种程度上说，在莎菲的身上这些因素确实都存在。但是即便把这些说法全部叠加在一起，也无法还原出她的作为一个整体存在的人格。这正如解剖学家将大象肢解后，那些零碎的尸块再也无法被组合为一头活的动物一样。

晦暗的自由与自由的晦暗

——赵树理《小二黑结婚》解

作为20世纪40年代解放区政治文艺的典范之作,赵树理的《小二黑结婚》有一个公认的主题:提倡爱情自由、婚姻自主。然而,这篇旗帜鲜明的作品所依据的原始素材却并不像小说内容那样清晰而确定。直到现在,直接导致《小二黑结婚》诞生的1943年山西左权县横岭上村岳冬至案,在学界都没有出现一个清晰的结论,反倒成了一个罗生门式的事件:各种说法不一,真相难寻。以下仅对几种学术著作以及其他相关文献中有关该案各要素的不同描述稍加罗列,即可见其晦暗难明之处。

一、董均伦:《赵树理怎样处理〈小二黑结婚〉的材料》(《文艺报》1949年第10期)

1. 案件的性质:伤害致死他人。
2. 实施犯罪的时间:1943年4月前后。
3. 实施犯罪的地点:辽县(后改为左权县)政府驻地的村子里。
4. 犯罪工具:绳子。
5. 实施犯罪的过程:几个村干部暗地开了一个斗争会,用腐化的罪名斗争被害人岳冬至，岳不认错。斗争到半夜，罪犯动手殴打岳冬至，不大一会儿将岳打死。罪犯原无意打死受害人，打死岳后又将其吊在他自己家里。

6. 犯罪的动机和目的：让岳冬至和智英祥断绝来往。

7. 犯罪人：几个村干部。①

8. 被害人：岳冬至。他是村里的民兵小队长，十九岁，美男子，有一个九岁的童养媳，案发前在和智英祥谈恋爱。

9. 其他相关人：

（1）智英祥：村里的俊闺女，原河南（后改属河北）武安人，因为老家离敌人据点近，搬到山里来。其母因加入"三教圣道会"，信奉男女不同居，导致其父在外流浪。智母在某次回武安时，因为羡慕一个闯关东的四十多岁商人的富裕，将智英祥许配给了他，智英祥对此表示反对。智的两个哥哥也不愿母亲信"道"，经常吵闹。智母在岳冬至案发生前一年上吊身亡。此后智英祥的哥哥因从事生产，不干涉她的私事，方便了她谈恋爱，青年村干部都喜欢去她家"耍"。

（2）村妇救会秘书：青救会秘书之妻，因为丈夫爱去智英祥处，对智怀恨。

（3）岳冬至叔父：报案人，岳冬至死后首次发现其尸体者。

（4）赵树理：接受岳冬至叔父报案者，在案件处理中和处理后两次到案发的村子对当事人家庭进行调查。他认为此次犯罪是由封建习惯造成的，岳冬至和智英祥关系合法，但是未得到社会及当事人家庭的同情。他还认为，此案不能写成现实故事，只能

---

① 文中虽然交代了村长、青救会秘书对智英祥有好感，村长对岳冬至不满，青救会秘书的妻子仇恨智英祥，还提及和村长是亲戚的另外两个干部，但以上都被描述为向赵树理告状的老汉所说，并非确定的案情。文章描述案情时只用了"几个村干部"来指称犯罪嫌疑人。

写成小说。

10. 案件处理结果：未交代。

11. 案件经办人：未交代。

二、赵晋鏖：《岳冬至之死与〈小二黑结婚〉》（《左权县志》，高等教育出版社1999年版，第700—701页）

1. 案件的性质：过失致人死亡。

2. 实施犯罪的时间：1943年4月底或5月初。

3. 实施犯罪的地点：左权县（原辽县）横岭村（自然村，隶属于高峪编村）。

4. 犯罪工具：绳子。

5. 实施犯罪的过程：案发当天的晚上，横岭村村长石某和农救会主席石羊锁、青救会主席史虎山等四人召开会议批斗岳冬至。岳冬至不承认错误，于是双方厮打。在此过程中史虎山朝岳冬至裆中猛踢两脚，致岳死亡。为转移罪责，村干部将岳冬至尸体吊在他自家牛圈，伪装成岳上吊死亡。

6. 犯罪的动机和目的：横岭村智二银心灵手巧、长相俊俏，史虎山、石羊锁、岳冬至等都常到智家闲聊。案发前一天下午，村长石某和石羊锁、史虎山等人在高峪开会，岳冬至未到。众人怀疑其又赴智二银家，于是心生恨意，商量召开斗争会对岳进行斗争，"捆他一绳，教训一下"。

7. 犯罪人：石某、史虎山、石羊锁等四人，均未满18周岁。

8. 被害人：岳冬至。他是村民兵队长，十七八岁，在家排行第四，未婚，有一个八九岁的童养媳，案发时正在和智二银谈恋爱。

9. 其他相关人：

智二银：智老成之女，前妻所生，十七八岁，原籍河北省武安县白草坪。母亲死后，因与继母不睦，智二银由智老成携至辽县横岭村开荒种地。该女心灵手巧、长相俊俏，虽然村里青年人喜欢到她家闲聊，但她只爱岳冬至。

智老成：智二银之父，老实憨厚。带女儿到横岭村后，他往来于横岭、武安两地之间照顾女儿和妻子。

智老成的妻子：外号"三仙姑"，武安人，风流妖气，好装神弄鬼。

岳冬至大哥：岳冬至尸体发现者。

岳冬至父亲：为岳冬至收养童养媳者，和岳冬至严重对立。

连庆林：高峪编村村长，曾随同赵晋鏖前往横岭村调查案情。他也是横岭村村长石某向赵晋鏖等表达私了意愿的中间人。

赵树理：隶属边区文联，正在左权搞社会调查，曾旁听司法科对此案人犯的审讯并亲自到横岭村及武安县白草坪作调查，和赵晋鏖等人相处了二十多天。

10. 案件处理结果：四名案犯被分别判处五至七年徒刑。

11. 案件经办人：赵晋鏖（受县公安局长刘九祥委派）、常保珠（法警）。

三、山西省史志研究院编、傅惠成撰：《赵树理传》（当代中国出版社2009年版）①

1. 案件的性质：无头命案。

2. 实施犯罪的时间：1943年。

3. 实施犯罪的地点：左权县横岭村。

4. 犯罪工具：绳子。

---

① 该书正文所述案件背景及经过大体和董大中《赵树理年谱》中的叙述保持一致，但在第54页的注释中又引用了《山西日报》2006年7月25日发表的马小林《"小二黑"们呼唤赵树理》一文中被傅惠成称为"当年那场命案的真相"的文字。本文下面列出的案件各要素来自该书第54页注释，亦即马小林的文章对该案的描述。

5. 实施犯罪的过程：不详。

6. 犯罪的动机和目的：不详。

7. 犯罪人：不详。

8. 被害人：岳冬至。他是村治安员，二十一岁，和史虎山同时喜欢智英贤。他也是案发当夜横岭村紧急会议的参加者，被智英贤父亲控告并被石羊锁批评者。

9. 其他相关人：

石羊锁：二十五岁，村党支部书记，在案发当夜横岭村抗日民主政权召开的紧急会议上传达上级对敌斗争的布置，安排了春耕生产。由于岳冬至和史虎山同时喜欢智英贤，而智早已和河北武安县某户人家订了"娃娃亲"，智的父亲乃向石羊锁控告岳、史。石羊锁在会上对三个年轻人提出了批评，认为他们破坏他人婚姻，败坏村里风气。案发后他和岳冬至的三哥一起到县政府所在地南漳村汇报案情，后被作为本案嫌犯抓捕。一年后他被县政府以证据不足、年龄太小为由释放，本案后再未参与村里工作。

石银锁：新任村长，石羊锁的亲叔伯兄弟，二十二岁，案发当夜紧急会议的参加者，后被作为本案嫌犯抓捕，一年后被县政府以证据不足、年龄太小为由释放。本案后他再未参与村里工作，于2005年逝世。

王天宝：村党支部副书记，二十二岁，案发当夜紧急会议的参加者，后被作为本案嫌犯抓捕，一年后被县政府以证据不足、年龄太小为由释放，本案后再未参与村里工作。

史虎山：民兵连长，二十岁，案发当夜紧急会议的参加者，被智英贤父亲控告并被石羊锁批评者。在本案中，他因为杀人嫌疑最大成为顶罪者，承认自己杀了岳冬至，一年后被县政府以证据不足、年龄太小为由释放并在回村一年后病故。

智英贤：村妇联主任，十九岁，已订婚，案发当夜紧急会议的参加者，被石羊锁批评者。本案后她无法继续在村里居住，被父亲送回祖籍武安县和未婚夫成亲，随后夫妻去了东北。前些年（以2006年为基准）她曾给横岭村村民写信，索要草药。

岳冬至三哥：岳冬至尸体发现者，曾和石羊锁一起到县政府所在地南漳村汇报案件。

10. 案件处理结果：石羊锁、石银锁、王天宝、史虎山以嫌疑人身份被抓捕，一年后被县政府以证据不足、年龄太小为由释放。

11. 案件经办人：县公安局局长。

本文以上并没有将现有各种学术著作、回忆录、调查报告等文献中对该案各要素的叙述一一列举——若读者有兴趣进行耐心细致的爬梳，定能获得更多不同的说法。然而，当这些令人眼花缭乱的叙述遇到一份1943年左权县政府的刑事判决书（以下简称判决书）时，都失去了存在的完全正当性。以下是判决书全文：

左权县县政府刑事判决书法字第66号
被告史虎山男年未满十八周岁本县横岭
　　村人业农中农
　　王天保男年二十岁　　　同上
　　石羊锁男年二十五岁　　同上
　　救联会主席中农
　　石献瑛男年二十一岁　　同上
　　村长富农
上列被告因杀人一案经本府审理判决如下
　　主　文
史虎山踢死岳冬至因其尚未成年减处有期徒刑五年褫夺

公权五年王天保殴伤岳冬至身体处有期徒刑一年六个月褫夺公权一年六个月石献瑛石羊锁滥用职权命令史虎山王天保殴打岳冬至各处有期徒刑一年褫夺公权一年岳冬至死后占用棺材洋一百六十元葬埋时食用小米六十三斤面四十五斤由史虎山王天保石献瑛石羊锁共同负担

　　事　实

阴历三月十六日横岭村妇救会清查户口时岳冬至说妇救会你们出□甚哩赶到黑夜妇救会提出岳冬至骂妇救会是出鬼的要灌妇救会大粪并说岳冬至老打婆召集妇女十余人开会斗争岳冬至但岳冬至坚不承认错误史虎山是该村青年部长因与岳冬至争风嫖娼怀恨在心提出岳冬至不服从调动岳冬至也不接受斗争解散后村长石献瑛救联会主席石羊锁无法解决乃令史虎山王天保捆住岳冬至送往拨水圪道村公所解决并说他不如走可以他打几下岳冬至被捆住后躺在地下不动王天保即拿起木杠殴打岳冬至脊背后史虎山又夺下木棍殴打岳冬至脊背屁股等处岳冬至仍不起来行走史虎山不防一脚踢到其肾囊上因而致命岳冬至被踢死后该史虎山束手无策石献英石羊锁乃设计将尸体抬至岳冬至牛圈内吊起说他是上吊而死□图掩盖自己罪过翌日早晨岳冬至的哥岳三喜到牛圈赶牛时发现尸体嗣经本府派员前往检验尸体验得脊背屁股两腰肾囊上均有黑青伤痕颈上有绳伤一道发白色确系初而殴打继而踢在肾囊上踢死经本府审讯结果各该犯均各供认前情不讳是为本案事实

　　理　由

查该史虎山与岳冬至因争风嫖娼结下仇恨此次踢死岳冬至本应偿命唯以踢死岳冬至之原因系初而殴打继而不防一脚踢死并非立意要致命冬至于死且该犯年未满十八周岁尚未成年依

法应减轻故从宽处理免于判处死刑以冀自新王天保伤害他人身体应以伤害论罪石献英石羊锁滥用职权命令史虎山王天保捆打岳冬至应以渎职论罪各该犯之犯罪行为经本府审讯结果既已均各供认不讳显系构成犯罪已属无疑基上结论□依刑法第二百七十一条第一项第二百七十七条第一项第一百二十五条第一项第十八条第二项第三十七条第二项之规定判决如主文对本判决如有不服应于接受判决后十日内向本府声明上诉于第三行政督察专员公署并记

民国三十二年六月五日

左权县县政府刑庭

县长巩丕基

代理承审牛子祥

书记木家宾①

尽管以上从《铁证：王艾甫抗日藏品精选》中判决书图片识别出来的文字可能有误，但它与原图内容大致不差，足可矫正以前有关《小二黑结婚》原型人物的传说中的许多错谬。然而，这份判决书仍然不是1943年岳冬至案真相的全部：此"铁证"仍然留下许多迷雾重重的区域并有可能使它自身都陷入信任危机。比如说，它并没有交代案件的侦破过程。自承系当年案件侦办人的赵晋鏖说，案件迅速侦破的一个重要原因是犯罪嫌疑人想"私了"。如果赵晋鏖的回忆为真，那么这份判决书所依据的侦办过程就产生了瑕疵。如果仅仅是犯罪嫌疑人自己供述的罪行就可以

---

① 本判决书内容识别自王艾甫、张基祥编著《铁证：王艾甫抗日藏品精选》（新世界出版社2015年版）第27页的判决书图片。为保存原貌，识别出的文字尽量以原文样式照录并未加标点，无法识别的文字则以"□"代替，图片中文字原有的错漏也未改动。

成为判案的依据，那么他们后来的无罪辩解是否可以证明他们的清白？这种危险并非仅是想象，确实已经有人根据该案当事人后来的陈述翻案。尽管从判决书的内容来看，2006年7月25日《山西日报》上马小林的《"小二黑"们呼唤赵树理》一文中有许多明显的错误，但它确实可以为该案提供另外一种说法：当年案犯们因为杀人嫌疑被抓之后，因急于解脱才让嫌疑最大的史虎山出面顶了杀人罪，真正的杀人犯应该另有其人。

马小林的史虎山顶罪说在同年张鹭发表在《中国新闻周刊》2008年第47期上的《小二黑的双重命运》中得到了更细致的描述①：嫌犯们被抓之后，曾被安置在潮湿的竖井里数月，痛苦不堪，因此他们才急于脱罪，让史虎山顶罪并虚报自己的年龄为未满十八周岁，以免被枪毙。这样的描述和判决书的内容是有一致性的：案件发生在1943年阴历三月十六，也就是1943年4月20日，判决日期为同年的6月5日，中间历经约一个半月。虽然说当年犯罪嫌疑人曾被关押在竖井内"数月"有夸大之嫌，但其关押时间确实有可能超过一个月。另外，判决书上也确实标明了史虎山未满十八周岁并因此未被判处死刑。张鹭在文章中还推测了杀死岳冬至的真正凶手：该案关键第三方智英贤的两个哥哥。在父权极重的20世纪40年代的中国乡村，兄长因为不满意妹妹和某男子的"不道德"来往而动杀机，当然也是有可能的。

然而，可能性只是可能性，对张鹭文章中所记述的横岭村村民们事后几十年的回忆，不能完全采信：在评价这些证言的可信度的时候，不应该忽视横岭村村民和案件当事人是直接或间接利益相关方的身份。另外张鹭文中还有明显的不合逻辑的记载：智英

---

① 张鹭文中关于该案的很多说法应该来自横岭村一位曾经对案件当事人进行过调查的文化人"曹旺生"，此人在马小林文章中名为"曹文生"。

贤是村里的妇女主任。据判决书所述，案件的直接导火索就是岳冬至骂妇救会，而妇救会则发动了妇女们斗争他。如果智英贤是妇女主任，这一切应该不会发生。

在判决书中，智英贤的名字并未出现，其身份则被认定为"娼"——史虎山和岳冬至为之争风吃醋的，不应该是别人。将"娼"这个字眼用在《小二黑结婚》中小芹的原型人物的身上，当然会让很多小说读者产生心理不适感。然而，这却可能是当年左权县政府及很多横岭村村民的真实看法。在董均伦的记述中，赵树理承认："岳冬至和智英祥的恋爱本来是合法的，但是社会上连他俩的家庭在内没有一个人同情。"①

那么智英贤究竟是怎样的女子？这又是一团迷雾。如果说她是个贞烈的女性，很难得到横岭村村民的赞同；如果说她是个不洁的姑娘，赵树理肯定不会这么认为。关于这个女性，至少有一点是可以断定的：她当时的某些行为超越了传统的社会常规。对这些行为的不同看法，就是赵树理和当时处理岳冬至案的某些工作人员以及横岭村某些村民的最主要分歧。这是什么样的行为？对1943年前后太行山区农村的婚姻和两性关系稍加了解，应该有助于读者更深入地理解智英贤当年的所作所为。

杜清娥的博士学位论文《女性·婚姻与革命：华北革命根据地女性婚姻与两性关系——以太行山区为中心的考察（1937—1949）》指出，1937年抗战全面爆发后，随着中共抗日根据地的建立、巩固与发展，根据地农村婚姻家庭与两性关系呈现出与以往明显不同的样式，新的婚姻风尚逐渐形成，但由于男女性别比例失调、贫困、对婚姻不满意或夫妻中的一方不能履行性义务等

---

① 董均伦：《赵树理怎样处理〈小二黑结婚〉的材料》，《文艺报》1949年第10期。

原因，有些地方存在严重的两性关系问题。在某些村子，性乱程度令人触目惊心：性乱者几乎占全部妇女的90%，"一个人有几个相好的，都认为是平常事"，有些地方甚至发展出了性乱组织。①至于岳冬至、智英贤所在的辽县（即左权县），虽然抗战后性乱现象总体来说减少了，但并未彻底根除，只不过残余的性乱在方式上变成了秘密的，人们不易察觉。②由这个背景，读者也许可以理解1943年左权县政府的判决书中为什么会出现史虎山和岳冬至"争风嫖娼"的字眼，为什么横岭村人在岳冬至案过去几十年之后，还有人认为岳冬至和智英贤之间并非恋爱，而是"勾勾搭搭、乱七八糟的事"③了。

但将智英贤判定为"娼"或者"性乱者"是不公平的。在对两性关系更加包容、开放的今天，一个女性同时和两个及以上男性的交往，哪怕都是带有独占意味的恋爱性质的交往也不再是多么令人惊讶的行为——如果这样的交往是不道德的，那么很多大龄单身者就不应该在同一个时期约见一个以上的相亲对象了。杜清娥将太行山根据地农村的性乱分为三类：（1）未婚的青年男女与不同异性间混乱的两性关系，以及失去婚姻关系的中年妇女与不同男性之间的两性关系；（2）婚姻中的男女（主要是妇女）与别的异性之间的非婚两性关系；（3）"很容易让男女关系混乱且会给敌人与破坏分子以造谣的口实"应按照"妨害风化"治罪的、"未经举行公开结婚仪式的，不登记不生婚姻的效力"却生

---

① 参看杜清娥《女性·婚姻与革命：华北革命根据地女性婚姻与两性关系——以太行山区为中心的考察（1937—1949）》（博士学位论文，山西大学，2016年）第五章第一节"放恣的罂粟：性之乱"中引用大量档案材料对当年太行山根据地农村性乱现象的描述，其材料来源不赘。

② 参看杜清娥《女性·婚姻与革命：华北革命根据地女性婚姻与两性关系——以太行山区为中心的考察（1937—1949）》，博士学位论文，山西大学，2016年，第148页。

③ 张鹭：《小二黑的双重命运》，《中国新闻周刊》2008年第47期。

活在一起的男女关系。① 即便现在仍然有很多人会出于不同的动机对上述这几类或与之相似的行为进行道德谴责，但新的共识也正在形成中：在男女关系的隐秘地带，当事人之外的人几无可置喙之处。

不认定智英贤是"娼"，也不等于彻底还她的"清白"——这个问题已经无法被彻底证实或证伪。但在横岭村私密而含混的两性关系的土壤中生长出来的《小二黑结婚》却是旗帜鲜明的：它就是要反对封建包办婚姻、提倡爱情婚姻自主；"小芹"的形象也是清晰的：她就是一位追求爱情自由的坚贞的根据地农村少女。本文前面对《小二黑结婚》所依据的真实事件的所有爬梳与分析，都是为了论证这个晦暗地带的晦暗性、不可证实性，都是在力图说明赵树理是在怎样一个晦暗地带发现并点亮了爱情自由的火把——1943年岳冬至案的晦暗固然是由于事件相关方和立场相异的观察者们对事件的不同描述所造成的，也是因为人类社会的两性关系本身就具有排斥除了当事人之外的任何第三方的观察与评价的含混的私人性质。

如果没有赵树理对小二黑和三仙姑之间关系的描述，《小二黑结婚》中两个年轻人之间的恋爱简直就是光洁无比、毫无瑕疵的。然而，不知是有意还是无意，小说作者将小二黑和小芹最初交往的原因归结到了三仙姑那里：小二黑一开始和那些"闲人"一样，是到三仙姑那里"凑热闹"的"乱来"者。直到和小芹熟识之后，他才成为应该被歌颂的坚贞爱情的一部分。

赵树理小说明朗的自由主题因此蒙上了一层薄得几乎无法被发觉的阴翳。这是和小说基调不一致的色彩，是被提炼、加工的对象

---

① 参看杜清娥《女性·婚姻与革命：华北革命根据地女性婚姻与两性关系——以太行山区为中心的考察（1937—1949）》，博士学位论文，山西大学，2016年，第153—154页。

未被完全过滤掉的杂质。如果说小二黑和小芹明朗的爱情来自真实的晦暗地带，那么真实的晦暗也难免被裹挟进他们明朗的爱情中。

这种阴翳的出现也隐约透露出赵树理对于特定的两性关系的微妙态度。当读者注意到《小二黑结婚》歌颂年轻人之间的坚贞爱情，批判封建包办、买卖婚姻的主旨时，不应该忽略赵树理对这两者之间的中间地带——那些既没有包办、买卖性质，又不那么纯洁坚贞的两性关系的看法。在这个问题上赵树理并没有表现出和小说主题一样的确定性、鲜明性。

这并不是说赵树理会支持"混乱"的两性关系——从他对三仙姑的贬抑性描写就可以知道这一点。如果将这个包办婚姻的受害者、装神弄鬼又结交大量"相好"的女性放置在杜清娥的博士论文所描述的太行山区农村非婚性爱关系场合，她无可怀疑地会被视为性乱者。赵树理在小说中也不断地对她进行讽刺、揶揄，以致颇有研究者对赵树理描写她时的"丑化"不满，认为他忽视了她身上所包含的反抗封建包办婚姻的积极因素。然而，与其说赵树理丑化了三仙姑，还不如说是包容了她、放过了她。对这样一个会被当年的正统道德界划归性乱者范畴的女性，赵树理并没有使用当时很常见的、更具侮辱性的称呼"破鞋"，也没有控之以妨害风化罪，而是给她设计了一个改过自新、重新做人的结局。

不仅对三仙姑，对其他"乱来"的男性参与者们赵树理也不想过多责备——甚至连对三仙姑那种漫画似的嘲讽都没有：

> 村里的年轻人们觉着新媳妇太孤单，就慢慢自动的来跟新媳妇作伴，不几天就集合了一大群，每天嘻嘻哈哈，十分哄伙。
> 青年们到三仙姑那里去，要说是去问神，还不如说是去看圣像。三仙姑也暗暗猜透大家的心事，衣服穿得更新鲜，

头发梳得更光滑,首饰擦得更明,官粉搽得更匀,不由青年们不跟着她转来转去。

老相好都不来了,几个老光棍不能叫三仙姑满意,三仙姑又团结了一伙孩子们,比当年的老相好更多,更俏皮。

以上就是赵树理对当年被太行山地区正统道德界严加指斥的性乱现象所进行的云淡风轻的描写。他为什么会这样做?

1941年8月《中共晋冀豫区妇总会一年来妇女工作总结报告》认为,造成根据地农村性乱的原因主要有以下几方面:对现有婚姻不满,这是性乱最主要的原因;其次是妇女受封建约束,社交不公开,没有更多方面活动的机会,精神无所寄托;由男多女少及买卖婚姻所限,许多男性娶不起老婆,光棍汉们多,是造成性乱的第三个原因。[1] 造成性乱的实际原因也许比这个报告中所提到的更为复杂:转型时期社会的非秩序化、对肉体享乐的追逐等都可能导致特定地区两性关系的放纵状态。

要想解决性乱问题,就必须从消除它的根源入手。然而这殊非易事。仅就上述《中共晋冀豫区妇总会一年来妇女工作总结报告》中所列性乱原因而言,如果说可以通过推行法定的离婚程序来解决当事人对现有婚姻不满的问题,可以通过创造机会让妇女们投身社会活动来解决她们社交活动缺乏、精神无寄托的问题,男女之间的高性别比该如何解决?上面这个报告中有这样的记载:当时武乡(与辽县即左权县相邻)六区十个村的总人口为6003人,其中男性有3586人,女性只有2417人!这十个村子多出来的一千多男性中有正常生理需求者该如何发泄他们那无法被

---

[1] 转引自杜清娥《女性·婚姻与革命:华北革命根据地女性婚姻与两性关系——以太行山区为中心的考察(1937—1949)》,博士学位论文,山西大学,2016年,第152页。

压抑的欲望？如果没有三仙姑这类人的存在，那些欲望又会对社会秩序造成怎样的冲击？

我们无法确定赵树理是不是考虑到太行山根据地农村男多女少的实际情况才对性乱者显示了宽容。但有一点是可以肯定的：作为生于斯长于斯的太行山人，他熟悉这块土地以及这块土地上的人。他不认同性乱，但也许有时不得不忍受。如果赵树理真的作如此想，他的态度应该是无奈。然而，仔细品味《小二黑结婚》中有关"乱来者"的描述，读者也许能察觉到来自作者的调侃，却并没有无奈。这又是为什么？

也许赵树理已经意识到：自由本来就是生长于晦暗之中的。所有被明朗化、被注视着的自由，都已经不是真正的自由，自由意味着一种保持晦暗的权力。要宣扬爱情自由、婚姻自主，就应该保持这个晦暗地带的晦暗性：只有在三仙姑和"相好"们"乱来"的土壤中，才能开出小二黑和小芹自由恋爱的花朵，才能让读者们更深刻地理解坚贞爱情的稀缺与可贵。

"原始"何谓?

——曹禺《北京人》重读

尽管曹禺不承认自己在创作《北京人》之初就存在一个明确的反封建的中心思想,但是他也承认这部剧作确实有主题:

> 我写出袁任敢说的那两句话:"那时候的人,要喊就喊,要爱就爱……"我才觉得这是戏的主题了。①

这里的"那时候的人"指的是原始社会的"北京人"。曹禺以原始人和20世纪北平城某家庭的成员相比较并表达对那已经湮灭无踪的社会生活的憧憬,自然就难怪有人认为他是在提倡"原始主义"了。但曹禺明确反对这种观点——这很可能是因为这个词和周恩来对这部戏的批评性意见极为相似。②

即便排除曹禺自己的反对声音,将他视为一个原始主义者

---

① 曹禺:《和剧作家们谈读书和写作——在中青年话剧作者读书会上的讲话》,《剧本》1982年第10期。引文中省略号为原文所有。
② 1983年2月17日张瑞芳在接受采访时说,当年周恩来观看《北京人》演出之后曾对曹禺说:"你还在向往原始共产主义啊,我们已有了延安了。"参看田本相、刘一军《曹禺访谈录》,百花文艺出版社2010年版,第305页。

也未必恰当。"原始"一词在他的剧本中或者他谈论自己的剧作时不时出现，却很难说它们都是在同一意义上被使用的。有时它被用来修饰作者创作时的某种情绪，如在曹禺为《雷雨》写的序言中；有时它被用来描述自然环境的阴森与恐怖，如在《原野》第三幕中。至于在《北京人》中，除了那个奇特的"北京人"形象隐含着它的意义外，不过是出现了两次由它和"人"构成的偏正词组而已。

尽管曹禺剧作中的"原始"以及其他与之相似、相关联的词语（比如"野蛮"）的用法各有不同，我们必须承认在这些不同用法之间存在某种具有内在一致性的关联，而不是互相独立的、不相干的。对于这种关联的寻绎与辨识，就是发现词语使用者的心灵线索的过程——某个或某类词语如果被作者所钟爱并反复使用，它们对于作者的重要性是不言而喻的。本文以下将首先对"原始"及与其相似或密切相关的词语在《雷雨》《原野》两剧本以及曹禺对它们的相关陈述中出现时的用法、意义进行分析，界定其异同，发掘那些可能为人所忽略的意义并借此寻绎相关剧作中可能存在的思想与情感逻辑，然后以其结果作为解读《北京人》的互文性材料，确定《北京人》和原始主义的关系。

在《雷雨》中，"原始"出现了两次，分别被用于第一幕繁漪和周萍出场时的人物说明中：

> 她是一个中国旧式女人，有她的文弱，她的哀静，她的明慧，——她对诗文的爱好，但是她也有更原始的一点野性：在她的心，她的胆量，她的狂热的思想，在她莫名其妙的决断时忽然来的力量。
>
> 他是经过了雕琢的，虽然性格上那些粗涩的滓渣经过了

"原始"何谓？

教育的提炼，成为精细而优美了；但是一种可以炼钢熔铁，火炽的，不成形的原始人生活中所有的那种"蛮"力，也就因为郁闷，长久离开了空气的原因，成为怀疑的，怯弱的，莫名其妙的了。

在曹禺为《雷雨》所写的序言中，"原始"出现了五次：

1. 我对《雷雨》的了解只是有如母亲抚慰自己的婴儿那样单纯的喜悦，感到的是一团原始的生命之感。

2. 然而在起首，我初次有了《雷雨》一个模糊的影像的时候，逗起我的兴趣的，只是一两段情节，几个人物，一种复杂而又原始的情绪。

3. 《雷雨》可以说是我的"蛮性的遗留"，我如原始的祖先们对那些不可理解的现象睁大了惊奇的眼。

4. 与这样原始或者野蛮的情绪俱来的还有其他的方面，那便是我性情中郁热的氛围。

5. 在夏天，炎热高高升起，天空郁结成一块烧红了的铁，人们会时常不由己地，更归回原始的野蛮的路，流着血，不是恨便是爱，不是爱便是恨；一切都走向极端，要如电如雷地轰轰地烧一场，中间不容易有一条折衷的路。[1]

《雷雨》剧本中出现的两个"原始"，表现了蘩漪和周萍的对立性质，指向人物个性中那些未经教化的、粗野的、极端的，然而也更有力的成分。这里的原始可以被视为褒义词，因为曹禺明

---

[1] 这五处文字分别见于田本相、刘一军主编《曹禺全集》第一卷，花山文艺出版社1996年版，第6、7、7、9、9页。

· 199 ·

显偏爱蘩漪。在《雷雨》的序言中，单独看前两处的"原始"，其意义很难确定，只有联系后三处才能大致推断，它们应该也是"野蛮""蛮性"的近义词。

但是，在进行了以上分析之后，问题似乎并没有得到彻底解答。《雷雨》中的"原始"真的只是一个带有野蛮、极端、有力等意味的形容词吗？难道只是曹禺的一种野蛮、极端、有力的情绪就足以促成《雷雨》的诞生？如果回答是肯定的，这样的情绪又从何而来？

仅仅对剧本及作者自述中的相关句子、段落寻章摘句地作语言学分析，并不能回答上述问题。但只要了解了《雷雨》的主要情节，就不难得出结论：曹禺所说的原始情绪来自人的一种本能——性。由对性的想象（也许还有一些不寻常的亲身经验）、渴望、恐惧产生的复杂情感是这部剧作真正的创作动机。所谓"野蛮""极端""有力"，都是来自性本能的、修饰性本能的，同时又是暗示性本能的。或者我们可以直接说，"原始的"就等于"性本能"的。

到了《原野》第三幕中，"原始"的这种性意味明显减弱了。它主要是以"古老的、未开发的"之类的含义被用来描述仇虎逃亡时所处黑森林内的环境：

> 林内岔路口，——森林黑幽幽，两丈外望见灰濛濛的细雾自野地升起，是一层阴暗的面纱，罩住森林里原始的残酷。
>
> 森林充蓄原始的生命，……
>
> 这里盘踞着生命的恐怖，原始人想象的荒唐；……①

---

① 此处及以下引文中未加特别说明的省略号均为张传敏所加。

"原始"何谓？

从修辞学角度来看，剧作对黑森林原始性的强调，极有利于烘托饱受复仇伦理困扰的仇虎的迷幻、恐惧状态，这种环境也可以说就是人物的一部分。"原始"有时被直接用来修饰逃亡中的仇虎：

> 时而，恐怖抓牢他的心灵，他忽而也如他的祖先——那原始的猿人，对着夜半的森野震战着，他的神色显出极端的不安。
>
> 仇虎由树丛中走出。惊惧，悔恨，与原始的恐怖交替袭击他的心，……

为什么曹禺要用这个词来修饰男主人公以及他所处的特定环境？这应该来自曹禺对仇虎复仇性质的设定（当然，也不能排除这是受到美国剧作家尤金·奥尼尔影响的可能性）。曹禺在1981年7月28日田本相采访他时曾经这样说：

> 仇虎的复仇观念是很强的，原始的，那个时候共产党还没出世，世世代代的农民，想要活，就必须复仇，他要杀焦阎王，但焦阎王却死去了。所谓"父债子还"，仇虎就要杀大星，尽管小时候和大星很要好，他还是把大星杀了；而杀了大星之后，他却变得精神恍惚起来，于是在他眼前出现了阴曹地府，牛头马面，还有焦阎王……最后一幕，是现实的，也是象征的，没有仇虎的出路，金子死得更惨。①

---

① 田本相、刘一军：《曹禺访谈录》，百花文艺出版社2010年版，第65页。引文中省略号为原文所有。

曹禺之所以说仇虎的复仇是原始的，应该是因为仇虎秉持的"父债子还"观念以及据此所采取的行动是和现代伦理、法律相悖的。曹禺所描写的仇虎的"原始的恐怖"及黑森林的"原始人想象的荒唐"，都是和仇虎复仇的原始性相一致的，仇虎的死亡又宣告了曹禺对"原始性"无出路的命运的认定。但这并不是说曹禺在《原野》中摒弃了原始性——对"原始"的人与事在理智上的否定与情感上的认同在作者那里是并存的。在《原野》第三幕第一景中，曹禺就赞美了仇虎的原始性并顺便将花氏的肉体之爱（这当然也是原始的）进行了升华：

在黑的原野里，我们寻不出他一丝的"丑"，反之，逐渐发现他是美的，值得人的高贵的同情的。他代表一种被重重压迫的真人，在林中重演他所遭受的不公。在序幕中那种狡恶、机诈的性质逐渐消失，正如花氏在这半夜的磨折里由对仇虎肉体的爱恋而升华为灵性的。

将《雷雨》与《原野》中"原始"一词的含义进行比较，不难觉察两者之间的歧异：一个主要意思是"性本能的"，而另一个主要是指"现代文明所不允许的"。

在《北京人》中，表面上看用来修饰"人"的"原始"只有"人类发展史上的最早阶段"的意思，实际上这部剧作继承了《雷雨》与《原野》中这个词的几乎所有含义。作品中的"北京人"、袁任敢及其女儿袁圆一起承担了"原始"的叙事功能。如果说"北京人"是该词的具象化并主要表达了它在以前剧作中被强调的力量感，袁任敢承担着从成人的、理性的（学术的）视角对其进行解说的功能，那么袁圆则以隐晦的方式图解了它的性意味。

袁圆对曾霆的情感主要是由性本能所决定的。她还不懂得"文明"世界两性关系的规范，不懂得男女之间要专一的原则。她既喜欢曾霆，也喜欢小柱儿；她亲吻小柱儿之后，还不明白为什么曾霆会吃醋。当袁任敢问她究竟是爱"北京人"还是曾霆时，她的回答是不知道。直到父亲明确地问她长大了愿意嫁给哪一个时，她才本能地选择了前者，因为后者和《雷雨》中的周萍一样，受到大家庭"教养"的束缚，变得缺乏力量感，变成了一只小"耗子"。然而当曾霆为自己马上要当父亲的消息而震惊、沮丧并失声痛哭时，她又表现出强烈的同情心并声称要嫁给他。袁圆的爱没有方向性。读者当然可以认为她在两性关系方面有那样的言行是因为她天真未凿、不通人事，但从她所承担的"原始"叙事功能来说，其所做所为实是作者所设定的一种开放的两性关系的理想状态。她和《雷雨》中的繁漪是具有一致性的，只不过繁漪那种由性本能带来的可怕意味在她身上已经被洗刷干净，从而使她具有了一种完全正面的、可亲的性质。

但以上判断可能会招致反驳：如果说袁圆代表了剧作中两性关系的典范，为什么现实生活中的曹禺爱的却是和袁圆具有对立意味的愫方背后的原型人物方瑞？

读者在提出这样的问题时不应该忘记的是，对于曹禺来说，袁圆是，而且可能只是一种理念，愫方才因为和方瑞之间的联系而成为具有最直接的现实性的人物。曹禺希望愫方（方瑞）向袁圆所指引的方向前进，但他在现实生活中肯定不会因为袁圆这样一个没有温度的符号而放弃现实可感的人。而且这个符号所昭示的，正是对它的符号性质的否定：听从人类自身本能的召唤。也就是说，曹禺没有表达过对袁圆的爱，正是对她的"旨意"的遵从。

和《雷雨》直接表达性主题不同，袁圆的"旨意"——对于性本能的肯定，显然是被伪装过了。在《北京人》中，袁任敢作为袁圆的父亲，既是"听凭自己的本能"理念的给予者，又是这种理念的解释者、掩盖者。在第二幕中袁任敢说过的下面这一段话，正是本文开头引用的曹禺交代的该剧主题的原文：

　　这是人类的祖先，这也是人类的希望。那时候的人要爱就爱，要恨就恨，要哭就哭，要喊就喊，不怕死，也不怕生。他们整年尽着自己的性情，自由地活着，没有礼教来拘束，没有文明来捆绑，没有虚伪，没有欺诈，没有阴险，没有陷害，没有矛盾，也没有苦恼；吃生肉，喝鲜血，太阳晒着，风吹着，雨淋着，没有现在这么多人吃人的文明，而他们是非常快活的！

在这一段话中，爱是和恨、哭、喊、生死等一起被呈现的。但《北京人》的主线——曾家几代人之间的情感纠葛说明了，爱才是作者要强调的重点，其他几项不过是它的陪衬。但这里的爱不过是性本能的一张面孔而已——袁任敢既然将这种爱和人类最原始的生活状态相连，认为它是破除了礼教、文明的束缚之后完全自由自在的爱，那么它只能意味着性本能。

袁任敢的这段话还揭示了他向往这种爱的原因：借由这种爱，可以释放本能并产生"非常快活"之感，却不用承担文明社会两性关系规范带来的牺牲、压抑与痛苦。

袁任敢的叙事功能决定了他对于爱的态度基本等同于剧作家的态度。但这个判断也许会遭到质疑：曹禺真的主张在两性关系之中完全听凭本能的支配？当年他给方瑞的信中不是有多处强调了两人灵魂的相通甚至还称道过方瑞的教养吗?[1]

我们不能指责曹禺给方瑞的信是在撒谎,也不能就此推翻《北京人》在两性关系上要求开放性的判断。一方面,在文明社会中,任何被实现的本能都必然会受到各种文化因素的制约而不可能真的是纯粹本能的;另一方面,本能和任何属"灵"的因素或者文明、文化因素也不必然是矛盾的,它们只有在方向不一致时才会成为一个需要解决的问题。对于曹禺来说,我们不能完全排除他和方瑞的灵魂相通之处——在他和方瑞交往的初期,或许是来自其妻郑秀的在生活上的限制(譬如强迫他洗澡),使他获得并强化了和方瑞的灵魂相通之感(这当然只是一种臆测)。但我们也不能断言曹、方两人之间纯粹是因为"灵"的因素而结合,并非因为本能的发动。至少在《北京人》所宣示的两性关系的理想状态中,本能被视为最重要的元素,任何阻碍它者都应被冲决、破坏,哪怕阻碍者是一种属"灵"的东西。文清和愫方何尝不是灵魂相通?愫方那富有牺牲精神的爱又何尝不是"灵"的表现?它们都被曹禺予以坚决否定。

任何人都不应该将"曹禺提倡性本能的自由释放"这个判断视为对当事者的一种侮辱,正如曹禺认为不应该将蘩漪、焦花氏仅仅视为有道德缺陷的女性一样。我们甚至可以更大胆地说,蘩漪在某种程度上也和袁圆一样,和曹禺的理想女性很相近。她和《北京人》中的愫方也非截然对立、水火不容的两种人物类型。大多数读者在谈论蘩漪时最关注的也许是她最"雷雨的"性格——果敢、阴鸷、乖张、极端,往往忽略了曹禺在剧本中对她"中国旧式女人""文弱""哀静""明慧"、爱好诗文的个性的描

---

[1] 曹禺致方瑞信的内容见田本相、阿鹰编著《曹禺年谱长编》,上海交通大学出版社2017年版,第248—251页。

述。再看看曹禺在《北京人》中对愫方的描述：

> 愫方这个名字是不足以表现进来这位苍白女子的性格的。……
>
> 见过她的人第一个印象便是她的"哀静"。苍白的脸上恍若一片明净的秋水，里面莹然可见清深藻丽的河床，她的心灵是深深埋着丰富的宝藏的。……她时常忧郁地望着天，诗画驱不走眼底的沉滞。

蘩漪和愫方的相通之处是显而易见的：她们都是旧式家庭中的女性、通晓某些传统文化、"哀静"而"明慧"。她们的主要不同之处就在于愫方多了一份为爱牺牲的情操，而蘩漪心底深处则更具本能所赋予的野性。曹禺希望愫方像原始人那样"想爱就爱"，不也可以说是希望她朝着蘩漪的方向前进吗？从这个意义上说，《北京人》中那个同时作为"新人类"和"原始人"的代表的袁圆不过是被清洗掉了乱伦罪恶的蘩漪而已。

行文至此，再来看曹禺《北京人》乃至《雷雨》《原野》等剧作中的原始主义，它似乎已经成了一个无可无不可的话题。必须承认，在《雷雨》《原野》《北京人》以及曹禺对它们的解说中，"原始"的用法确实具有连续性。在不同的语境中，它都是在"与现代文明相对立"的意义上被使用的，并随时透露出使用者的批判意识。如果有研究者就此依据某种原始主义的定义将曹禺划入这种主义的范畴，当然是应该被允许的。在《不列颠百科全书》（*Encyclopedia Britannica*）中，原始主义（primitivism）有如下定义：

An outlook on human affairs that sees history as a decline from an erstwhile condition of excellence (chronological primitivism) or holds that salvation lies in a return to the simple life (cultural primitivism). Linked with this is the notion that what is natural should be a standard of human values. Nature may mean what is intrinsic, objective, normal, healthy, or universaelly valid. Various senses of primitivism depend on whether the natural is set over against historical development; against artifact and contrivance; against law, custom, and convention; or against rational mental activity. ①

以下是这个定义的中文译文：

"一种对于人类事物的看法，认为历史是一个从往昔的美好状态衰落的过程（时序原始主义）或者认为获得拯救的途径在于回归简单生活（文化原始主义）。与此相连的观点是自然的东西应该是人类价值的标准。自然可能是指内在的、客观的、正常的、健康的或者普遍有效的。原始主义的不同含义取决于自然的是否被设定为反对历史发展的，反人工制品及矫揉造作的，反对法律、风俗习惯的或者反对思想的理性活动的。"

以此定义来考量曹禺剧作，不难在其中找到可以勾连之处：《雷雨》中强调性本能不是在谈论"自然"吗？《原野》中以原始方式复仇的仇虎不是被作者盛赞其"美"吗？《北京人》不是明确地提出现代人已经堕落，原始人才是人类的希望所在吗？

但是，给剧作家带上原始主义或者其他任何主义的帽子，除非这位剧作家恰好信奉该主义或对它素有研究，这些大帽子都很难被裁剪得当。研究者们固然能够在曹禺那里找到很多和原始主义相契合的"点"，这些"点"却只能形成一条似连非连的虚线，

---

① "The Editors of Encyclopaedia Britannica, Primitivism (philosophy)", https://www.britannica.com/topic/primitivism-philosophy.

而不是清晰的实线。如果曹禺对其剧作中的"原始"如本文前面所作的那样进行解说,读者应该不难发现那些"原始"看似相近的用法、意义背后更深层次的断裂性。在《雷雨》中它是性本能,是被憧憬的,但又是含有恐怖意味的——因为它很可能导致悲剧性结果。在《原野》中,它不再主要指向性本能,虽然很"美",却又是恐怖的、没有出路的。到了《北京人》中,它又回到性本能的意义,但以一种经过伪装的崇高的形式出场,变成了一种可以自由选择的权力,不再是"残忍"的或"冷酷"的"蛮性的遗留",完全没有了恐怖意味。就这些"原始"的不同意义来说,对曹禺及其剧作的"原始主义"作任何指控或赞美,都是站不住脚的。

附录 关于中国猿人(北京人)的笔记

自 1927 年北京周口店地区开始有计划、有组织地发掘以来,中国猿人(又称北京人,现学术界一般称其为北京直立人,拉丁语学名为 Homo erectus pekinensis)之名逐渐为人所知。话剧《北京人》中虽然也出现了"北京人"以及将其作为研究对象的人类学家袁任敢,但曹禺究竟不是学问家,他塑造的形象不过是为他代言的工具而已:考古学意义上的北京人并不像他描写的那样体型巨大,人类学家们也不会将一个疑似巨人症患者用作研究的参考对象。本文以下摘录的相关学术文献,可以显示曹禺剧作中的"北京人"、人类学家形象与真实的中国猿人、考古学家之间的差距——这不是要指摘曹禺不懂或不遵守科学规范。作为一个文学家,他没有这种义务。然而以下材料可以提醒读者:文学,更多的是与作家个人的情感、想象及其独特的生活世界相关,欲在其中寻求科学与真理的指引，那就是缘木求鱼了。

一、关于挖掘出的北京人遗骸为什么主要是头骨而缺乏躯干、四肢等处骨骼，以及北京人的生活习惯、环境：

怎么解释完全没有四肢骨，怎样解释只有头骨及牙床骨？经过一个很长的讨论，魏敦瑞①想来，他可以确定，这选择的骨骼不是天然之力，所运送到洞中的；然却是一种猎者所获得而来。这种猎人只选择年青的，只选择了头部。这种解释是可赞成的；但我们当问猎者是谁？在魏敦瑞想来，猎者就是中国猿人自己；换句话说，中国猿人是食人之人，世界上第一个吃人之人！

这个假说，真是又"玄"，又"妙"，很容易推翻；据我所知之主体上来讲，我的另有一种解释法，很简单，很合适，与他的假说，由我看来，也同样的满意。我的说法是：这猎者是一种真的"人"，这种真的人的工业用品已在周口店发现，中国猿人是"他"的猎得品！

——参看［法］布勒（M. Boule，1861—1942）《中国猿人》，裴文中译，《地质评论》1937年第2卷第3期。

……中国猿人在当时的生活条件还极为原始，他们每日虽然出外狩猎或采取果实，但是能够得到满足食物的需要，也是相当困难的。他们在野外的时候多，在洞内的时候少，所以，他们也就死在外面的机会比死在洞内的机会多。他们

---

① 魏敦瑞（Franz Weidenreich，1873—1948），犹太裔德国解剖学家和体质人类学家。

的劲敌，是一般巨大的肉食类，如豺、狼、虎、豹之类，当时这种肉食类，随处可以看到，所以猿人也就随处有被它们吞食的可能。

中国猿人所用的石器原料，既是由河边或附近山中所采取，他们遇到了死去同伴的头颅，也好像采取石器原料一样地采回来，用作盛水的用具。我们推测周口店堆积里发现这许多头骨而少见躯干骨，就是这个原因。

——参看贾兰坡《中国猿人》，龙门联合书局1953年版，第129—130页。引文中省略号为张传敏所加。

二、关于北京人的寿命及身高、形象：

关于中国猿人之寿命，据魏敦瑞的研究，中国猿人40人中，计有：

死于约14岁以下之孩童，占百分之39.5，

死于30岁以下者，占百分之7，

死于40至50岁之间者，占百分之7.9；

死于50至60岁之间者，占百分之2.6；

死亡寿命不可确定者，占百分之43。

——参看贾兰坡《中国猿人》，龙门联合书局1953年版，第130—131页。

……从周口店发现的北京猿人大腿骨中有一根保存得比较完全，除了上下两端已经损坏以外，中段还剩下大腿骨全长的大约3/4。……人类学家研究现代人大腿骨与身体高度

之间的比例，求出一个计算公式。根据这个公式可以从一根大腿骨的长度推算出那个人的身长。按照这个原理，古人类学家推算出北京猿人男人的身高大约是 156 厘米，女人身高大约 144 厘米。

那时的人类很可能也像现代人一样，不同地区的人身高相差不小，有一定的变异范围。……

总之，我们可以说，北京猿人总的形象是：外表基本上与现代人相同的躯干和四肢配着一个有些像猿的人头。如果他戴着一顶帽子和大口罩在大街上走，要不是因为眼睛上方横着粗大的眉脊，恐怕你很难从人群中把他分辨出来。

——参看林圣龙、吴新智编著《远古人类的家园：周口店北京猿人遗址》，中国大百科全书出版社 1998 年版，第 28—29 页。引文中省略号为张传敏所加。

……据对北京猿人已经发现的大约属于 38 个人的化石的统计，除了其中不能鉴定死亡时的年龄者，大约有 68.2% 的人死亡时还不到 14 岁，大约 13.6% 的人死于 15—30 岁，另有大约 13.6% 的人死时是 40—50 岁，只有一个女人活到了 50—60 岁。

——参看林圣龙、吴新智编著《远古人类的家园：周口店北京猿人遗址》，中国大百科全书出版社 1998 年版，第 38 页。引文中省略号为张传敏所加。

三、关于北京人是否是中国人的祖先：

……40 年代一位德国籍的犹太科学家魏敦瑞在研究了北

京猿人化石后发现,他们有不少形态特征与现生的黄种人一致,如颜面比较平,鼻梁比较扁塌、上门牙朝向口腔内的那一面的两侧边缘比较厚,使得牙齿有些像当中凹下,两侧有高起的边帮的煤球铲子(因此学术名称叫铲形门齿,……)等。根据北京猿人与现代黄种人之间有一系列相似的形态特征,魏敦瑞提出北京猿人是现代人的祖先,他们与黄种人的某些人群关系更加密切。他还说黄种人的祖先并不限于北京猿人,北京猿人的后代中也有成为其他人种的。

——参看林圣龙、吴新智编著《远古人类的家园:周口店北京猿人遗址》,中国大百科全书出版社1998年版,第74页。引文中省略号为张传敏所加。

1987年三位美国遗传学家研究了100余个各大人种妇女胎盘的脱氧核糖核酸(DNA),提出一种假说,认为世界各大洲的现代人都来源于大约20万年前生活在非洲南部的一群女人。他们的一部分后代在大约10万年前迁移到亚洲和欧洲,在那里取代了原来住在那些地区的人类。具体到中国这片土地,就是大约在13万年前由非洲长途跋涉来的那群妇女的后代占据了中国这片土地,而原先在这里生活的人都归于消亡。也就是说北京猿人的后代在大约10万年前绝种了,而现代中国人是大约10万年前由非洲迁移来的移民的后代。

——参看林圣龙、吴新智编著《远古人类的家园:周口店北京猿人遗址》,中国大百科全书出版社1998年版,第77页。

"原始"何谓？

　　北京猿人是不是中国人祖先的问题，在最近半个世纪中连续遭到四轮挑战，而且一轮比一轮更加猛烈。但是北京猿人作为中国人祖先的地位至今还是没有被否定，因为世界上还有另一派古人类学家和新的发现在为北京猿人的祖先地位辩护。这一派的学说叫作现代人起源的多地区进化说。这个学说是1984年由美国、中国和澳大利亚的各一位古人类学者联名提出的。[1] 这个学说重申魏敦瑞关于人类进化中四条线的主要内容，避免了魏氏当初提出的一部分不确切的证据，补充了一些新的化石证据，避免了魏氏学说中一些理论上的缺陷而以新的理论阐述，……

　　——参看林圣龙、吴新智编著《远古人类的家园：周口店北京猿人遗址》，中国大百科全书出版社1998年版，第78页。引文中省略号为张传敏所加。

---

[1] 实际上，这三位学者中的中国人就是《远古人类的家园：周口店北京猿人遗址》的编著者之一中国科学院院士吴新智，美国学者为沃尔波夫（Milford. H. Wolpoff, 1942—），澳大利亚学者为阿兰·桑恩（Alan Thorne, 1939—2012）。他们发表的文章名为《现代智人的起源：基于东亚化石证据的原始人进化的一般理论》（*Modern Homo sapiens origins: A general theory of hominid evolution involving the fossil evidence from East Asia*），载于弗莱德·H.史密斯、弗兰克·斯宾塞编《现代人起源》，纽约阿兰·R.利斯有限公司1984年版（Fred H. Smith, Frank Spencer, eds. *The Origins of Modern Humans*, New York: Alan R. Liss, Inc. 1984）。

舒芜《论中庸》中批判的观点考略

1945年1月舒芜在《希望》创刊号上发表的《论主观》一直是中国现代文学史著中不可或缺的一部分，相关专题研究也时有所见。然而，与被人屡加披讨的《论主观》不同，它的姊妹篇——舒芜发表于1945年5月《希望》第1集第2期上的《论中庸》却少有人关注。关于这两篇文章，胡风在1944年6月9日给舒芜的信中说："《主观》，要看了《中庸》再决定。本拟先介绍出去，但拿出去颇不易，还是看了《中庸》再决定。"[①] 胡风要先看了《论中庸》再决定是否发表《论主观》，说明了前者的重要性。舒芜显然并没有让胡风失望。6月30日胡风初次读到《论中庸》，7月6日在给舒芜的信中就决定先发表《论主观》，这其实也是对《论中庸》大体满意的表示。但是胡风此时仍然表现得十分谨慎：

> 长的[②]，回乡后看了一遍。我以为，为了不发生"流弊"，

---

① 晓风辑注：《胡风致舒芜书信全编》（上），《新文学史料》2008年第1期。信中的《主观》《中庸》就是《论主观》《论中庸》。

② 即《论中庸》。

得再斟酌，因为这等于抛手榴弹。

从此表述不难看出胡风重视《论中庸》的原因：它引起的反响可能会比《论主观》更强烈。由此也不难理解这两篇文章的关系：如果说《论主观》主要是对自身主张的正面表述，是立论，那么《论中庸》则是对种种"错误"意见的批判，是驳论。如果没有《论中庸》的批判，《论主观》的理论也就失去了必要的支撑；而批判者一旦稍有不慎，很可能被人抓住把柄并发生"流弊"。

《论中庸》究竟批判了哪些观点？又是谁持有这些观点？这些问题极为重要：厘清它们，不仅有助于完整把握舒芜、胡风的主观理论，也有助于理解他们和文化界之间的关系。当然，进行这样的考察有相当的难度：舒芜撰写的这两篇文章对于所引用的材料大多没有明确标示来源。如果说《论中庸》中所批判的观点尚可梳理清楚的话，对持有这些观点的人进行查考无疑是极为困难的：可能会有很多人持有相同或相近的观点，怎么才能确定文章所批判的究竟是何人？

对此，一个合乎逻辑的回答是：虽然本文对这些观点的持有者的考察结果不一定是排他性的，它对于本文的目标仍然是有效的。舒芜的文章既然并没有宣称针对特定的人，那么所有持这些观点的人自然都可被视为被批判者。

本文将大致按以下顺序对《论中庸》中所批判的观点及持有这些观点的人进行查考：首先概括出该文每节的大意，其次列出该节包含所批判观点的文句，再对舒芜批判的具体观点的出处进行考释。考释结束后，本文还将根据结果对有关"论主观"问题的文学史叙述中存在的误漏进行校正、补充。

一

　　《论中庸》第一节总论中庸的特征。舒芜的主要观点可以归结为：1. 中庸就是折中；2. 中庸主义者担心"流弊"；3. 对于客观世界的清楚认识并不能避免、还可能有助于走向中庸主义，得到"真的"认识还需要有强大的主观力量。

　　文章在一开头就说明：中庸主义的特征就是"折中"，"命固不可不革，然亦不可太革"是最极端的例子，其他如"感情固然重要，不过理智的作用不可抹煞"之类亦属中庸范畴。舒芜引用的这两句话都来自鲁迅。① 他在此引用鲁迅著作中有关"中庸"的言论，当然不是进行批判，而是对鲁迅思想资源的传承与借鉴。本节所列后一种中庸言论"感情固然重要，不过理智的作用不可抹煞"和20世纪30年代新启蒙运动中陈唯实的观点极为相近。陈唯实《新人生观与新启蒙运动》一书曾教导青年人"不要情感冲动"：

> 人是有情感的动物，不过太重情感也是不行，……应该注重理智，认为应怎样做人，怎样努力，你就勇敢的做去，以事业为重，这样才能有所成就，……②

　　必须指出，当时的新启蒙运动提倡者大多倾向于"理性主义"。其中观点最鲜明的是张申府，他曾提出要"反对冲动，裁抑感情，

---

① 这两句话见于鲁迅的《世故三昧》和《这个与那个》，参见《鲁迅全集》第4卷，人民文学出版社2005年版，第606页；《鲁迅全集》第3卷，人民文学出版社2005年版，第153页。
② 陈唯实：《新人生观与新启蒙运动》，民族革命出版社1939年版，第26—27页。引文中省略号系张传敏所加。

陈唯实（1913年-1976年）
原名陈英光，又名陈励吾、陈悲吾。1913年出生于潮安县官塘乡。著有《通俗辩证法讲话》《通俗唯物论讲话》。理论界提及20世纪30年代我国马克思哲学理论家的代表人物时，往往将他与著名马克思主义哲学家艾思奇并称为"南陈北艾"。

中华人民共和国最高人民检察院主管、检察日报社主办的正义网上关于陈唯实的介绍，http://www.jcrb.com/xueshupd/QWJD/201910/t20191019_2066317.html。

而发扬理性"。① 该运动的发起者陈伯达在《哲学的国防动员——新哲学者的自己批判和关于新启蒙运动的建议》中也提出，"一切忠心祖国的分子，一切民主主义者，自由主义者，一切理性主义者，一切唯物主义的自然科学家"，如果能"保留相当理性主义的残余"，就可以成为"联合阵线"的对象。② 陈伯达在后来的《思想的自由与自由的思想——再论新启蒙运动》一文中重申了新启蒙运动是"理性运动"并引述了以上张申府的观点。

但这些新启蒙运动倡导者对于理性和感情之间关系的表述确有"中庸"之嫌。张申府在《五四的当年与今日》中提出新启蒙需要"理性与热情的调谐"："今日不但应该以理性调理感情，也应该以高元（远）充实的热情来帮着高明平实的理性发生作用。这就是以非常行常，以偏至来行'中庸'。"③ 胡绳则

---

① 张申府：《五四纪念与新启蒙运动》，《文摘》1937年第2卷第1期。
② 陈伯达：《哲学的国防动员——新哲学者的自己批判和关于新启蒙运动的建议》，《读书生活》1936年第4卷第9期。
③ 张申府：《五四的当年与今日》，《中苏文化》1940年第3期。

· 217 ·

云:"我们是主张在生活中重客观而尊理智的。但是重客观并不包含着绝灭主观的意思,尊理性也不包含着以理智来取消感情、意志、信仰与道德观念的意思。我们以为,在健全而完善的生活中,人是以重客观为前提,而在理智的光下使感情、意志、信仰、道德观念这一切都互相和融而像春雨下的百草一样一致地欣欣向荣。"①

除新启蒙运动倡导者们外,20世纪三四十年代提出"新理学"主张的冯友兰也推崇理性,其《新世训》第一篇即为《尊理性》。他所说的理性包含两方面内容:一是和欲望相对的理性以及宋明道学家理欲冲突中的"理",即道德的理性;二是和情感相对的理性以及道家"以理化情"的"理",即理智的理性。《新世训》中还有谈关于理性和情感关系的《调情理》一篇。但是冯友兰主张的是融合儒、道传统的"以理化情""以情从理",折中色彩倒并不强烈。②

又,舒芜熟于周作人,其晚年所撰《周作人的是非功过》中有《理性的清朗与现实的阴暗——周作人的文化心态》一文,谓周氏"处处讲究理智与感情的调和,物理与人情的调和",③而这些又和周作人认同的"中庸"密切相关,所以《论中庸》所抨击的将情感与理智折中者也应该包括周作人。《论中庸》还有些内容的批判锋芒更明确地指向了周,容后再述。

二

《论中庸》第二节首先说明集中庸主义之大成者是正统的儒

---

① 胡绳:《评冯友兰著〈新世训〉》,中华文艺协会桂林分会编:《二十九人自选集》,新知书店1943年版,第38—39页。
② 冯友兰:《新世训》,北京大学出版社2011年版,第20—139页。
③ 舒芜:《周作人的是非功过》,人民文学出版社1993年版,第106页。

家并举出中庸主义在现实生活中的表现,批判知识分子的"人情世故";次则论及儒家中庸思想对墨、佛、道诸家的压迫与影响。该节第二段末尾提出,虽然中国人对于丑恶的认识清楚透彻之极,但中国人讲人情世故,缺乏向丑恶挑战的力量。而所谓清楚透彻的认识,也就是"今天许多人所夸为'中国文化的优点'的'富于理性'的精神"。

中国文化"富于理性"之说应出自梁漱溟。梁漱溟在《理性与理智之分别》一文中说:"中国民族精神在何处?我可以回答,就在富于理性。"他还表现出中国文化优胜论倾向,一方面称"人类的特征在理性",另一方面又认为"西洋人短于理性"。①

舒芜在这一节中对墨家的看法明显有和郭沫若保持对立的意味。郭沫若的《墨子的思想》② 一文认为墨子的思想带有反动性——"不科学,不民主,反进化,反人性",《论中庸》则认为墨家"忠实于人生"、"追求绝对化的理想";郭沫若认为墨家在汉初消亡是因为"自己的瓦解",舒芜则认为是因为"汉代初年的大规模的迫害";郭沫若以为墨家消亡后多数逃入了儒家、道家,舒芜则认为"游侠之士"才是墨家精神的继承者。两人在各自的文章中都引用了墨者钜子孟胜为阳城君死难的故事。郭沫若以为这体现了孟胜的"奴隶道德",舒芜则认为这是一种"严肃于人生"的精神。

舒芜对于墨家的赞赏或者也有与冯友兰对立的意思。《论中庸》举"尾生抱柱"的故事,以尾生为游侠之士的代表,称赞其守诺的品质。冯友兰《新世训》中《道中庸》篇也举了尾生故

---

① 梁漱溟:《理性与理智之分别》,翟奎凤选编:《梁漱溟文存》,江苏人民出版社2014年版,第258、253、260页。
② 郭沫若:《墨子的思想》,《群众》1943年第8卷第15期。

事，但并不认同其"言必信、行必果"的侠义信条，认为应该代之以圣贤的信条"言不必信，行不必果，惟义所在"。①

在有关佛教的论述中，舒芜批评的"以出世的精神，做入世的事业"的名言出自朱光潜《给青年的十二封信》中的《悼夏孟刚》一文。朱在文中提倡"把涉及我的一切忧苦欢乐的观念一刀斩断"，目的"在改造，在革命，在把现在的世界换过面孔，使罪恶苦痛，无自而生"。朱光潜进一步指出，"持这个态度最显明的要算释迦牟尼，他一生都是'以出世的精神，做入世的事业'"。②

在谈及道家时舒芜认为，它在儒家的影响下抛弃了自己"逃向自然"的理想，有些人没有弄清楚，以为真是"内道外儒"，甚至说是"道家为体，儒家为用"并因此放过儒家，重责道家。另外，舒芜在1944年4月27日给胡风的信中也谈到了"内道外儒"："关于'内道外儒'的事，越想越不对。"舒芜在给此信的注释中说，"内道外儒"好像出自乔冠华的文章《方生未死之间》。③

乔冠华在《方生未死之间》中确实提到了"内道外儒"。他认为儒家、道家和"土匪"是中国士大夫文化传统中相互为用的三大要素。乔冠华还说，中国士大夫对上司毕恭毕敬，是儒家；对下属为所欲为，是"土匪"；对内则"独与天地精神往来"，是道家。这就是历史上的"内道外儒""内老庄而外孔孟"。④ 由此可知，舒芜在《论中庸》中说的"有些人"主要就是指乔冠华。另外，乔冠华在《论生活态度与现实主义》中也确实有"放过儒家、重责道家"的言论：

---

① 冯友兰：《新世训》，北京大学出版社2011年版，第87页。
② 朱光潜：《给青年的十二封信》，开明书店1929年版，第117—118页。
③ 舒芜：《舒芜致胡风书信全编》，东方出版中心2010年版，第22页。
④ 于潮（乔冠华）：《方生未死之间》，《中原》1943年第1卷第3期。

首先是儒家入世的现实主义的精神就远非道家的超然物外，逃避现实的生活态度之所可及。他们不但倡导了某种历史限制下的民主思想，而且还发扬了某种限度内的人道主义精神，这些都是道家思想中所未曾有和不能有的进步思想。①

在第二节的最后，舒芜还批评了几种"国愿"（"乡愿"的仿词）：1. "以出世的精神，做入世的事业"者；2. "挫其锐、解其纷、和其光、同其尘"的阴柔一派；3. 出污泥而不染的"独行孤介"一派；4. 主张"国事莫谈，且食蛤蜊""人间何世？风月还亲""美人香草，聊寄繁忧"者。其中的第一派由上文可知是指朱光潜之流，其他则不得而知。

三

《论中庸》第三节主要梳理并批判从晚清到"五四"之间的中庸主义。晚清的中庸主义者，舒芜首列张之洞、李鸿章、薛福成、郭嵩焘等，次举康有为、梁启超、严复。在晚清人物中，他只称赞了谭嗣同，认为谭是"彻底的反中庸主义的战士"。在论述"五四"时期的中庸主义时，舒芜指出了胡适、陈独秀思想中的妥协、退让成分并将周作人视为"典型的中庸主义者"，批判了周提倡的"明智""明净的观照"。最后舒芜赞扬了鲁迅，认为鲁迅"终其一生都在毫不妥协退让的和中庸主义战斗"。也许是因为晚清、"五四"都已经成为"过去时"，该节所提及的中庸主义者又不属于或者不再属于左翼阵营，舒芜并没有刻意隐藏

---

① 于潮（乔冠华）：《论生活态度与现实主义》，《中原》1943 年创刊号。

以上那些被批评者的名字。

在第四节论述1928年新社会科学、新哲学①被引入中国之后的中庸主义时，舒芜就往往只是提出某些思想、观念而已了。他在该节中引用马克思《关于费尔巴哈的提纲》中的观点阐述"主观"对于新哲学的意义，认为许多接受了新哲学的知识分子忽视了"主观"，只看重"认识"的正确性，结果使新哲学也成了一种"说明的哲学"。究竟是谁使新哲学成为一种"说明的哲学"？难以确定。不过舒芜在这一节中明确批评了新启蒙运动倡导者们对"五四"的批判：

> 尤其显然的是对于五四阶段的批判，差不多一致认为五四阶段的缺点是在于认识得错误或薄浅，在于"没有发掘出旧文化的社会基础"；似乎只要新哲学新社会科学早点介绍进来，五四时代就介绍进来，便可以一切没有问题了。同时，又觉得五四阶段做得未免过火，未免不"理性"，未免浮嚣；似乎那时候应该还温和一点，绅士派头一点，心平气和一点才对。后来的"新启蒙运动"，其一部份倡导人们的言论，就特别表现出这种中庸主义的色彩，充分代表那种把新哲学当成固然的现成的拿过来就是的"改造世界的工具"的意见。

然而，新启蒙运动的基本倾向是肯定"五四"的伟大成就以及自身作为"五四"继承者的身份。该运动的发起人陈伯达甚至说"我们都是五四的儿子"。② 他们确实对"五四"有过批评，

---

① 这两者是当时知识界对马克思主义学说的称呼。
② 陈伯达：《论五四新文化运动》，《认识月刊》1937年创刊号。

比如艾思奇说五四运动的"社会基础并不坚实，它没有能够打倒了自己的敌人，完成应该完成的使命，只留下一些功绩，同时仍然让旧文化并存下去"；①何干之认为"五四"时代的陈独秀、吴虞、鲁迅等人不了解儒学在中国三千年历史中被定为一尊的历史根源，他们没有对此进行相应的经济分析。②但是就左翼阵营的一般逻辑而言，他们不会指责五四运动"过火"。陈伯达明确指出："五四"的反儒教运动"不是做得太过火，而是还做得不够，还不够广泛，还不够深刻"。③

舒芜说的新启蒙运动者也许是张申府。虽然张申府响应陈伯达的号召参与发起了这场运动，但是他和陈伯达、何干之等人对五四运动的态度确实有分歧。他认为，"五四"的"重大欠缺"是"对于自己的民族欠缺认识"，因为"要打倒孔家店便将孔子先打倒。这真像托盆倒水，把孩子也倒出去了"！④然而张申府不能算是一个完全的马克思主义者，他的言论也无法代表"把新哲学当成固然的现成的拿过来就是的'改造世界的工具'"的意见。

在本节中舒芜接下来又指出：

> 许多人误解了"认识就是征服"这句话，以为就真是如此简单直接，于是越发以"认识"自满，殊不知，为了征服固然需要认识，但说到征服，用的总还是具体的主观力量。

---

① 艾思奇：《中国目前的文化运动》，钟离蒙、杨凤麟主编：《哲学论战》（上），出版者不详，1982 年，第 8 页。

② 何干之：《近代中国启蒙运动史》，刘炼编：《何干之文集》，北京出版社 1993 年版，第 74 页。

③ 陈伯达：《论五四新文化运动》，《认识月刊》1937 年创刊号。

④ 张申府：《五四的回忆》，张申府：《什么是新启蒙运动》，生活书店 1939 年版，第 24 页。

从上下文来看，舒芜所引用的"认识就是征服"应该是某位马克思主义经典作家的名言或者是当时哲学界流行的一种说法。然而这句话和特别讲求实践性的马克思主义哲学的逻辑不符，却有王阳明"心学"一派"知行合一"的色彩。与之相近的说法来自贺麟的《儒家思想的新开展》，该文中说："认识就是超越，理解就是征服。"① 不过贺麟所要认识与征服的不是什么客观规律或者自然世界，而是"西洋文化"。

四

《论中庸》第五、六、七节分别批判了中庸主义者对唯物辩证法对立统一、质量互变、否定之否定三大基本规律的理解。

在第五节一开始，舒芜称中庸主义者可以借对立统一规律"抹煞并压抑任何根据具体情况而发出的迫切的要求"。他并举例云：

> 如果有人在今天估计了具体情况，觉得大后方进步知识分子们在政治立场上大概都已经建有基础，只是生活力不够强，不够真正服务于那立场，因此就要求着对于实生活的密切而严格的注意；这时，中庸主义者便会跑出来说：政治立场和生活态度是矛盾的统一的，现在你只要求着对于实生活的注意，就是片面的强调，是不对的，云云。

"生活态度"是当时在重庆的中共"才子集团"成员陈家康、

---

① 贺麟：《儒家思想的新开展》，《思想与时代》1941 年第 1 期。

乔冠华、胡绳等人使用的主要概念之一，舒芜在此提及此说有表示认同之意。他这里描述的中庸主义者论述生活态度和政治立场之间的关系，令人想起乔冠华的《论生活态度与现实主义》。乔文认为，在评价历史人物时必须区别他们的政治立场和生活态度，因为一个人的生活态度不仅可能不完全和其政治立场一致，而且有时还能发展到相反的一方面，不区别这两者，就无法正确对待历史人物及其遗产。但是乔冠华针对的是"历史人物"，而舒芜强调的是当下，反对的应该是来自延安的政治立场和生活态度保持一致的要求。另据《胡风回忆录》记载，毛泽东《在延安文艺座谈会上的讲话》传播到国统区后，冯乃超曾在重庆乡下组织学习。胡风在会上强调根据地和国统区"环境和任务"的差别，认为不能在国统区"培养工农兵作家"。① 舒芜强调"大后方"的"实生活"，或与此事有关。

接下来舒芜还对那些新哲学"入门""讲话"之类的"教科书"进行了嘲讽：

> 但即使能够向他②证明了，现实发展的确是迫切的要求着在已有的政治立场上集中全力来建立健全的生活态度，以便使那立场能得真正的坚实；他仍然会说：究竟也还是要政治立场的呀，而你对于这没有提到，还是片面的强调的呀！这说法或者也有一理，但无奈解决实际问题时并不同于编写"入门""讲话"之类的教科书，这说法对于后者的确适用，对于前者就不适用了。

---

① 胡风：《胡风回忆录》，人民文学出版社1993年版，第309页。
② "他"即中庸主义者。

从20世纪20年代末直到40年代，国内有关马克思主义的著作大多以大众化为指向，通俗化作品不少。据《民国时期总书目（1919—1949）》哲学·心理学分册所载，在1928—1945年间初版的译介、研究马克思主义哲学的著作中，以"入门""讲话""谈话"为名者达十四部，除去译著还有八部之多，艾思奇、胡绳、陈唯实都在作者之列。其中尤以陈唯实最为醒目——八部著作中有他的四部。[①] 另据舒芜《从头学习〈在延安文艺座谈会上的讲话〉》一文，当时国统区"某些文艺工作者"认为毛泽东的《在延安文艺座谈会上的讲话》"不过是马列主义ABC而已"。照此推论，《论中庸》中的"讲话"也应包括《在延安文艺座谈会上的讲话》。

在第六节中，舒芜批判以质量互变规律之名行中庸主义之实者，其中说道：

前几年，就有一位有名的新哲学家，在研究孔子的哲学思想时就说过："过犹不及"的理论，乃是未能发展完全的"质量互变"的理论，这就是孔子的哲学思想中的"辩证的因素"，云云。

这位新哲学家是陈伯达。陈伯达在1939年4月15日《解放》第69期发表的《孔子的哲学思想》中说：

[①] 这八部以"入门""讲话""谈话"为名的哲学著作分别是：1. 公直编：《大众哲学讲话》，世界书局1940年版；2. 艾思奇：《哲学讲话》，读书生活出版社1936年版；3. 陈唯实：《通俗唯物论讲话》，大众文化出版社1936年版；4. 陈唯实：《战斗唯物论讲话》，上海杂志公司1937年版；5. 陈唯实：《新哲学体系讲话》，作家书店1937年版；6. 胡绳：《辩证法唯物论入门》，新知书店1938年版；7. 黄特：《新哲学谈话》，新人社1940年版；8. 陈唯实：《通俗辩证法讲话》，新东方出版社1936年版。另据最新材料，1930年3月，上海南强书局曾出版过苏联德波林著、林伯修翻译的《辩证法的唯物论入门》——张传敏2020年1月补记。

孔子在认识论上曾有关于"质"的发现。孔子说："过犹不及"。这就是说：一定的"质"就是含有一定的"量"的，是包含在一定的"量"之中，"过"了一定的"量"，或者"不及"一定的"量"，就都是不合于一定的"质"。这"质"用孔子的话来说，就是所谓"中庸"。……关于这所谓"过犹不及"之"质"的发现，这是孔子在中国哲学史上一个很大的功绩。①

陈伯达在文中还认为，孔子的中庸观念以及其他某些辩证思想，对于我国后来辩证哲学的发展"更有其很大的影响"。

在第七节中，舒芜主要抨击了那些名义上应用否定之否定规律而实际上只是"反其道而行之"的中庸主义者。他举例说：

而到了去年，更有对于整个孔子学说崇拜得五体投地，连"死生有命，富贵在天"都加以极端推崇的煌煌大文出来，就尤为明证。此外，还有研究杜甫，研究到他的怎样押韵；歌颂"浪漫"，歌颂到信陵君的醇酒妇人，等等。

《论中庸》写于1944年，那么"去年"就是1943年。这一年发表的对"死生有命、富贵在天"加以推崇的"煌煌大文"仍指郭沫若的《墨子的思想》。郭文中云：

墨子的主张最能引起现代人同情的可以说就是他的"非命"。他的"非命"是对抗儒家学说而发的，但是儒家主张

---

① 引文中省略号为张传敏所加。

有命说的本意和墨子所非难的却正相反对。儒家说"死生有命，富贵在天"，那是教人藐视权威而浮云富贵。

《论中庸》中还讽刺有人研究杜甫怎样押韵，但关于此问题的研究者太多，无法考订舒芜究竟指的是何人。至于歌颂信陵君的"醇酒妇人"者，仍是郭沫若。郭1942年根据信陵君窃符救赵的故事，以浪漫主义手法创作了历史剧《虎符》。在《〈虎符〉后话》中郭沫若表示"还想写信陵君的后事，以一位独身主义者而醇酒妇人，是会更增加效果的"。①

五

《论中庸》第八节主要攻击的是"理智主义"：

> ……所谓"理智主义"也者，这里必须指出，是尤其中庸的中庸主义。
>
> 高谈"理智主义"的人，最爱说：情感是盲目的，所以是无益的，并且是有害的，必须使情感升化，升到高级，就也可以成为理智，等等。他们动辄就判定情感的罪名，说是任其冲动，不加节制，就要成为法西斯云。②

舒芜并没有给"理智主义"下一个精确定义。从表面上来看，它似乎接近西方哲学史上的理性主义（rationalism），然而从后

---

① 郭沫若：《〈虎符〉后话》，《郭沫若选集》第4卷，四川人民出版社1982年版，第434页。
② 引文中省略号为张传敏所加。

文舒芜所举的两个重视"理智"的代表人物培根、伏尔泰来看，这个概念和自笛卡儿以降的理性主义并没有什么关联。这个"理智主义"主要是从其与"情感"相对立的意义上被命名的。

强调理智、压抑情感的说法在前文张申府等人那里已经出现，但张申府并没有提出过"理智主义"的口号，主张此口号者另有其人。张东荪在《由自利的我到自制的我》中提出"救中国只有提倡理智主义，充分开发知识"。① 杜亚泉也支持张东荪的说法。他在和朱光潜就情与理的问题进行辩难时说："我们人类应该开发理智，凭借高尚的理智来指导情感，随处修养，到了工夫纯熟，才可以'从心所欲不逾矩'。"②

恽代英早年也有类似观点。《论中庸》开头抨击"流弊论"或者也和恽代英以下言论有关：

> 人类因为理智的逐渐发展，逐渐纠正，所以知道善处现在，预测将来。反过来说，情感是盲目的，是有些危险性的。我们固然不能过于蔑视情感，但情感处处少不了受理智的指导。若真个太把非理智的信仰看成当然，亦许在大聪明人身上生出病痛，至于根性略微浅薄些的，更易不免许多流弊。③

另外，陈独秀在对宗教问题进行讨论时曾称：支配中国人心的最高文化是"道义"，而支配西洋人心的最高文化是希腊以来"美的情感"和基督教"信与爱的情感"。他认为道义是"当然的、知识的、理性的"，而情感是"自然的、盲目的、超理性的"，

---

① 张东荪：《由自利的我到自制的我》，《东方杂志》1926年第23卷第3号。
② 杜亚泉：《关于情与理的辩论》，许纪霖、田建业编：《杜亚泉文存》，上海教育出版社2003年版，第455页。
③ 恽代英：《我的宗教观》，《恽代英全集》第4卷，人民出版社2014年版，第452页。

并谓：

> 我们一方面固然要晓得情感底力量伟大，一方面也要晓得他盲目的、超理性的危险；我们固然不可依靠知识，也不可抛弃知识。①

在该节中舒芜还批判了中国古代的"天理主义"以及"现在的理智主义"。他认为后者比前者更进一步：前者还只是逃避苟安，后者则依靠"客观真理""必然法则"的教条而添加了"乘机侥幸"的成分。

所谓"客观真理""必然法则"是马克思主义哲学家对马克思主义的常用修饰性称谓，舒芜所批判的"现在的理智主义"，显然仍在"新哲学"范围内。舒芜指出，中庸主义者对于一般的资产阶级文化革命，特别是对于"五四"时代那些力图"一举而彻底解决一切问题"的言论，往往加以油滑的讥嘲——比如"想得多么如意呀"之类。

舒芜这里所说的"五四"时代要求"一举而彻底解决一切问题"的言论，令人想起"问题与主义之争"中李大钊所提出的"根本解决"②。胡绳的《五四运动论》中对此也有如下论述：

> 五四运动所直接接触到的问题实在是多极了，……这一切问题都要求给与解答，而且他们不只是要求个别的解决，还要求一个总的解决。五四运动在其向上时期，的确能够对

---

① 陈独秀：《基督教与中国人》，《新青年》1920 年第 7 卷第 3 号。
② 李大钊：《再论问题与主义》，中国李大钊研究会编：《李大钊全集》第 3 卷，人民出版社 2013 年版，第 54 页。

于每一个问题都立刻给与了新的解答，但是它始终只是把问题拆散了，个别个别地去解决，不曾发现这一切问题的总的根源，自然也不能给与总的解决了。而且也正因为他们不曾建立总体的理论体系，因此对于个别的问题也不能看得十分清楚，这正是"要说便说，说得太快了，于是乎容易错"的原因。①

"想得多么如意呀"可谓胡绳文中"要说便说，说得太快了，于是乎容易错"（此语来自傅斯年的《新潮社的前顾与瞻望》）的变体。如果这个推断成立，那么舒芜这里批判的"理智主义者"应该是胡绳等人。

应该说明的是，胡绳的这篇文章发表于1937年。到了40年代，胡绳作为一个"生活态度论"者，观念已经发生变化，不再一味提倡理智而排斥感情，一些文章中的提法也和胡风等人的观点十分接近，他的文章中甚至可见"搏斗""拥抱"等胡风式的词语。②

六

在第九节中，舒芜主要批判"新哲学"范围内的热衷"体系"者。

马克思的学说本身并无明显的体系性，然而它经由苏俄传到中国，在一体化政治体制下难免出现"体系"的色彩。本文前面所述胡绳的《五四运动论》就曾批评"五四"未建立"总体的理论体系"。何干之的《中国启蒙运动史》则慨叹1924—1927年的

---

① 胡绳：《五四运动论》，《新学识》1937年第1卷第7期。引文中省略号为张传敏所加。

② 参看胡绳《论艺术态度和生活态度》，《中原》1943年第1卷第3期。

国民革命时期没有思想家努力建立新的"思想体系"。①

20世纪三四十年代出版的以"体系"为名的马克思主义著作主要有陈唯实的《新哲学体系讲话》,② 苏联米丁著、胡明翻译的《新兴哲学体系》③ 以及黄特、刘涟编著的《辩证唯物论体系》④ 等。在这个时期,毛泽东思想体系也正在建设之中——张如心在1942年2月18—19日《解放日报》上发表了《学习和掌握毛泽东的理论和策略》,文中已经将毛泽东的理论和策略视为包括"思想路线或思想方法论""政治路线或政治科学""军事路线或军事科学"三部分的"毛泽东的理论和策略底体系"。1943年7月4日,刘少奇为纪念中共建党22周年而写的《清算党内的孟什维主义思想》中也提出了"毛泽东同志的思想体系"的概念。然而当时毛泽东对这些说法似乎都不赞同,他认为自己的体系"还没有成熟"。⑤

舒芜对"体系"深恶痛绝,在本节最后一部分宣称体系"没有一个好的"。在《思想建设与思想斗争的途径》一文中他又提出:"在思想建设方面,应该注意,不可再建设什么架空的'体系'。"⑥ 然而,到了后来的《致路翎的公开信》中,舒芜高调检讨了自己将"主观作用"和"思想体系"相对立的错误,并云"一定要有一个工人阶级的思想体系,即马列主义、毛泽东思想的体系,工人阶级政党的政策思想体系,工人阶级先锋队的高度

---

① 何干之:《近代中国启蒙运动史》,生活书店1937年版,第155—156页。
② 该书由作家书店于1937年出版。
③ 该书由光明书局于1939年出版。
④ 该书由新人出版社于1940年出版。
⑤ 刘少奇和毛泽东关于"毛泽东思想体系"的说法,参见中共中央文献研究室《关于建国以来党的若干历史问题的决议注释本》,人民出版社1983年版,第482页。
⑥ 舒芜:《思想建设与思想斗争的途径》,《希望》1945年第1集第3期。

自觉性的体系"。①

在《论中庸》第十节中，舒芜将中庸主义的根源总结为"几千年来凝积而成的封建的退婴的实生活"并加以阐述论证，所抨击的个人较少，唯文末曾举中庸主义者从追求"解放"到要求"束缚"的例子云：

> 有一位过去一向以"自由主义者"的姿态出现，在比较广义的解释上也算是进步知识份子的学者，以差不多十年的距离，先后发表了两本专以青年为对象的书，第一本书里，虽然现实上也只能导青年于消极的逃避，但可以看出他本人的心境，究竟也还在烦恼苦闷之中。这表明他那时还有一些生命的流动。到了最近发表的第二本书，就搬出全套祖传法宝，向青年说教，痛斥青年的"颓废"为病态，要青年向这些祖传法宝的规范中求安身立命。这就表示他已经经历了前述的转变，自己先就觉得与其流动而找不着出路，还不如照旧束缚起来之为舒服了。然而，有一位极进步的理论家，竟然对这后一本书加以部份的称赞，说是比起前一书来，这里已能面对着现实的问题云。

舒芜所讲的这位自由主义者还是朱光潜，所谓第一本"专以青年为对象"的书是朱氏1929年出版的《给青年的十二封信》，第二本则是1943年出版的《谈修养》。舒芜文中"极进步的理论家"则又指胡绳。胡绳曾在1936年《读书生活》第4卷第11期上发表《评〈给青年的十二封信〉》一文，斥朱作为"一本充满

---

① 舒芜：《致路翎的公开信》，《回归五四》，辽宁教育出版社1999年版，第295页。

浅薄的温情主义，廉价的玩世逃世的主张的书"；对于朱的第二本书，胡绳曾在 1943 年 7 月 26 日重庆《新华日报》上发表《评朱光潜的〈谈修养〉》一文，大意云：谈生活修养问题有让人摆脱现实生活和更勇敢地"对生活执着"这两种不同倾向，朱光潜的《给青年的十二封信》的基本精神属于前者，而《谈修养》已经从前者走向后者了。

七

以上对《论中庸》批判的观点及所指涉人物的考索，有助于重新理解舒芜–胡风的主观理论。①

首先，以往的研究成果一般认为舒芜、胡风特意强调主观作用，针对的主要是教条主义或者客观主义，这显然是不恰当的：《论主观》和《论中庸》中都并未出现过客观主义一词，所谓的教条主义（或曰"机械—教条主义"）也并非主观作用的真正对立物，它只是中庸主义所有表现中的一种而已。也就是说，在舒芜–胡风的主观理论中，和主观作用相对应的概念

---

① 尽管胡风和舒芜关于主观问题的理论有不少差别，胡风一直声称并不完全认同《论主观》的观点，在该文发表前一直将主观、客观视为两个对立的概念并提倡主观战斗精神、批判客观主义，而舒芜的《论主观》则将"客观"从属于"主观作用"，并没有提出要反对"客观主义"，只是反对"伪的""重客观"等，但将舒芜《论主观》中的理论视为舒芜、胡风共有仍然是可行的：舒芜声称是在胡风影响下创作本文的，《论主观》文后的附录谈及胡风对此文的意见时，也并没有说两人有重大分歧。再加上他们当时是以一个整体的形象出现在文坛上的，所以本文将他们的理论命名为"舒芜–胡风的主观理论"。另外需要说明的是，这里所说的只是 1945 年《论主观》发表后一个时期内他们的理论形态，并未涉及该理论后来发生的变化。至晚到《希望》1946 年第 2 集第 2、3 期分别发表舒芜的《关于思想与思想的人》《论"实事求是"》时，舒芜的思路就发生了改变：前一篇文章开始引用毛泽东《整顿学风党风文风》中的观点，后一篇则是对于《整风文献》中毛泽东的某些观念的集中阐释。关于 1945 年到 1948 年香港《大众文艺丛刊》对"主观论"开展批判之前胡风、舒芜理论的变化，当另著专文讨论。

应该是中庸主义。

舒芜所说的中庸主义并不是一种具有明确界限的理论主张，而是指在中国古代社会中占据着思想文化主流的含混的儒家文化传统及其现代性变种。《论中庸》批判的具体人物既包括晚清的张之洞、李鸿章、薛福成、郭嵩焘、康有为、梁启超、严复，也包括20世纪三四十年代出现的冯友兰、梁漱溟之类的"新儒家"；既包括推崇儒家的郭沫若，也包括并未明确表示尊孔的胡绳；既包括胡绳等人提倡的理性（智），也包括马克思主义哲学内已成为"体系"的"教条"。

如此看来，在舒芜－胡风的主观理论框架中，区别批判对象的标准其实并非"封建/进步"，更确切地说是"中庸主义/主观作用（主观战斗精神）"——《论中庸》所批判的对象范围太广，无法被全部纳入"封建"或"落后"的范畴。如果说胡风、舒芜要进行思想启蒙，他们所要推行的绝不仅仅是反封建主义的启蒙，也不是20世纪20年代后期陈伯达、张申府等人所倡导的以理性主义、爱国主义为目标的"新启蒙"，而是一种前所未有的"主观作用"的启蒙。

其次，舒芜－胡风的主观理论显然不仅仅是针对国统区知识分子中出现的问题提出的。《论中庸》中被批判的左翼人士，可以确定的有陈独秀、郭沫若、陈伯达、乔冠华、胡绳等；恽代英、何干之、陈唯实、艾思奇等则都是可能被指涉的对象。在文中新启蒙运动的参与者们还作为一个整体受到了批评，他们后来都成为延安哲学界的重要人物：

陈伯达早年曾任中共北方局宣传部长，1937年到延安，曾因撰《墨子的哲学思想》受到毛泽东的称赞。1943年他撰写的《评〈中国之命运〉》经毛泽东、博古、陆定一等人审阅修改后出版。

有人将陈伯达与蒋介石的秘书陈布雷相提并论,① 可见其当时在中共政治、文化界的地位。

何干之1934年加入中国共产党,1937年9月到延安成为陕北公学理论教员,此后长期在华北联合大学担任领导职务并曾任中共北方分局晋察冀文化工作委员会委员、晋察冀边区参议会参议员兼文委委员等。1943年春何干之回延安参加整风,任延安大学法政学院院长、社会科学院院长。②

陈唯实,抗战前致力于马克思主义哲学研究及通俗化介绍工作,和艾思奇被并称为"北艾南陈"。1938年11月陈唯实到延安,在陕北公学、抗日军政大学、中央研究院、八路军军政学院等处工作,兼任过中央军委高级干部哲学学习指导员,1941年加入中国共产党。1943年陈唯实被指定为中央党校第三部支部书记,参加本部的整风审干工作。③

艾思奇,早年爱好哲学,1936年就出版了成名作《哲学讲话》并在同年由周扬、周立波介绍加入中国共产党。1937年艾思奇和周扬、李初梨、何干之、舒群等人一起到延安,任抗日军政大学主任教员,同时在陕北公学任教并兼任陕甘宁文化界协会主任。后来他还曾在延安马列学院任教并兼任哲学教研室主任,担任过中央宣传部文化工作委员会秘书长,和何思敬一起主持过延安"新哲学会";1943年还担任过《解放日报》副刊部主任职务。在延安时期,艾思奇和毛泽东颇有交往,参加过毛组织

---

① 参看张希贤《陈布雷与陈伯达:历史转折点上的两个"秀才"》,中共党史出版社2012年版。

② 关于何干之的生平介绍参见《何干之生平大事年表》,耿化敏《何干之传》,中共党史出版社2012年版,第315—317页。

③ 陈唯实的事迹采自杨友吾《革命哲学家的一生——陈唯实传略》,中国人民政治协商会议广东省委员会文史资料研究委员会编《广东文史资料》第67辑,广东人民出版社1991年版,第2—10页。

的哲学小组。①

八

　　以上对《论中庸》的考察，还有助于厘清以往有关胡风、舒芜和"才子集团"之间关系的不确切的说法。学界长期以来流行的一种观点是：1945年《论主观》发表时，胡风、舒芜和"才子集团"的主张相近，至1948年香港《大众文艺丛刊》对"主观论"发动批判，"才子集团"才和胡风等人反目成仇。

　　舒芜、胡风确实都曾在不同的材料和叙述中交代和"才子集团"有过较密切的关系，在他们之间也不难找到思想、观念的相通之处。然而，思想的相通之处掩盖不了他们的分歧。即便舒芜的主观概念确实来自陈家康，也并不等于两人对它的理解完全一致：舒芜认为只有人才有主观，而陈家康则把主观和客观看作两种物质之间的关系。舒芜在《回归五四》的"后序"中曾声言认同"才子集团"的某些主张，但他在《论主观》中就已经对"才子集团"的主张进行了批判：他反对向"机械—教条主义者"们宣扬"感觉""感情"，也反对提倡感觉主义、感情主义、理性主义等任何一种主义，他要的只是"真正健全的开扩的积极发扬主观作用的实生活"而已。

　　再考虑到舒芜在《论中庸》中对乔冠华、胡绳等人观点的批判，胡风、舒芜和"才子集团"除了都曾反对"教条主义"之外，思想的共性已经所剩无几。更进一步说，将反对教条主义作为双方的"共同的思想基础"，其实也不恰当。正如本文上一节

---

① 艾思奇的事迹采自王丹一、卢国英《艾思奇传略》，晋阳学刊编辑部编《中国现代社会科学家传略》第九辑，山西人民出版社1987年版，第48—86页。

所论证的，舒芜提倡"主观作用"、反对中庸主义，乔冠华、胡绳都明确属于被批判者。当然，这也不是要完全否定胡风、舒芜和"才子集团"之间的关联，只不过是说这种关联不应该被过分夸大，而且应该充分注意到其中的个体差异——胡风、舒芜和"才子集团"不同成员之间的关系有疏密之分。

"才子集团"中和舒芜、胡风关系最密切的是陈家康。在《论中庸》中，舒芜唯一没有批评的"才子集团"成员就是他。舒芜和他有很多相同的兴趣，交往颇繁，陈家康关于主观是一种"物质性的作用"的定义也可以说是舒芜主观论的理论基石：没有这个界定，舒芜的主观就会被理解为一种和"物"相对的"心""思想"，主观论就会直接被归入唯心主义而失去在马克思主义唯物论范畴内的合法性。胡风后来回忆"才子集团"时，也独对陈家康及其文章印象极深。他还曾邀请陈家康撰写了《人民化》一文发表在《希望》1946年第2集第4期上，却没有邀请乔冠华——因为他对乔的"浮华的思想态度不放心"[①]。

胡风、舒芜和"才子集团"最深刻的裂痕体现在他们和胡绳的关系上。舒芜在《论主观》中所说"昨天为了对抗法西斯神秘主义而高呼'理性主义'，今天为了对抗机械教条主义又来提倡'感情主义'；这样滚来滚去，终于都是没有基础的"，主要指的就是胡绳。在《论中庸》中，舒芜不仅批判了胡绳一向提倡的理智、理性，还将胡作为反"五四"的代表，甚至把胡对朱光潜的称赞也作为中庸主义进行了批评。

也就是说，即便舒芜、胡风和胡绳在主观问题上确实存在一些相似的观点——如本文前面所述，胡绳的某些文章中偶尔可以

[①] 胡风：《关于乔冠华（乔木）》，《胡风全集》第6卷，湖北人民出版社1999年版，第517页。

发现胡风式的词语，也很难说他们有共同的思想基础。再退一步说，即便胡风、舒芜和胡绳之间有共同的思想基础，这些共同的思想基础也没有使他们成为真正的"战友"——早在《论主观》《论中庸》发表时期，胡绳就已经成为胡风、舒芜两人最主要的批判对象之一了。

后　记

　　本书中的大部分文章题目都可见于一部名为《私人性与现代中国文学作品重读》的书稿中。这部书稿后来因故被取消出版，其中文章经修改后陆续发表在《名作欣赏》上。现在这些文章被重新汇集起来并以现名问世，原书稿的前言仍被置为书首，未加修改。

　　本书的内容与《私人性与现代中国文学作品重读》当然也不是完全重合的。原书稿中的一些文章被删去了——这是指有关鲁迅《伤逝》、沈从文《长河》以及郭沫若在20世纪40年代的历史剧的几篇；另外又增加了一些新篇目：《百年新诗"第一首杰作"〈小河〉解》《身外心内皆有　诗意何必一律——绿原的〈给天真的乐观主义者们〉与〈不是忏悔〉（〈忏悔〉）对读》《舒芜〈论中庸〉中批判的观点考略》。新增文章中的前两篇也都在学术期刊上发表过，最后一篇则是首次面世。虽然这最后一篇的研究对象近乎哲学理论，和书中其他文章有明显不同，但思路是一致的：文章关注的重心并不是理论，而是这些理论背后所涉及的个人。当然，它之所以被收入本书，也是因为《论中庸》作为七月派文艺理论的重要文献，已经成为中国现代文学史的一部分。

　　本书中有几篇文章比它们在学术期刊发表时多了一些内容：著书者研究时所作的笔记或者文章完成后追加的补记等。这些内容既可说明著书者的一些新发现或新想法，也有助于读者们进一步理解被阐释的对象并为他们增添一点阅读趣味。

张传敏

2020年初于雅罗斯拉夫尔